Detective Sam (Hindi)

जासूस सैम

रहस्यमय हत्या सेलेना मार्टिन की

NAHK RARSI

समर्पण

मेरे परिवार, दोस्तों, सहकर्मियों और छात्रों को जिन्होंने मेरे जीवन के सभी चरणों में हमेशा मेरा समर्थन किया है

लेखक के बारे में

एक व्यक्ति जो एक बेहतर दुनिया बनाने में मदद के लिए समय, अनुभव, कौशल और प्रतिभा का दान करना पसंद करता है।

जटिल तकनीकी अवधारणाओं को रहस्य से पर्दा उठाने के जुनून ने उन्हें कंप्यूटर, प्रबंधन और व्यावसायिक विषयों पर किताबें लिखने के लिए प्रेरित किया।

आधुनिक युग के लिए कथा साहित्य और अन्य विधाओं पर भी पुस्तकें लिखीं।

लेखक को महत्वाकांक्षी लोगों का मार्गदर्शन करना, यूट्यूब चैनल पर पढ़ाना, सोशल मीडिया पर लिखना और दुनिया भर में प्रौद्योगिकी सम्मेलनों में बोलना पसंद है।

https://nahkrarsi.wordpress.com/

रहस्यमय हत्या सेलेना मार्टिन की

जासूस सैम टेलर (Detective Sam Taylor) ने छोटे स्टूडियो अपार्टमेंट में कदम रखा, उसकी आँखें कमरे की रोशनी को समायोजित कर रही थीं।

वह लगभग 30 वर्ष का एक लंबा, हट्टा-कट्टा सुंदर आदमी था, जिसकी नीली आंखें छलक रही थीं। उसके काले बाल छोटे थे और जबड़े की रेखा मजबूत थी। उसने एक अच्छा सूट, अपनी बेल्ट पर एक बैज और पिस्तौलदान में एक बंदूक पहनी हुई थी।

जैसे ही वह स्टूडियो में दाखिल हुआ, सैम की प्रशिक्षित आँखों ने कमरे का हर विवरण ध्यान से देखा।

उसने देखा कि तारपीन और ऑयल पेंट की हल्की गंध हवा में फैल रही थी, जो मौत की तीखी गंध के साथ मिल रही थी।

उनकी नज़र 28 वर्षीय कलाकार सेलेना मार्टिन (Selena Martin) के निर्जीव शरीर पर पड़ी, जो लकड़ी के टूटे हुए फर्श पर पड़ा हुआ था।

दृश्य देखते ही सैम की आँखें सिकुड़ गईं।

सेलेना की आंखें लगातार घूरती रहीं, उसकी त्वचा पीली और चिपचिपी थी। उसके मुँह के कोने से खून की एक बूंद टपकी, जिससे फर्श पर एक छोटा लाल तालाब बन गया। उसके पैर एक अजीब कोण पर बिखरे हुए थे, जैसे कि वह गिर गई हो या उसे धक्का दे दिया गया हो।

सैम की नज़र कमरे में बिखरी हुई कला सामग्री पर पड़ी: पेंटब्रश, कैनवस, और रंग की ट्यूब।

उसने चित्रफलक पर एक आधा-अधूरा कैनवास देखा, जिसमें सुबह की फीकी, धूसर रोशनी के बीच रंगों की जीवंत फुहार दिख रही थी।

रंग ऊर्जा के साथ स्पंदित हो रहे थे, मानो सेलेना की रचनात्मक भावना अभी भी कायम हो।

पीड़िता की दोस्त जून (June) ने कल शाम सेलेना के लापता होने की सूचना दी थी।

जब सेलेना उनकी नियोजित डिनर डेट पर आने में विफल रही तो वह चिंतित हो गई थी।

पुलिस को आज सुबह सेलेना का शव तब मिला जब जून उसकी जांच करने के लिए स्टूडियो पहुंची।

जैसे ही सैम ने अपराध स्थल की जांच की, उसने सेलेना के चित्रफलक के पास मेज पर एक छोटी नोटबुक देखी।

कवर घिस गया था और मुड़ गया था. यह अमूर्त आकृतियों और जीवंत रंगों के रेखाचित्रों से भरा हुआ था।

कुछ पन्ने लिखे हुए थे। सैम एक पन्ने पर रुका जिस पर लिखा था:

सेलेना की नोटबुक

अपनी ही कला में खोई हुई महसूस कर रही हूं।

शायद मैं इसमें अच्छी नहीं हूं।

आलोचक मुझे ठीक से समझ नहीं पाते।

सैम ने उन शब्दों में हताशा और आत्म-संदेह को पहचाना।

उन्होंने अपने जीवन में भी ऐसे ही संघर्ष देखे थे, खासकर कुछ साल पहले अपने पिता के अचानक निधन के बाद।

सेलेना के शब्द व्यक्तिगत स्तर पर उनके मन में गूंज गए और उन्होंने तुरंत उनके साथ जुड़ाव महसूस किया।

उसने अगला पन्ने में देखा, जिस पर और एक नवीनतम पंक्ति लिखा था:

सेलेना की नोटबुक

कल रात किसी से मुलाकात हुई ।

उन्होंने कहा कि मैं प्रतिभाशाली हूं, मेरी कला अद्वितीय है।

वह इसे अगले स्तर तक ले जाने में मेरी मदद करना चाहता है।

सैम के दिमाग़ में एक चेतावनी घर कर गई।

यह व्यक्ति कौन था? क्या सेलेना की हत्या से जुड़ा है यह शख़्स?

सैम ने सेलेना के आखिरी दिनों पर ध्यान केंद्रित करने का फैसला किया, जिससे उनकी मृत्यु हो गई। उसने खुद से पूछा:

सेलेना ने कल शाम क्या किया? क्या यह डकैती थी जिसके कारण उसकी मौत हुई, या रहस्य कुछ और है?

सैम ने स्टूडियो के चारों ओर फिर से नज़र डाली और टेबल पर "सनशाइन आर्ट गैलरी" (Sunshine Art Galary) लेबल वाले एक छोटे फ़ोल्डर पर ध्यान दिया।

अंदर, उन्हें एक प्रतिष्ठित गैलरी से एक अस्वीकृति पत्र मिला, जिसमें कहा गया था कि उन्हें उसके (सेलेना के) काम को प्रदर्शित करने में कोई दिलचस्पी नहीं है।

सैम को सेलेना के प्रति सहानुभूति की वेदना महसूस हुई। ऐसा लग रहा था जैसे वह अपनी कला के अलावा और भी बहुत कुछ के साथ संघर्ष कर रही थी।

जैसे-जैसे सैम ने अपराध स्थल पर कार्रवाई जारी रखी, उसका दिमाग अपने अतीत में भटकने लगा।

सैम के पिता, जो स्वयं एक जासूस थे, उनसे हमेशा कहते थे कि हर मामले की शुरुआत पीड़ित की कहानी को समझने से होती है।

सैम को एहसास हुआ कि सेलेना के संघर्ष को समझना उसकी हत्या को सुलझाने में महत्वपूर्ण हो सकता है।

सैम ने अपनी नोटबुक और कलम हाथ में लेकर नोट्स लेना शुरू किया:

सैम के नोट्स

पीड़िता: सेलेना मार्टिन

उम्र: 28

मौत का कारण: अज्ञात, जांच की जरूरत है

मृत्यु का तरीका: हत्या

अंतिम बार जीवित देखा गया: कल शाम

संदिग्ध: अज्ञात

जासूस सैम टेलर अपनी मेज पर बैठकर कॉफी पी रहा था और उसने सेलेना मार्टिन की ऑनलाइन उपस्थिति के बारे में गहराई से जानकारी प्राप्त की।

उसके सोशल मीडिया अकाउंट निजी थे, लेकिन अदालत के आदेश से, वह उसके फेसबुक और इंस्टाग्राम प्रोफाइल तक पहुंच हासिल करने में कामयाब रहा।

पहली चीज़ जिसने उनका ध्यान खींचा वह तीन दिन पहले की एक ऑनलाइन पोस्ट थी, जहाँ सेलेना ने घोषणा की थी कि वह अभिभूत और चिंतित महसूस करने के कारण सोशल मीडिया से ब्रेक ले रही हैं।

उन्होंने नई कला तैयार करने के लगातार दबाव और कला जगत में पहचान की कमी से जूझने का जिक्र किया था.

सैम की नज़रें उसकी ऑनलाइन पोस्टों पर नज़र डाल रही थीं और कोई सुराग तलाश रही थीं।

उन्होंने देखा कि सेलेना ने हाल ही में "आर्टिस्टिक हब" (Artistic Hub) नामक अकाउंट से बातचीत की थी। यह एक वेबसाइट है जो कला तकनीकों पर लेख और ट्यूटोरियल साझा करती है।

अकाउंट की जीवनी में लिखा है: "*कला की सुंदरता को साझा करना और दूसरों को उनकी रचनात्मक क्षमता को अनलॉक करने में मदद करना*".

सैम को लगा कि यह एक आशाजनक नेतृत्व हो सकता है।
उन्होंने खाते की व्यवस्थापक जानकारी तक पहुंच का अनुरोध किया और गहराई से खोजबीन करना शुरू किया।

सैम को इस मामले से संबंधित जानकारी नहीं मिल सकी।

इस बीच, उन्होंने सेलेना के निजी जीवन के बारे में और अधिक जानने की उम्मीद में उनके पारिवारिक घर का दौरा करने का फैसला किया।

उसकी माँ, जैस्मीन (Jasmine) ने दरवाज़ा खोला, उसकी आँखें रोने से लाल थीं।

"जासूस सैम, कृपया पता लगाएं कि मेरी बेटी के साथ ऐसा किसने किया," उसने विनती की।

सैम ने सिर हिलाया और कहा कि मैं अपना सर्वश्रेष्ठ दूंगा। उसने अनुरोध किया कि क्या वह घर के चारों ओर नज़र डाल सकता है?

जैस्मीन उसे सेलेना के कमरे में ले गई, जहां सैम को नाइटस्टैंड पर कई डायरियां और नोटबुक का ढेर मिला।

जैसे ही उसने पन्ने पलटे, उसे असुरक्षा और आत्म-संदेह की गहरी भावना का पता चला।

सेलेना वर्षों से चिंता और अवसाद से जूझ रही थी, उसे अक्सर ऐसा महसूस होता था कि वह अपने सफल माता-पिता की छाया में रह रही है।

सेलेना के पिता एक प्रसिद्ध कलाकार, कला व्यापारी और व्यवसायी थे और उनकी माँ भी एक सफल व्यवसायी महिला थीं।

सेलेना की डायरी की जाँच करने पर, विशेष रूप से एक प्रविष्टि ने उनका ध्यान खींचा:

सेलेना की नोटबुक

मुझे ऐसा लग रहा है जैसे मैं इस पचड़े में फंस गई हूं।

मेरी कला उतनी अच्छी नहीं है, मेरे माता-पिता हमेशा आलोचनात्मक रहते हैं...

काश मैं बिना किसी आलोचना के सिर्फ मैं ही रह पाती।

सैम को दुःख और हताशा का एहसास हुआ। ऐसा लग रहा था जैसे सेलेना हर तरफ से बहुत सारे दबावों से जूझ रही थी।

जैसे-जैसे सैम ने पढ़ना जारी रखा, उसने देखा कि सेलेना वर्षों से अवसादरोधी दवाएँ ले रही थी।

चिकित्सा सत्रों और स्व-सहायता पुस्तकों का भी उल्लेख था। यह स्पष्ट था कि वह अपने संघर्षों से निपटने की कोशिश कर रही थी।

डायरी प्रविष्टियों से यह भी पता चला कि सेलेना किसी नए व्यक्ति से मिल रही थी, जिसने उसे आलोचना के बावजूद कला बनाते रहने के लिए प्रोत्साहित किया था।

सेलेना ने कई महीने पहले एक कला प्रदर्शनी में उनसे मुलाकात का जिक्र किया था।

सैम ने इस नए परिचित की आगे जांच करने के लिए एक मानसिक नोट बनाया।

जासूस सैम टेलर मार्टिन परिवार के लिविंग रूम में बैठा था, जो मध्यमवर्गीय आराम के आरामदायक साज-सामान से घिरा हुआ था।

सेलेना की माँ, जैस्मीन, उसके सामने बैठी थी, उसकी आँखें रोने से लाल थीं।

"मैं जानना चाहती हूं कि मेरी बेटी के साथ क्या हुआ," उसने कांपती आवाज में कहा।

सैम ने सहानुभूतिपूर्वक सिर हिलाया। "हम इसका पता लगाने के लिए हर संभव प्रयास कर रहे हैं।

सैम ने पूछा, क्या आप मुझे सेलेना के जीवन के बारे में और बता सकते हैं? उसका कोई शत्रु या संघर्ष रहा होगा?"

जैस्मिन बोलने से पहले झिझकी. "सेलेना हमेशा एक संवेदनशील आत्मा थी। वह चिंता और अवसाद से जूझती रही और इसका असर उसके रिश्तों पर पड़ा। उसके कुछ करीबी दोस्त थे, लेकिन वे सभी अपने-अपने संघर्ष से गुजर रहे थे।"

सैम ने अपनी नोटबुक निकाली और नोट्स लेने लगा। "ये दोस्त कौन थे?"

"जून (June) उसकी सबसे करीबी दोस्त थी। वे कला विद्यालय में मिले थे और तब से अविभाज्य हैं। फिर ओवेन (Owen) था। वह एक कलाकार

था जिससे उसकी मुलाकात कुछ महीने पहले एक प्रदर्शनी में हुई थी। वह आकर्षक और उत्साहवर्धक था।" लेकिन... मुझे नहीं पता कि वह उसके लिए अच्छा था या नहीं।"

ओवेन का नाम सुनते ही सैम के कान खड़े हो गये। उन्होंने आगे उस पर गौर करने के लिए एक मानसिक नोट बनाया।

जैस्मीन ने आगे कहा, "और फिर उसका भाई, डैनियल (Daniel) है । वह सेलेना से कुछ साल बड़ा है और हमेशा उसके लिए ज़िम्मेदार महसूस करता है। वह... कभी-कभी अति-सुरक्षात्मक था।"

सैम ने कुछ और नोट लिखे। "क्या डेनियल को सेलेना के साथ कोई परेशानी थी?"

जैस्मिन बोलने से पहले फिर झिझकी. "वह हमेशा इस बात को लेकर चिंतित रहता था कि उसे चोट लग जाएगी या वह किसी ऐसे व्यक्ति के बहुत करीब आ जाएगी जो उसके लिए अच्छा नहीं है। वह... तीव्र हो सकता है।"

सैम को लगा कि कहानी में कुछ और है, लेकिन उसने अब इस मुद्दे पर सेलेना की मां पर दबाव नहीं डाला।

जैसे ही वह मार्टिन के परिवार के घर से निकला, सैम को लगा जैसे उसने कुछ महत्वपूर्ण जानकारी हासिल कर ली है।

सैम ने कहानी का पक्ष जानने के लिए जून और डेनियल से मिलने का फैसला किया।
वह जून के अपार्टमेंट में पहुंचे, जहां जून ने नम आंखों से उनका स्वागत किया। जून ने कहा, "मुझे सेलेना की बहुत याद आती है।"

सैम ने फिर से अपनी नोटबुक निकाली। "क्या आप मुझे सेलेना के साथ अपने रिश्ते के बारे में और बता सकते हैं? क्या कोई लड़ाई-झगड़ा हुआ था?"

जून ने सिर हिलाया। "हमने कभी लड़ाई नहीं की, सैम। हम एक-दूसरे की चट्टान थे। लेकिन... मैंने देखा कि वह हाल ही में संघर्ष कर रही थी। वह दूर और पीछे हटी हुई लग रही थी।"

सैम ने नोट किया और जून को उसके समय के लिए धन्यवाद दिया और डैनियल के अपार्टमेंट की ओर चला गया।

जैसे ही वह अंदर गया, डैनियल ने अपनी किताब से ऊपर देखा, उसकी आँखें थोड़ी सिकुड़ गईं। "आप क्या चाहते हैं?"

सैम ने अपना बैज दिखाया। "मैं सेलेना की हत्या की जांच कर रहा हूं, डैनियल। क्या आप मुझे अपनी बहन के साथ अपने रिश्ते के बारे में विस्तार से बता सकते हैं?"

डैनियल ने खर्राटा लिया। "मैं सेलेना से प्यार करता था, सिर्फ इसलिए नहीं कि वह मेरी बहन थी। मैं वही चाहता था जो उसके लिए सबसे अच्छा हो।"

सैम को डेनियल के स्वर में रक्षात्मकता का संकेत महसूस हुआ।

जासूस सैम टेलर, डेनियल मार्टिन के सामने बैठा था; उसकी निगाहें संदिग्ध की रक्षात्मक मुद्रा पर टिक गईं।
"डैनियल, मुझे पता है कि तुम अपनी बहन से प्यार करते थे, लेकिन मुझे कुछ कठिन सवाल पूछने की ज़रूरत है। क्या तुम मुझे बता सकते हो कि सेलेना की हत्या की रात तुम कहाँ थे?"

डेनियल अपनी सीट पर असहजता से हिल गया। "मैं... दोस्तों के साथ बाहर था। हम एक स्थानीय बार में गए और बाद में हम मूवी देखने गए। मैं देर तक घर नहीं पहुंचा।"

सैम ने भौंहें ऊपर उठाईं। "क्या कोई इस बहाने की पुष्टि कर सकता है?"

डेनियल बोलने से पहले झिझके। "मुझे ऐसा नहीं लगता। मेरे सभी दोस्त अब शहर से बाहर हैं, और मुझे नहीं लगा कि यह कोई बड़ी बात है। लेकिन... मैंने रात 10 बजे के आसपास किसी से फोन पर बात की थी।"

सैम को लगा कि डेनियल कुछ छिपा रहा है। "आपने किस से बात की थी?" सैम ने पूछा

सैम पर वापस स्थिर होने से पहले, डैनियल की नज़र कमरे के चारों ओर घूम गई। डैनियल ने कहा, "वह...जून थी। वह सेलेना के बारे में चिंतित थी और जानना चाहती थी कि क्या गैंने उस दिन सेलेना से बात की थी।"

सैम का दिमाग घूम रहा था, उसने फिर से अपनी नोटबुक निकाली। "जून ने कहा कि आप सेलेना के प्रति अत्यधिक सुरक्षात्मक थे। क्या आपको कभी ऐसा महसूस हुआ कि आप उसे रोक रहे थे?"

डेनियल का चेहरा ठंडा पड़ गया. "मैं बस उसकी मदद करने की कोशिश कर रहा था। वह बहुत कमज़ोर थी और हमारे माता-पिता के मार्गदर्शन के बिना खोई हुई थी।"

सैम को डेनियल की बातों में गहरी असुरक्षा का एहसास हुआ। सैम ने उससे गहराई से पूछने का फैसला किया।

"क्या आपको कभी सेलेना की प्रतिभा से ईर्ष्या महसूस हुई? क्या आपने उसे पसंदीदा बच्ची होने के कारण नाराज़ किया?"

डेनियल का चेहरा गुस्से से लाल हो गया. "बिल्कुल नहीं! सेलेना मेरी बहन थी, और चाहे कुछ भी हो, मैं उससे प्यार करता था।"

सैम को डेनियल के स्वर में रक्षात्मकता का संकेत मिला। उन्होंने डैनियल के उद्देश्यों और अन्यत्र रूप से आगे की जांच करने के लिए एक मानसिक नोट बनाया।

जैसे ही वह डेनियल के अपार्टमेंट से बाहर निकला, सैम को लगा जैसे कुछ तो है जो सही नहीं है।

सैम ने जून से दोबारा मिलने का फैसला किया, यह उम्मीद करते हुए कि वह अधिक जानकारी साझा करने की इच्छुक होंगी।

जासूस सैम टेलर अपनी मेज पर बैठा सेलेना की नोटबुक के पन्ने पलट रहा था।

उसकी लिखावट अच्छी नहीं थी, लेकिन उसके विचार ओजस्वी थे। सैम को कुछ सप्ताह पहले के कुछ शब्द मिले:

सेलेना की नोटबुक

मैं खुद को बहुत फंसी हुई महसूस कर रही हूं।

जैसे मैं अपने ही ख्यालों में डूब रही हूं।

मैं चीखना चाहती हूं, लेकिन कोई मेरी बात नहीं समझता।

मैं दुख और चिंता के इस कभी न खत्म होने वाले चक्र में फंस गई हूं।

मैं हर किसी की तरह खुश क्यों नहीं रह सकती?

सैम का दिल सेलेना के लिए रोया। वह उसका दर्द और हताशा महसूस कर सकता था।

सैम ने अब सेलेना के थेरेपी सत्रों की जांच करने का फैसला किया ताकि यह देखा जा सके कि क्या असामान्य व्यवहार या संदिग्ध गतिविधियों के कोई संकेत थे।

सैम चिकित्सक के कार्यालय में पहुंचा और अपना परिचय दिया। "मैं जासूस सैम टेलर हूं। मैं सेलेना मार्टिन की हत्या की जांच कर रहा हूं। क्या आप मुझे सेलेना के थेरेपी सत्रों के बारे में कुछ बता सकते हैं?"

चिकित्सक, डॉ. नेल्सन (Dr. Nelson) ने सहानुभूतिपूर्वक सिर हिलाया। "सेलेना एक प्रतिभाशाली युवा महिला थी, लेकिन वह गंभीर अवसाद और चिंता से जूझ रही थी। सेलेना कई वर्षों तक नियमित रूप से मुझसे मिलने आती थी।"

सैम ने फिर से अपनी नोटबुक निकाली। "क्या आप मुझे उसकी प्रगति के बारे में और बता सकते हैं? क्या उसने कभी किसी विशेष भय या चिंता का उल्लेख किया था?"

डॉ. नेल्सन बोलने से पहले झिझके। "सेलेना के मन में कुछ...असामान्य भय थे। वह भुला दिए जाने से भयभीत थी, जैसे कि वह गायब हो जाएगी और किसी को उसका अस्तित्व याद नहीं रहेगा। यह एक अतार्किक भय था, और यह गहराई तक व्याप्त था।"

सैम की आंखें सिकुड़ गईं। यह डर इस मामले में प्रासंगिक लग रहा था।

डॉ. नेल्सन ने आगे कहा, "वह विश्वास के मुद्दों से भी जूझती थी। उसे करीबी रिश्ते बनाने में परेशानी होती थी और उसे हमेशा चिंता रहती थी कि लोग उसे छोड़ देंगे।"

सैम ने इस बात को भी नोट कर लिया।

जासूस सैम टेलर अपने डेस्क पर बैठा, अपने कंप्यूटर स्क्रीन पर सेलेना के सोशल मीडिया खातों की खोज कर रहा था।

उसने उसके इंस्टाग्राम फ़ीड को स्क्रॉल किया और ऐसे किसी सुराग की तलाश की जो उसकी हत्या से पहले उसके विचारों और भावनाओं पर प्रकाश डाल सके।

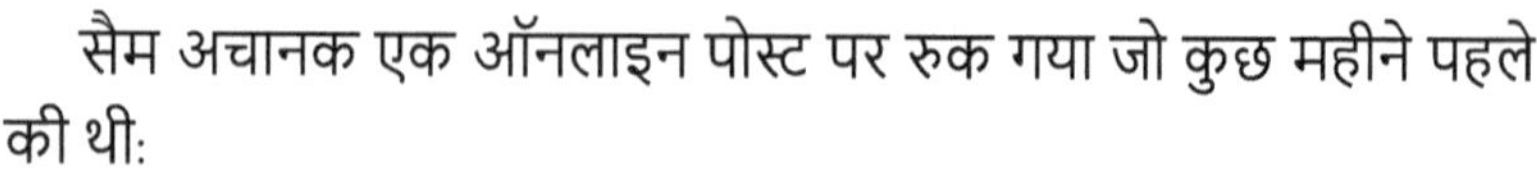

सैम अचानक एक ऑनलाइन पोस्ट पर रुक गया जो कुछ महीने पहले की थी:

मुझे ऐसा लग रहा है जैसे मैं भीड़ में खुद को खो रही हूं। जैसे मैं चेहरों के समुद्र में बस एक चेहराहीन आत्मा हूं। काश कोई मुझे देख पाता, सचमुच देख पाता।

सैम को दुख की पीड़ा महसूस हुई। सेलेना के शब्द बेहद परिचित थे।

सैम सोच रहा था कि क्या खो जाने और अदृश्य होने की यह भावना सेलेना के भुला दिए जाने के डर से जुड़ी हो सकती है।

सैम ने अन्य सुरागों की तलाश जारी रखी।

सैम को एक ऑनलाइन पोस्ट मिली जो कुछ सप्ताह पहले की थी:

मैं उन लोगों के साथ अच्छा व्यवहार करके बहुत थक गई हूं जो मेरी परवाह नहीं करते। जब मैं अंदर ही अंदर मर रही हूं तो मैं ठीक होने का नाटक करते-करते थक गई हूं। काश कोई मुझे समझता, सच में मुझे समझता।

ऑनलाइन पोस्ट पढ़ते ही सैम की आँखें चौड़ी हो गईं।

सैम ने महसूस किया कि यह मदद के लिए पुकार और किसी से उसके दर्द पर ध्यान देने की गुहार जैसा लग रहा था।

सैम ने सेलेना के दोस्तों और परिचितों पर गौर करने के लिए एक नोट बनाया, यह देखने के लिए कि क्या किसी ने हाल ही में सेलेना के व्यवहार या अभिव्यक्ति में कोई बदलाव देखा है।

जासूस सैम टेलर जून के साथ फिर से बात करने के लिए बैठ गया, उसकी आँखें किसी धोखे के संकेत की तलाश में थीं।

"जून, मुझे तुमसे कुछ पूछना है," सैम ने धीरे से कहा। "आपने बताया कि सेलेना की हत्या की रात आपने डेनियल से बात की थी। क्या आप मुझे उस बातचीत के बारे में विस्तार से बता सकते हैं?"

जून बोलने से पहले झिझकी। "मैं सेलेना के बारे में चिंतित थी। वह हाल ही में दूर हो गई थी और पीछे हट गई थी, और मैंने पूरे दिन उससे कुछ भी नहीं सुना था। मैं उस तक पहुंचने और यह सुनिश्चित करने की कोशिश कर रही थी कि वह ठीक है।"

सैम ने गहरी निगाहें बनाते हुए पूछा "और डेनियल ने क्या कहा?"

जून की अभिव्यक्ति घबराहट भरी हो गई। "डैनियल ने मुझे बताया कि उसने भी उससे कुछ नहीं सुना है, लेकिन वह उसकी तलाश करेगा। डैनियल ने कहा कि वह शायद दोस्तों के साथ बाहर गई होगी।"

सैम को लगा कि जून कुछ छिपा रही थी। "क्या तुमने उस पर विश्वास किया?"

जून ने सिर हिलाया। "नहीं... मुझे नहीं पता कि किस पर विश्वास करूं। डैनियल कठोर हो सकता है, और मैंने उसे पहले भी सेलेना पर गुस्सा होते देखा है।"
सैम ने सेलेना के आसपास डेनियल के व्यवहार की और जांच करने के लिए एक मानसिक नोट बनाया।

जैसे ही सैम ने जून का अपार्टमेंट छोड़ा, सैम ने ओवेन से मिलने का फैसला किया। सोच रहा था कि ओवेन अधिक जानकारी दे सकता है।

लेकिन उससे पहले सैम ने डेनियल से दोबारा बात करने के बारे में सोचा।

इस बीच, सैम ने किसी विशेष सुराग के लिए सेलेना की डायरी की जाँच की।

सेलेना की नोटबुक

मैं हाल ही में बहुत खोया हुआ महसूस कर रही हूं।

डेनियल हमेशा मुझ पर नजर रखते हैं, डेनियल यह सुनिश्चित कर रहे हैं कि मैं वही कर रही हूं जो उन्हें लगता है कि मेरे लिए सबसे अच्छा है।

लेकिन मैं जो चाहती हूं उसका क्या? मेरी कला के बारे में क्या?

जून कहती है कि मैं प्रतिभाशाली हूं, लेकिन डेनियल सिर्फ इतना कहता है कि मैं अपना समय बर्बाद कर रही हूं।

आखिरकार मैंने हिम्मत करके डेनियल को बताया कि मैं स्कूल छोड़ रही हूं।
बेशक वह गुस्से में था।

डैनियल का कहना है कि मैं अपना भविष्य छोड़ रही हूं, मैं एक कलाकार के रूप में कभी भी आजीविका नहीं कमा पाऊंगी।

लेकिन मैं जानती हूं कि मैं क्या चाहती हूं, और यह वह नहीं है जो वह मेरे लिए चाहता है।

सैम सोच रहा था कि क्या ये प्रविष्टियाँ मामले के लिए प्रासंगिक हो सकती हैं।

क्या सेलेना अपने भाई की अत्यधिक सुरक्षा के कारण फँसी हुई महसूस कर रही थी? क्या यही तनाव उसकी हत्या का कारण बना?

जासूस सैम टेलर डेनियल के साथ बैठ गया, उसकी अभिव्यक्ति दृढ़ थी। "डैनियल, मुझे सेलेना के प्रति आपके व्यवहार के बारे में आपसे कुछ प्रश्न पूछने हैं। सेलेना की नोटबुक और डायरी प्रविष्टियों से पता चलता है कि आप अत्यधिक सुरक्षात्मक और नियंत्रित थे। क्या आपको ऐसा महसूस हुआ कि आप उसे रोक रहे थे?"

डैनियल की आँखें गुस्से से चमक उठीं। "मैं बस उसकी मदद करने की कोशिश कर रहा था! वह मेरी बहन थी, और मैं उसकी रक्षा करना चाहता था।"

सैम ने आगे झुककर कहा, "मैं यह समझता हूं, लेकिन क्या आपको कभी ऐसा महसूस हुआ कि आप उसका दम घोंट रहे थे? क्या आपने कभी पसंदीदा बच्चा न होने के कारण उस पर नाराजगी जताई?"

डेनियल का चेहरा गुस्से से लाल हो गया. "तुम्हें लगता है कि मैंने उसे मार डाला क्योंकि वह पसंदीदा बच्ची थी? यह बेतुका है!"

सैम ने अपनी भौंहें ऊपर उठाईं। "मैं सिर्फ सवाल पूछ रहा हूं, डैनियल। क्या आप मुझे बता सकते हैं कि जिस रात सेलेना लापता हुई थी उस रात 9 बजे से 10 बजे के बीच आप कहां थे?"

डेनियल बोलने से पहले झिझके। "मैं... मैं जिम में था। मैं दौड़ने गया और फिर कुछ वज़न उठाया। मैं लगभग 10:30 बजे तक वापस नहीं आया।"

सैम ने फिर से अपनी नोटबुक निकाली। "क्या कोई इस बहाने की पुष्टि कर सकता है?"

डेनियल की नज़र कमरे के चारों ओर घूमी और फिर उसने सैम की ओर देखा। "मैं ऐसा नहीं सोचता... लेकिन मुझे यकीन है कि यह सच है।"

सैम को लगा कि डेनियल कुछ छिपा रहा है, लेकिन उसे नहीं पता था कि क्या। सैम ने जांच को आगे बढ़ाने का फैसला किया।

"डैनियल, क्या आप मुझे सेलेना के माता-पिता के साथ अपने रिश्ते के बारे में और बता सकते हैं? क्या उन्होंने कभी आपके बजाय सेलेना का पक्ष लिया?"

डेनियल का चेहरा ठंडा पड़ गया. "वे हमेशा मुझसे दूर रहते थे। उन्होंने मुझे या मेरी प्रतिभा को कभी नहीं समझा। लेकिन इस मामले से इसका कोई लेना-देना नहीं है।"

सैम को डेनियल के स्वर में नाराजगी का संकेत मिला। उसने अपने माता-पिता के साथ डैनियल के संबंधों की और जांच करने के लिए एक मानसिक नोट बनाया।

सैम ने इस पर किसी भी संभावित संदर्भ के लिए सेलेना की डायरी की जाँच की।

सेलेना की नोटबुक

आज फिर मम्मी-पापा से मेरी लड़ाई हो गई।

वे डेनियल के प्रति बहुत बुरे हैं और मैं उसके लिए और अधिक खड़े न होने के लिए दोषी महसूस करती हूं।

लेकिन कभी-कभी मैं इसे और बदाश्त नहीं कर पाती।

मुझे पता चला कि डेनियल मेरे फोन को देख रहा है और मुझे बिना बताए मेरे मैसेज पढ़ रहा है।

मैं बहुत गुस्से में हूं और टूट गई हूं। वह मुझे अकेला क्यों नहीं छोड़ सकता?

सैम सोच रहा था कि क्या ये प्रविष्टियाँ मामले के लिए प्रासंगिक हो सकती हैं।

क्या सेलेना के प्रति डेनियल का व्यवहार उनके माता-पिता के प्रति ईर्ष्या या नाराजगी से प्रेरित था?

जासूस सैम टेलर ने सेलेना के माता-पिता, लुकास (Lucas) और जैस्मीन मार्टिन (Jasmine Martin) की जांच करने का फैसला किया।

सैम ने उनके आलीशान घर का दौरा किया और उनके बच्चों के साथ उनके रिश्ते को बेहतर ढंग से समझने की कोशिश की।

जैसे ही वह उनके लिविंग रूम में बैठा, वह इस भव्य घर और सेलेना के मामूली अपार्टमेंट के बीच स्पष्ट अंतर को नोटिस किए बिना नहीं रह सका।

"क्या आप मुझे अपने बच्चों के साथ अपने रिश्ते के बारे में और बता सकते हैं?" सैम ने पूछा.

लुकास और जैस्मीन ने एक सुर में बोलने से पहले एक-दूसरे पर नज़र डाली। "बेशक, हम अपने बच्चों से बहुत प्यार करते हैं। लेकिन हमें उनसे बहुत उम्मीदें हैं। हम चाहते हैं कि वे सफल हों और अपनी प्रतिभा का भरपूर उपयोग करें।"

सैम ने भौंहें ऊपर उठाईं। "अत्यधिक उम्मीदें बच्चों के लिए कठिन हो सकती हैं। क्या आपको कभी ऐसा महसूस हुआ कि आप उन पर बहुत अधिक दबाव डाल रहे हैं?"

जैस्मिन बोलने से पहले झिझकी. "शायद... डैनियल हमेशा आलोचना के प्रति संवेदनशील है। दूसरी ओर, सेलेना अधिक लचीली थी।"

सैम को पक्षपात का सूक्ष्म संकेत महसूस हुआ। "और डैनियल के साथ

आपके रिश्ते के बारे में क्या? क्या आपको कभी ऐसा महसूस हुआ कि वह सेलेना की प्रतिभा से ईर्ष्या करता था?"

लुकास की अभिव्यक्ति ठंडी हो गई। "डैनियल एक प्रतिभाशाली व्यक्ति है, लेकिन वह सेलेना जितना कलात्मक नहीं है। हमने सेलेना को कला के प्रति अपने जुनून को आगे बढ़ाने के लिए प्रोत्साहित किया, जबकि डैनियल ने अपने व्यावसायिक करियर पर ध्यान केंद्रित किया।"

सैम ने फिर से अपनी नोटबुक निकाली। "क्या आप मुझे सेलेना की कलात्मक प्रतिभा के बारे में और बता सकते हैं? क्या उसने कभी कोई सकारात्मक संकेत दिखाए थे?"

जैस्मीन ने उत्साह से सिर हिलाया। "ओह, हाँ! वह छोटी उम्र से ही सर्वश्रेष्ठ थीं। हमने सोचा कि वह कला की दुनिया में नाम कमा सकती है।"

सैम को जैस्मीन के स्वर में उदासी का संकेत मिला।

सैम ने पूछा, "लेकिन ऐसा लगता है कि जब उसने स्कूल छोड़ने और पूर्णकालिक कला को आगे बढ़ाने का फैसला किया तो आप भी निराश हो गए थे?"

लुकास का चेहरा गुस्से से लाल हो गया। "वह एक मूर्खतापूर्ण निर्णय था! उसे अपने माता-पिता की सलाह माननी चाहिए थी और एक स्थिर करियर बनाना चाहिए था।"

सैम को एहसास हुआ कि सेलेना के माता-पिता ने उसकी सफलता में उससे कहीं अधिक निवेश किया होगा जितना उसने शुरू में सोचा था।

सैम ने संदर्भ के लिए तुरंत सेलेना की डायरी की जाँच की।

सेलेना की नोटबुक

आज फिर मम्मी-पापा से मेरी बहस हो गई।

वे चाहते हैं कि मैं अपनी कला छोड़ दूं और 'असली नौकरी' पा लूं।

मैं उनकी उम्मीदों से बहुत फंसी हुई और घुटन महसूस करती हूं।

जब मैं छत की जगह साफ कर रही थी तो मुझे अपनी मां की एक पुरानी पेंटिंग मिली।

यह सुन्दर है! मैं कभी नहीं जानती थी कि वह एक कलाकार भी है।

शायद मैं अकेली नहीं हूं जिसके पास छुपी प्रतिभाएं हैं ....

सैम सोच रहा था कि क्या ये प्रविष्टियाँ मामले के लिए प्रासंगिक हो सकती हैं।

क्या सेलेना अपने माता-पिता की अपेक्षाओं में फँसी हुई महसूस कर रही थी, या उनके साथ उसके रिश्ते में कुछ और भी था?

जासूस सैम टेलर ने लुकास और जैस्मीन के व्यापारिक लेनदेन की जांच करने का निर्णय लिया।

सैम को पता चला कि वे एक सफल कला कंपनी, मार्टिन आर्ट्स (Martin Arts) के मालिक हैं, और अपनी क्रूर व्यावसायिक रणनीति के लिए जाने जाते हैं।

जैसे ही सैम ने उनके व्यावसायिक रिकॉर्ड की गहराई से जांच की, सैम को पता चला कि वे पिछले कुछ वर्षों में कई उच्च-दांव वाले सौदों में शामिल थे।

प्रतिद्वंद्वी कंपनियों के साथ संदिग्ध व्यवहार और संघर्ष की अफवाहें थीं।

सैम ने मार्टिन के कार्यालय का दौरा करने का फैसला किया, इस उम्मीद से कि उन्हें उनके व्यापारिक लेनदेन के बारे में बेहतर समझ मिलेगी।

सैम की मुलाकात लुकास और जैस्मीन से हुई, जो टालमटोल करने वाले और घबराए हुए लग रहे थे।

"क्या आप मुझे अपने हाल के व्यापारिक सौदों के बारे में कुछ बता सकते हैं?" सैम ने पूछा

लुकास और जैस्मीन ने एक सुर में बोलने से पहले एक-दूसरे पर नज़र डाली। "हमें सफलताओं और असफलताओं का अच्छा-खासा हिस्सा मिला है, लेकिन कुछ भी सामान्य नहीं है।"

सैम को बेचैनी का एक संकेत महसूस हुआ। सैम ने पूछा, "मैंने प्रतिद्वंद्वी कंपनियों के साथ संघर्ष की अफवाहें सुनी हैं। क्या आप पुष्टि या खंडन कर सकते हैं?"

जैस्मीन की अभिव्यक्ति ठंडी हो गई। "हम अफवाहों पर टिप्पणी नहीं करते।"

सैम ने फिर से अपनी नोटबुक निकाली। "मैंने यह भी सुना है कि आप आर्थिक रूप से संघर्ष कर रहे हैं। क्या यह सच है?"

लुकास का चेहरा गुस्से से लाल हो गया। "इससे आपका कोई लेना-देना नहीं है! हम बिल्कुल अच्छा कर रहे हैं, बहुत-बहुत धन्यवाद।"

सैम को लगा कि लुकास और जैस्मीन कुछ छिपा रहे हैं।

सैम ने उनके वित्तीय रिकॉर्ड पर और गौर करने के लिए एक मानसिक नोट बनाया।

सैम किसी भी प्रासंगिक सुराग को खोजने के लिए सेलेना की डायरी की जांच करता है।

सेलेना की नोटबुक

मेरी कला को लेकर आज फिर मेरी मां और पिताजी से लड़ाई हो गई।

उन्हें लगता है कि मैं अपना समय बर्बाद कर रही हूं और मुझे कुछ अधिक व्यावहारिक चीजों पर ध्यान केंद्रित करना चाहिए। मुझे ऐसा लगता है कि मैं उनकी उम्मीदों में खुद को खो रही हूं।

मुझे पता चला कि माँ और पिताजी हमारी वित्तीय स्थिति के बारे में मुझसे झूठ बोल रहे हैं।

वास्तव में हम पानी पर बने रहने के लिए संघर्ष कर रहे हैं।

मैं बहुत दुखी और टूटा हुआ महसूस कर रही हूं।

सैम सोच रहा था कि क्या सेलेना के माता-पिता के वित्तीय संघर्ष उनके व्यापारिक लेनदेन से संबंधित हो सकते हैं या यह सिर्फ एक व्यक्तिगत मुद्दा था।

जासूस सैम टेलर ने मार्टिन परिवार के वित्तीय रिकॉर्ड की और जांच करने का निर्णय लिया।

सैम ने एक वारंट प्राप्त किया और उनके वित्तीय दस्तावेजों तक पहुंच प्राप्त की, उन्होंने पाया कि वे वास्तव में आर्थिक रूप से संघर्ष कर रहे थे।

कंपनी गहरे कर्ज में डूबी हुई थी, और लुकास और जैस्मीन की व्यक्तिगत वित्तीय स्थिति भी प्रभावित हो रही थी।

जैसे-जैसे सैम ने गहराई से खोजबीन की, उसे पता चला कि वे अपने कला व्यवसाय का उपयोग अवैध गतिविधियों से धन शोधन के लिए कर रहे थे।

सैम उनके भ्रष्टाचार की सीमा से हैरान था।

सैम को एहसास हुआ कि सेलेना के माता-पिता का वित्तीय संघर्ष उसकी हत्या का कारण हो सकता है, लेकिन उसे अभी भी उनके वित्तीय मुद्दों और सेलेना की मौत के बीच संबंध खोजने की जरूरत है।

सेलेना की नोटबुक

मैं इस समय माँ और पिताजी से बहुत नाराज़ हूँ।
वे हमारी वित्तीय स्थिति के बारे में मुझसे हमेशा झूठ बोलते रहते हैं।

मुझे ऐसा लग रहा है जैसे मैं झूठ बोल रही हूं।

काश मैं उन्हें बता पाती कि मैं वास्तव में कैसा महसूस करती हूं, लेकिन मुझे डर है कि वे क्या करेंगे।

मैं हाल ही में घर के आसपास कुछ अजीब चीजें देख रही हूं।

माँ और पिताजी हाल ही में बहुत अधिक बहस कर रहे हैं, और वे पड़ोसियों के साथ झगड़ रहे हैं।

मुझे नहीं पता कि क्या हो रहा है, लेकिन मुझे यह सब पसंद नहीं है।

सैम सोच रहा था कि क्या सेलेना को कोई आपत्तिजनक बात मिल गई थी या वह सिर्फ अपने माता-पिता के रिश्ते में तनाव को महसूस कर रही थी।

जासूस सैम टेलर ने ऐसे किसी भी सबूत के लिए सेलेना के कमरे की तलाशी लेने का फैसला किया, जो उसके माता-पिता के वित्तीय संघर्ष को उसकी हत्या से जोड़ सकता हो।

सैम ने सावधानी से उसके सामान की जांच की और सामान्य से कुछ अलग ढूंढने की कोशिश की।

जैसे ही सैम ने खोजा, उसे सेलेना की कला आपूर्ति से संबंधित रसीदों और दस्तावेजों से भरा एक फ़ोल्डर मिला।

ऐसा लग रहा था कि सेलेना थोक में सामग्री खरीद रही थी, लेकिन मात्रा बहुत अधिक थी।

सैम सोच रहा था कि क्या सेलेना अपनी कला का उपयोग अपने माता-पिता के वित्तीय संघर्षों से निपटने के तरीके के रूप में कर रही थी?

सैम को रेखाचित्रों और चित्रों की एक श्रृंखला भी मिली जो सेलेना के अलगाव और हताशा की भावनाओं को दर्शाती थी।

विशेष रूप से एक पेंटिंग ने सैम का ध्यान खींचा - यह एक अंधेरा और अशुभ टुकड़ा था जो फंसने की भावना को दर्शाता था।

सैम को एहसास हुआ कि सेलेना की कला उसके परित्याग के समय उसकी मनःस्थिति को समझने की कुंजी हो सकती है।

सैम ने अपने कला शिक्षक का साक्षात्कार लेने और उस अवधि के दौरान सेलेना की भावनात्मक स्थिति के बारे में पूछने के लिए एक मानसिक नोट बनाया।

सेलेना की नोटबुक

मैं बहुत अकेला महसूस करती हूं।

माँ और पिताजी हमेशा लड़ते रहते हैं, और मुझे नहीं पता कि क्या करना है।

मुझे ऐसा लग रहा है कि मैं बस कुछ बदलने का इंतजार कर रही हूं। काश मैं गायब हो जाती और यह सब पीछे छोड़ देती।

मैंने कल रात एक अजीब सपना देखा.

मैं एक अंधेरे कमरे में फंस गई थी और मुझे बाहर निकलने का कोई रास्ता नहीं मिल रहा था।

मैं बहुत चिंतित और डरी हुई महसूस कर उठी।

काश मैं इस भावना को दूर कर पाती।

सैम सोच रहा था कि क्या सेलेना का सपना उसके माता-पिता के विषाक्त रिश्ते में फंसने की उसकी भावनाओं से जुड़ा था।

जासूस सैम टेलर सेलेना के कला विद्यालय (Arts school) में पहुंचे और उनकी कला शिक्षिका, मिस वॉटसन (Ms. Watson) से बात करने का फैसला किया।

वह गर्मजोशी भरी मुस्कान वाली दयालु आंखों वाली महिला थी और उसने सैम का अपने स्टूडियो में स्वागत किया।

मिस वॉटसन ने कहा, "सेलेना एक प्रतिभाशाली छात्रा थी।" "उसके पास एक अद्वितीय दृष्टिकोण और कला के प्रति जुनून था जो बेजोड़ था। लेकिन...गर्मियों की अवधि के दौरान सेलेना के बारे में कुछ ऐसा था जिसने मुझे चिंतित कर दिया।"

"वह क्या था?" सैम ने पूछा

"ऐसा लगता है कि सेलेना...विचलित थी," मिस वॉटसन ने कहा "वह अक्सर अपना असाइनमेंट भूल जाती थी या क्लास मिस कर जाती थी। और जब वह क्लास में आती थी, तो वह बहुत दूर लगती थी, जैसे कि वह विचारों में खो गई हो। मैंने उससे इस बारे में बात करने की कोशिश की, लेकिन उसने इसे टाल दिया और कहा कि वह ठीक है ।"

सैम की आँखें सिकुड़ गईं और उसने पूछा "क्या आपने कुछ और असामान्य देखा?"

"वास्तव में, हाँ," मिस वाटसन ने कहा। "सेलेना ने ... डार्क पेंटिंग्स लाना शुरू कर दिया। वे गहन, भावनात्मक रेखाचित्र (sketches) थे जो उसकी आंतरिक उथल-पुथल को दर्शाते थे। मैंने उससे उनके बारे में पूछा, और उसने सिर्फ इतना कहा कि वे 'उसकी भावनाओं को व्यक्त कर रहे थे'। लेकिन ... कुछ था उनके बारे में जो सही नहीं लग रहा था।"

सैम ने मिस वॉटसन को उनके समय के लिए धन्यवाद दिया और स्टूडियो छोड़ दिया, उसका दिमाग संभावनाओं के साथ दौड़ रहा था।

सैम ने इस पर किसी संदर्भ के लिए सेलेना की डायरी देखना शुरू कर दिया

सेलेना की नोटबुक

मैं हाल ही में बहुत फंसी हुई महसूस कर रही हूं।

माँ और पिताजी हमेशा झगड़ते रहते हैं, और मुझे ऐसा लगता है जैसे मैं बस यही कर रही हूँ।

मुझे जिंदा दफनाए जाने के ये भयानक दुःस्वप्न आ रहे हैं।

मुझे ऐसा लग रहा है जैसे मैं अपनी ही जिंदगी के बोझ तले दम तोड़ रही हूं।

मुझे अपनी एक पुरानी तस्वीर मिली, जब मैं छोटी थी, खुश और लापरवाह।

यह किसी अजनबी को देखने जैसा है। उस लड़की को क्या हुआ है?

मैं कब ऐसी इंसान बन गई जो इतना खोया हुआ और अकेला महसूस करती है?

सैम सोच रहा था कि क्या सेलेना की फँसने की भावनाएँ उसके माता-पिता के वित्तीय संघर्ष या किसी गहरी बात से जुड़ी थीं।

जासूस सैम टेलर ने उन पड़ोसियों से मिलने का फैसला किया, जिनका मार्टिन्स परिवार के साथ झगड़ा था, यह देखने के लिए कि क्या उन्होंने सेलेना की मौत के समय या उससे पहले कुछ भी संदिग्ध देखा था।

सैम ह्यूज़ (Hughes) के परिवार के घर पहुंचा, जहां उसका स्वागत टॉम (Tom) नाम के एक भयानक दिखने वाले व्यक्ति ने किया।

"आह, तुम सेलेना के जासूस लगते हो," टॉम ने सैम की ओर सावधानी से देखते हुए कहा। "मैं आपकी प्रतीक्षा कर रहा था। हम हाल ही में मार्टिंस परिवार के बारे में बात कर रहे थे"

"किस तरह की चीजें?" सैम ने पूछा

टॉम ने कहा, "मार्टिंस परिवार पिछले कुछ दिनों से काफी हंगामा कर रहा था।" "उनका संगीत बहुत तेज़ बजाना, ज़ोर-ज़ोर से बहस करना... यह एक वास्तविक उपद्रव है। और सेलेना, वह हमेशा अपने माता-पिता से लड़ती रहती थी। मैंने उसे एक से अधिक बार घर से बाहर निकलते देखा, ऐसा लगता है कि वह फट जाएगी।"

सैम के कान खड़े हो गये। "क्या आपने सेलेना की मृत्यु के दिन या उससे पहले कुछ भी असामान्य देखा?"

टॉम ने एक पल के लिए सोचा। "अब जब आपने इसका उल्लेख किया है, तो मैंने उस दिन कुछ अजीब देखा। मैं बाहर अपनी कार पर काम कर रहा था जब मैंने रोलेना को अपने सामने बरामदे गें किसी के साथ बहस करते देखा। उस समय रात के लगभग 8 बजे थे, और वह वास्तव में परेशान लग रही थी। उस समय, मैंने अधिक ध्यान केंद्रित नहीं किया लेकिन अब जब आपने इसका उल्लेख किया है...शायद यह महत्वपूर्ण था।"

सैम ने इस बारे में अपनी डायरी में एक नोट लिखा। "क्या आप जानते हैं कि वह किससे बहस कर रही थी?" सैम ने पूछा

टॉम ने अपना सिर हिलाया। "नहीं, मैंने ठीक से नहीं देखा। लेकिन वह निश्चित रूप से कोई था जिसे वह जानती थी। वह किसी अजनबी पर चिल्ला नहीं रही थी।"

सैम ने इस जानकारी के लिए टॉम को धन्यवाद दिया और ह्यूज़ का घर छोड़ दिया, उसका दिमाग संभावनाओं के साथ दौड़ रहा था।

सेलेना की नोटबुक

मैं माँ और पिताजी के बीच इस लड़ाई से बहुत तंग आ गई हूँ।

वे हमेशा चिल्लाते रहते हैं और मुझे लगता है कि मैं पागल हो रही हूं।

मैं चाहती हूं कि वे लड़ना बंद कर दें और हमेशा के लिए खुश रहें।

मैंने कल रात एक अजीब सपना देखा।

मैं एक अंधेरे जंगल से गुजर रही थी और मैंने पेड़ों पर अपने माता-पिता का चेहरा देखा।

वे हंस रहे थे और मुस्कुरा रहे थे, और ऐसा लग रहा था जैसे वे मुझे लुभाने की कोशिश कर रहे थे।

मैं अचानक जाग गई और महसूस करने लगी कि वास्तव में क्या हो रहा है।

सैम सोच रहा था कि क्या सेलेना की अपने सामने बरामदे में किसी के साथ बहस उसके माता-पिता के वैवाहिक मुद्दों या किसी और गहरी बात से जुड़ी थी।

जासूस सैम टेलर ने उस व्यक्ति की जांच करने का फैसला किया जो सेलेना के साथ उसके सामने के बरामदे पर बहस कर रहा था, यह देखने के लिए कि क्या उन्हें कुछ भी संदिग्ध नजर आया।

सैम वॉटसन के घर पहुंचा, जहां उसने सेलेना की कला शिक्षिका, मिस वॉटसन को बरामदे पर चाय का कप लेकर बैठे हुए पाया।

"जासूस सैम, आपका स्वागत है" उसने मुस्कुराते हुए कहा।

उसने कहा, "मैं आपका इंतजार कर रही थी। मुझे वह रात अच्छी तरह याद है। रात के करीब 8 बजे थे और मैं अपने स्टूडियो में कुछ प्रोजेक्ट्स पर काम कर रही थी, तभी मैंने सेलेना को अपने सामने के बरामदे में किसी से बहस करते देखा। मैं पहचान नहीं पाई वह व्यक्ति, लेकिन सेलेना वास्तव में परेशान लग रही थी।"

सैम ने जल्दी से अपनी नोटबुक निकाली और पूछा "क्या आप मुझे उस व्यक्ति का वर्णन कर सकते हैं?"

मिस वॉटसन ने एक पल के लिए सोचा। "वह एक युवा व्यक्ति था, शायद सेलेना की उम्र के आसपास। उसके गंदे भूरे बाल और घनी दाढ़ी थी। उसने काले रंग की हुडी पहनी हुई थी और ऐसा लग रहा था जैसे वह अभी-अभी नींद से बाहर आया हो।"

सैम की आंखें सिकुड़ गईं. "क्या तुमने देखा कि उनके बहस करने के बाद वह किस दिशा में गया?"

मिस वॉटसन ने सिर हिलाया। "नहीं, मैंने उसे जाते हुए नहीं देखा। लेकिन मैंने देखा कि बहस के बाद सेलेना सचमुच हिल गई थी। वह वापस अंदर आई और बिना किसी से कुछ भी कहे सीधे अपने कमरे में चली गई।"
सैम ने मिस वॉटसन को उनकी जानकारी के लिए धन्यवाद दिया और वॉटसन का घर छोड़ दिया, उसका दिमाग संभावनाओं के साथ दौड़ रहा था।

सैम ने किसी भी संबंधित सुराग के लिए सेलेना की डेयरी में खोज शुरू कर दी।

सेलेना की नोटबुक

मैं इस समय अपने जीवन में बहुत फंसी हुई महसूस कर रही हूं।

मैं इस छोटे से शहर में फंस गई हूं, जहां न तो संभावनाएं हैं और न ही बात करने के लिए कोई दोस्त है।

मुझे ऐसा लग रहा है कि मैं बस कुछ घटित होने का इंतजार कर रही हूं।

कल रात मैंने सपना देखा कि मैं उड़ रही हूं।

यह इतना वास्तविक लगा, जैसे मैं वास्तव में पेड़ों के ऊपर उड़ रही थी और स्वतंत्र महसूस कर रही थी।

लेकिन जब मैं उठी तो ऐसा लगा जैसे यह कभी हुआ ही नहीं।

सैम सोच रहा था कि क्या सेलेना की अपने सामने बरामदे में बैठे युवक के साथ बहस उसके फंसने की भावनाओं या किसी और चीज़ की उसकी इच्छा से जुड़ी थी।

जासूस सैम टेलर ने गंदे भूरे बालों और दाढ़ी वाले स्थानीय लड़कों की जांच करने का फैसला किया ताकि यह देखा जा सके कि उनमें से कोई भी संदिग्ध से मेल खाता है या नहीं।

स्थानीय हाई स्कूल और आस-पास के कला विद्यालयों में प्रचार करने के बाद, अंततः उन्हें ओवेन (Owen) नामक 26 वर्षीय कलाकार पर बढ़त मिल गई, जो संदिग्ध से मेल खाता था।

सैम ने सोचा कि यह नाम परिचित है और उसने तुरंत अपने नोट्स जांचे। सैम ने पाया कि जांच के लिए ओवेन पहले से ही उसकी संदिग्ध सूची में था।

जासूस सैम टेलर अपने कार्यालय में बैठकर मामले की फाइलों और नोट्स पर गौर कर रहा था। वह इस अहसास से उबर नहीं सका कि उससे कुछ छूट गया है।

सैम ने उस कलाकार ओवेन से मिलने का फैसला किया, जिससे सेलेना प्रदर्शनी में मिली थी।

जैसे ही सैम ओवेन के स्टूडियो में पहुंचा, वह जीवंत रंगों और शानदार सजावट से दंग रह गया।

ओवेन ने खुद ही दरवाज़ा खोला और वह हर तरह से एक आकर्षक कलाकार की तरह लग रहा था।

"अरे, जासूस! अंदर आओ," उसने सैम को स्टूडियो में लाते हुए कहा।

सैम ने अपनी नोटबुक निकाली और पूछा "ओवेन, मुझे आपसे सेलेना के साथ आपके रिश्ते के बारे में कुछ सवाल पूछने हैं। क्या आप मुझे उसके साथ अपनी आखिरी बातचीत के बारे में बता सकते हैं?"

ओवेन की अभिव्यक्ति विचारशील हो गई। "हमने कुछ रात पहले एक साथ डिनर किया था। सेलेना वास्तव में अपनी कला के साथ संघर्ष कर रही थी, अटकी हुई और अपने भविष्य को लेकर अनिश्चित महसूस कर रही थी। मैंने कुछ प्रोत्साहन और सलाह देने की कोशिश की।"

सैम को लगा कि कहानी में और भी बहुत कुछ है। "क्या तुमने उस रात उसके व्यवहार में कुछ असामान्य देखा?" रौम ने पूछा

ओवेन बोलने से पहले झिझके। "वह...चिंतित लग रही थी। जैसे वह मुझसे कुछ छिपा रही हो।"

इस नई जानकारी से सैम के कान खड़े हो गये। "क्या आप जानते हैं कि वह क्या छिपा रही होगी?"

ओवेन ने कंधे उचकाए। "पता नहीं। लेकिन मुझे याद है कि उसने एक धनी ग्राहक से नया कमीशन प्राप्त करने के बारे में कुछ कहा था।"

सैम ने इस नई लीड पर गौर करने के लिए एक मानसिक नोट बनाया।

जैसे ही सैम ने ओवेन का स्टूडियो छोड़ा, सैम यह महसूस किए बिना नहीं रह सका कि वह यहाँ सहायक था।

सैम ने सेलेना के कला जगत से संबंधों की और जांच करने का निर्णय लिया।

जासूस सैम टेलर अपने कंप्यूटर के सामने बैठकर एक बार फिर सेलेना के सोशल मीडिया अकाउंट्स की जाँच कर रहा था।

उसे पहले से ही कुछ संदिग्ध संदेश और टिप्पणियाँ मिल चुकी थीं, लेकिन वह गहराई से जानना चाहता था।

जैसे ही सैम ने सेलेना के इंस्टाग्राम पोस्ट को देखा, उन्हें एक पैटर्न नजर आया।

सेलेना अक्सर अपनी कला के बारे में पोस्ट करती थीं, अपने इंस्टाग्राम फॉलोअर्स के साथ रेखाचित्र और पेंटिंग साझा करती थीं।

लेकिन एक पोस्ट थी जिसने सैम का ध्यान खींचा - एक आकृति का चित्रण जिसके माध्यम से लाल X अंकित था। एक प्रकार का प्रतीक (symbol) जैसा।

सैम का दिमाग दौड़ने लगा, उसने आगे जांच करने का फैसला किया।

सैम ने सेलेना की हत्या से संबंध खोजने की उम्मीद में, उसी प्रतीक के किसी भी उल्लेख को ऑनलाइन खोजा।

कुछ खोजबीन के बाद, सैम को उसी प्रतीक पर चर्चा करने वाला एक रेडिट थ्रेड (Reddit thread) मिला।

यह कुछ साल पहले का एक पुराना मीम था, लेकिन एक टिप्पणीकार ने इसका उपयोग "नकली कला" या "बिकने वाली" के प्रतीक के रूप में किया था।

सैम की आँखें चौड़ी हो गईं क्योंकि उसे एहसास हुआ कि यह उसके लिए एक सुराग हो सकता है।

सैम ने सेलेना के कला विद्यालय का दौरा करने और उसके पूर्व सहपाठियों से बात करने का फैसला किया।

हो सकता है कि किसी ने सेलेना को उस प्रतीक का उपयोग करते देखा हो या अन्य कलाकारों के प्रति उसकी भावनाओं के बारे में कुछ जानता हो।

जैसे ही सैम कला विद्यालय में पहुंचा, उसका स्वागत पेंट और तारपीन की परिचित खुशबू से हुआ।

सैम ने शिक्षकों में से एक, दयालु आँखों वाली एक वृद्ध महिला से संपर्क किया।

"हैलो, मैं जासूस टेलर हूं। मैं आपके पूर्व छात्रों में से एक सेलेना मार्टिन की मौत की जांच कर रहा हूं। क्या आप मुझे उसके यहां बिताए समय के बारे में कुछ बता सकते हैं?"

शिक्षक ने सोच-समझकर सिर हिलाया। "सेलेना एक प्रतिभाशाली छात्रा थी, लेकिन वह आत्म-संदेह और प्रतिस्पर्धा से जूझती थी। उसे अक्सर ऐसा लगता था कि वह अन्य छात्रों के साथ फिट नहीं बैठती।"

इस नई जानकारी से सैम के कान खड़े हो गये। "क्या सेलेना ने किसी विशिष्ट प्रतिद्वंद्विता और संघर्ष का उल्लेख किया था?"

शिक्षक बोलने से पहले झिझके। "हाँ... एक छात्र था जो विशेष रूप से सेलेना से परेशान लग रहा था। उसका नाम ऑस्टिन (Austin) है, और उनकी कला शैलियों के बारे में उनके बीच असहमति थी।"

सैम ने ऑस्टिन की अन्यत्र उपस्थिति पर गौर करने और यह देखने के लिए एक मानसिक नोट बनाया कि क्या उसका सेलेना की हत्या से कोई संबंध है।

जासूस सैम टेलर सेलेना की हत्या से उसके संभावित संबंध के बारे में पूछताछ करने के लिए उत्सुक होकर ऑस्टिन के स्टूडियो में पहुंचे।

जैसे ही सैम ने स्टूडियो में प्रवेश किया, वह ऑस्टिन के काम और सेलेना के काम के बीच स्पष्ट अंतर को देखकर आश्चर्यचकित रह गया। ऑस्टिन की पेंटिंग बोल्ड और जीवंत थीं, जबकि सेलेना की पेंटिंग अधिक सूक्ष्म और आत्मविश्लेषी थीं।

ऑस्टिन ने स्वयं दरवाजे का उत्तर दिया, हेडलाइट्स में फंसे हिरण की तरह लग रहा था। "क्या मैं आपकी मदद कर सकता हूं?" उसने घबराकर पूछा.

सैम ने अपना बैज दिखाया। "मैं जासूस सैम टेलर हूं। मैं सेलेना मार्टिन की हत्या की जांच कर रहा हूं। मैं समझता हूं कि कला के बारे में आपकी उनसे असहमति थी?"

ऑस्टिन ने संकोचपूर्वक सिर हिलाया। "हाँ, हमारे बीच कुछ मतभेद थे। लेकिन मैंने उसे नहीं मारा!"

सैम ने अपनी नोटबुक निकाली और पूछा, "क्या आप मुझे अपने तर्क के बारे में और बता सकते हैं? वह कब हुआ था?"

ऑस्टिन ने आह भरी। "यह कुछ महीने पहले एक कला शो में हुआ था। हम दोनों ने कलाकृतियाँ प्रदर्शित की थीं और हमारे बीच बहस हुई थी कि किसका काम बेहतर था।"

सैम की आंखें सिकुड़ गईं. "क्या यह शारीरिक लड़ाई हुई?"

ऑस्टिन ने सिर हिलाया. "नहीं, नहीं, ऐसा कुछ नहीं है। हम बस... एक-दूसरे पर ज़ोर से चिल्लाने लगे और फिर कुछ देर बाद हम अलग हो गए।"

सैम ने इसे नोट किया और ऑस्टिन को उसके समय के लिए धन्यवाद दिया और ऑस्टिन द्वारा प्रदान की गई अन्यत्रता के बारे में सोचते हुए स्टूडियो छोड़ दिया।

जब वह अपनी कार की ओर वापस चला, तो वह इस भावना से उबर नहीं पाया कि कुछ तो ठीक नहीं था।

सैम ने ऑस्टिन के सोशल मीडिया खातों को देखने और यह जांचने का फैसला किया कि क्या उसने बहस के समय कुछ भी संदिग्ध पोस्ट किया था।

स्टेशन पर वापस आकर, सैम ने ऑस्टिन की ऑनलाइन उपस्थिति को खंगालने में घंटों बिताए।

आख़िरकार, सैम को बहस के समय ऑस्टिन की एक पोस्ट मिली - एक संदेश जिसमें लिखा था: "कुछ लोग आगे बढ़ने के लिए किसी भी हद तक नहीं रुकेंगे"।

सैम की आँखें चौड़ी हो गईं क्योंकि उसे एहसास हुआ कि यह एक चिंताजनक संदेश हो सकता है।

जासूस सैम टेलर उस पोस्ट की तह तक जाने के लिए ऑस्टिन के स्टूडियो में वापस चला गया।

जब सैम आया, तो ऑस्टिन अपने चित्रफलक पर बैठा एक जीवंत परिदृश्य चित्रित कर रहा था।

"ऑस्टिन, मुझे आपसे कुछ और प्रश्न पूछने हैं," सैम ने कहा, उसका स्वर दृढ़ लेकिन शांत था।

ऑस्टिन ने चिंतित होकर ऊपर देखा। "क्या चल रहा है?"

सैम ने अपना फोन निकाला और ऑस्टिन को पोस्ट दिखाया। "यह सेलेना के साथ बहस के समय आपके सोशल मीडिया अकाउंट पर था। इसका क्या मतलब है?"

ऑस्टिन की आँखें आश्चर्य से फैल गईं। "ओह, वह वाला? मुझे नहीं पता कि आप किस बारे में बात कर रहे हैं।"

सैम को लगा कि ऑस्टिन झूठ बोल रहा है। "मूर्ख मत बनो, ऑस्टिन। तुम्हें पता है कि मैं किस बारे में बात कर रहा हूं। 'कुछ लोग आगे बढ़ने के लिए किसी भी हद तक नहीं रुकेंगे' से आपका क्या मतलब था?""

ऑस्टिन ने आह भरी और अपनी कनपटी को रगड़ा। "ठीक है। मैंने यह बात गुस्से में आकर लिखी थी। मेरा इससे कोई मतलब नहीं था।"

सैम उसकी ओर आगे झुक गया। "इससे आपका क्या मतलब था? क्या सेलेना उन लोगों में से एक थी?"

ऑस्टिन बोलने से पहले झिझके। "सेलेना और मेरे बीच... मतभेद थे। वह सोचती थी कि मेरी कला सतही है, मैं बस जल्दी पैसा कमाने की कोशिश कर रहा था। और मुझे लगा कि वह बहुत दिखावा कर रही थी, अपने अहंकार पर बहुत अधिक ध्यान केंद्रित कर रही थी।"

सैम की आंखें सिकुड़ गईं. "और क्या यह बहस बढ़कर शारीरिक हिंसा तक पहुंच गई?"

ऑस्टिन ने सिर हिलाया. "नहीं, नहीं, ऐसा कुछ नहीं है। जैसा कि मैंने कहा, हम आमतौर पर... ज़ोर से चिल्लाते थे। और बाद में हम अपने रास्ते अलग कर लेते थे।"

सैम ने ऑस्टिन को उसके स्पष्टीकरण के लिए धन्यवाद दिया और स्टूडियो छोड़ दिया, लेकिन उसे संदेह हुआ।

जैसे ही वह अपनी कार की ओर वापस चला, वह यह सोचने से खुद को नहीं रोक सका कि ऑस्टिन और कौन से रहस्य छुपा रहा होगा।

जासूस सैम टेलर अपने डेस्क पर बैठकर सेलेना के सोशल मीडिया अकाउंट की जाँच कर रहा था।

सैम को ऑस्टिन के संदेश के आसपास की एक पोस्ट मिली, लेकिन वह सुरक्षित थी - उसके नवीनतम कला कृति की एक तस्वीर जिसके पीछे की प्रेरणा के बारे में एक कैप्शन (caption) था।

सैम ने सेलेना की ऑनलाइन उपस्थिति को खंगालना जारी रखा और ऑस्टिन या किसी अन्य के प्रति धमकियों या दुश्मनी के किसी भी संकेत की खोज की।

अंततः, सैम को सेलेना और एक अज्ञात उपयोगकर्ता के बीच एक निजी संदेश सूत्र मिला।

बातचीत सेलेना की कला के बारे में एक मासूम टिप्पणी के साथ शुरू हुई, लेकिन जल्द ही कठोर हो गई। खुद को "ऑब्जर्वर" (Observer) कहने वाले उपयोगकर्ता ने सेलेना के काम और उनके कथित अहंकार के बारे में कई धमकी भरी टिप्पणियाँ कीं।

जब सैम ने बातचीत पढ़ी तो उसकी आँखें सिकुड़ गईं। यह निर्णायक सुराग हो सकता है जिसकी उन्हें मामले को सुलझाने के लिए आवश्यकता थी।

जैसे-जैसे उसने पढ़ना जारी रखा, उसने देखा कि सेलेना की हत्या के समय, आने वाले संदेश अचानक बंद हो गए।

सैम सोच रहा था कि क्या ऑब्जर्वर किसी तरह सेलेना की मौत से जुड़ा था।

जासूस सैम टेलर ऑस्टिन के स्टूडियो में वापस चला गया, इस नए खोज को ऑस्टिन के साथ साझा करने को तैयार था।

जैसे ही सैम ने स्टूडियो में प्रवेश किया, उसने ऑस्टिन को एक नए रेखाचित्र पर काम करते देखा, जिसमें उसकी भौंहें गहरे ध्यान में थीं।

"ऑस्टिन, मुझे तुम्हें कुछ दिखाना है," सैम ने अपना फोन निकालते हुए कहा।

ऑस्टिन ने ऊपर देखा; उसकी आँखें उत्सुक थीं. "यह क्या है?"

सैम ने उसे सेलेना और ऑब्जर्वर के बीच का निजी संदेश दिखाया।

ऑस्टिन की अभिव्यक्ति जिज्ञासा से चिंता में बदल गई।

"आपको ये कहां मिले?" ऑस्टिन ने पूछा, उसकी आवाज थोड़ी कांप रही थी।

सैम ऑस्टिन की ओर आगे झुक गया। "वे सेलेना के सोशल मीडिया अकाउंट में थे। क्या यह आपको परिचित लग रहा है?"

ऑस्टिन की आँखें स्क्रीन पर पड़ीं, उसका चेहरा पीला पड़ गया। "मैं... मैं स्वर या शैली को नहीं पहचानता। लेकिन मुझे हमारे झगड़े से कुछ ऐसा ही याद है।"

सैम की आंखें सिकुड़ गईं. "समान' शब्द से आपका क्या तात्पर्य है?"

ऑस्टिन बोलने से पहले झिझके। "सेलेना अक्सर बातें कहती थीं... काटने जैसी। वह मेरे काम का मज़ाक उड़ाती थी, मुझे खोखला कहती थी। मैंने सोचा था कि यह सिर्फ उसकी आदत थी। लेकिन अब शायद यह उससे कहीं अधिक लग रहा है।"

सैम का दिमाग दौड़ रहा था। इस नई जानकारी ने जवाब से ज्यादा सवाल खड़े कर दिए हैं।

क्या ऑस्टिन कुछ छुपा रहा था? क्या सेलेना का व्यवहार जितना उन्होंने सोचा था उससे कहीं अधिक भयानक था?

जब वे संदेशों पर चर्चा कर रहे थे, सैम ने देखा कि ऑस्टिन की कार्य-मेज पर एक नोटबुक खुली पड़ी है।

पन्ने लोगों के रेखाचित्रों से भरे हुए थे, उनके चेहरे गुस्से या उदासी से मुड़े हुए थे।

"ऑस्टिन, यह क्या है?" सैम ने नोटबुक की ओर इशारा करते हुए पूछा।

ऑस्टिन की आँखें झुक गईं। "एक नई कृति के लिए बस कुछ विचार। मैं विभिन्न भावनाओं के साथ प्रयोग कर रहा था।"

सैम को लगा कि इसमें इससे भी अधिक कुछ है। सैम ने बाद में ऑस्टिन से नोटबुक के बारे में और अधिक पूछने के लिए एक मानसिक नोट बनाया।

जासूस सैम टेलर ने अन्य संभावित संदिग्धों की तलाश के लिए जांच का विस्तार करने का फैसला किया, जिनका सेलेना को मारने का मकसद हो सकता था।

सैम ने सेलेना के परिचितों और सहकर्मियों से मुलाकात करके यह पूछना शुरू किया कि क्या उन्होंने सेलेना की मृत्यु से पहले के दिनों में उसके व्यवहार के बारे में कुछ भी असामान्य या संदिग्ध देखा था।

एक व्यक्ति जिसने उनका ध्यान खींचा वह एमी (Amy) नाम की महिला थी, जो कॉलेज के समय से ही सेलेना की करीबी दोस्त थी।

बातचीत के दौरान एमी घबराई हुई और बेचैन लग रही थी, लेकिन सैम ठीक से समझ नहीं पा रहा था कि यह क्या हो रहा है।

"आपको क्या लगता है कि किस चीज़ ने किसी व्यक्ति को सेलेना को मारने के लिए प्रेरित किया होगा?" सैम ने आगे झुकते हुए पूछा।

एमी बोलने से पहले झिझकी। "मुझे नहीं पता... लेकिन मैंने देखा कि सेलेना हाल ही में अधिक से अधिक पीछे हटने लगी थी। वह अंतिम समय में योजनाएं रद्द कर देती थी, और जब हम बाहर घूमते थे, तो वह दूर और व्यस्त लगती थी।"

सैम की आंखें सिकुड़ गईं। यह आगे की खोज के लायक एक लीड हो सकता है।

जैसे ही उसने एमी का अपार्टमेंट छोड़ा, वह सेलेना की डायरी प्रविष्टियों के बारे में सोचने से खुद को नहीं रोक सका।

सैम को सेलेना के स्टूडियो में बहुत सारी डायरियाँ बिखरी हुई मिलीं, जिनमें से प्रत्येक में चिंता और अवसाद के साथ उसके संघर्षों का विवरण था।

सैम सोच रहा था कि क्या ये संघर्ष उसकी हत्या से संबंधित हो सकते हैं।

स्टेशन पर वापस आकर, सैम ने सेलेना के अतीत को गहराई से जानने का फैसला किया, और उसके मानसिक स्वास्थ्य और उसकी मृत्यु के बीच किसी संभावित संबंध की तलाश की।

सैम को पता चला कि सेलेना वर्षों से चिंता और अवसाद से जूझ रही थी, और एक विशेष रूप से गंभीर प्रकरण के बाद उसे कुछ समय के लिए अस्पताल में भी भर्ती कराया गया था।

इस नई जानकारी ने उत्तर से अधिक प्रश्न खड़े कर दिये। क्या सेलेना के मानसिक स्वास्थ्य संबंधी संघर्षों ने किसी को उसे मारने के लिए प्रेरित किया था? या क्या खेल में कुछ और भी भयानक था?

जासूस सैम टेलर ने एमी की आगे जांच करने का फैसला किया, यह देखने के लिए कि क्या उसने सेलेना के व्यवहार के बारे में कुछ और असामान्य देखा है।

सैम एमी के अपार्टमेंट में पहुंचा, जहां एमी ने घबराई हुई मुस्कान के साथ उसका स्वागत किया।

"तो, एमी, आपने बताया कि सेलेना अपनी मौत से पहले के दिनों में अधिक से अधिक पीछे हटने लगी थी। क्या आपने कुछ खास नोटिस किया जो उसकी हत्या से संबंधित हो सकता है?" सैम ने पूछा

एमी झिझक रही थी, कमरे के चारों ओर नज़र दौड़ा रही थी जैसे सुनिश्चित कर रही हो कि वे अकेले हैं। "ठीक है, मैंने देखा कि सेलेना ऑनलाइन किसी के साथ किसी तरह की बहस कर रही थी। मैंने उसे अपने लैपटॉप पर उग्रता से टाइप करते देखा, और फिर वह यहाँ से चली गई। मैंने उस समय इसके बारे में ज्यादा नहीं सोचा, लेकिन हो सकता है यह महत्वपूर्ण हो?"

सैम के कान खड़े हो गये। यह एक नई लीड है. "क्या आप मुझे दिखा सकते हैं कि आपने क्या देखा?"

एमी ने सिर हिलाया और अपना फोन निकाला। "मैंने उसके लैपटॉप स्क्रीन का स्क्रीनशॉट लिया। यह 'ऑब्ज़र्वर' नाम के किसी व्यक्ति के साथ चैट लॉग था। बातचीत वास्तव में गहन लग रही थी।"

सैम की नज़र चैट लॉग पर पड़ी। यह एक गरमागरम बहस थी, जिसमें सेलेना और ऑब्ज़र्वर दोनों ने आक्रामक भाषा का प्रयोग किया था।

"क्या आप जानते हैं कि यह व्यक्ति कौन है?" सैम ने एमी से पूछा।

एमी ने सिर हिलाया। "नहीं, मुझे नहीं पता। लेकिन सेलेना ने हाल ही में इस व्यक्ति से व्यक्तिगत रूप से मुलाकात के बारे में कुछ बताया था। वह इसे लेकर वास्तव में परेशान लग रही थी।"

सैम ने ऑब्ज़र्वर की पहचान और सेलेना से संबंध पर गौर करने के लिए एक मानसिक नोट बनाया।

सैम यह भी सोच रहा था कि क्या यह ऑनलाइन बहस महज अफवाह हो सकती थी, या हत्या का कोई और मकसद भी था।

जैसे ही सैम ने एमी का अपार्टमेंट छोड़ा, सैम सेलेना की नोटबुक प्रविष्टियों के बारे में फिर से सोचने के अलावा कुछ नहीं कर सका। एक विशेष अंश ने उसका ध्यान खींचा:

सेलेना की नोटबुक

मुझे ऐसा लग रहा है जैसे मैं अपनी ही बनाई जेल में रह रही हूं ।

हर दिन अपनी चिंता को दूर रखने के लिए एक संघर्ष है, और मैं वह होने का दिखावा करके थक गई हूं जो मैं नहीं हूं।

मैं बस आज़ाद होना चाहती हूं और अपने जैसा बनना चाहती हूं, लेकिन क्या होगा अगर किसी को मेरा असली रूप पसंद न हो?

सैम को सेलेना के लिए दुख की अनुभूति हुई।

सैम को एहसास हुआ कि सेलेना शायद पर्याप्तता और आत्म-संदेह की भावनाओं से जूझ रही थी, जो उसके अलगाव और भेद्यता में योगदान दे सकती थी।

जासूस सैम टेलर ने ऑब्ज़र्वर की पहचान और सेलेना के साथ संबंध की जांच करने का निर्णय लिया।

सैम ने किसी भी मैच के लिए ऑनलाइन खोज शुरू की, लेकिन यह नाम इतना सामान्य था कि कोई ठोस परिणाम नहीं मिल सका।

जासूस सैम टेलर रहस्यमय उपयोगकर्ता, ऑब्ज़र्वर के आईपी पते (IP Address) को ट्रैक करने के लिए दृढ़ संकल्पित होकर अपने कंप्यूटर के सामने बैठ गया।

उसने निजी संदेशों की खोज की, ऐसे किसी सुराग की तलाश की जो उसे अपराधी तक ले जा सके।

जैसे ही सैम काम कर रहा था, उसने खुद को सेलेना की कला से परे उसके जीवन के बारे में सोचते हुए पाया। कई प्रश्न सैम को परेशान कर रहे थे।

सेलेना को इतने शक्तिशाली रेखाचित्र बनाने के लिए किराने प्रेरित किया?

किस चीज़ ने सेलेना को इतना आत्मविश्वासी और फिर भी इतना कमज़ोर बना दिया था?

सैम सेलेना के प्रति सहानुभूति की भावना महसूस किए बिना नहीं रह सका।

सैम जानता था कि यह महसूस करना कैसा होता है कि आपको गंभीरता से नहीं लिया जा रहा है।

सैम ने हाथ में लिए गए कार्य पर फिर से ध्यान केंद्रित किया और ऑब्ज़र्वर का पता लगाने का दृढ़ निश्चय किया।

सैम ने डिजिटल पथ (digital trail) का पता लगाने में घंटों बिताए, अंततः वह मूल संदेश के स्थान को अलग करने में कामयाब रहा।

यह शहर के एक खंडहर हिस्से में एक छोटा सा इंटरनेट कैफे था।

अधिक जानकारी पाने की उम्मीद में सैम ने कैफे का दौरा करने का फैसला किया।

जैसे ही सैम अंदर आया, उसे बासी कॉफी और घिसे-पिटे कीबोर्ड की गंध का सामना करना पड़ा।

स्टाफ मिलनसार था, लेकिन अपने ग्राहकों के बारे में बात करने में अनिच्छुक था।

सैम ने अपना बैज दिखाया और सेलेना की तस्वीर दिखाते हुए पूछा कि क्या किसी को कैफे में आने वाली सेलेना मार्टिन याद है।

कर्मचारियों में से एक युवा महिला, जिसके बालों में बैंगनी रंग की लकीर थी, आगे आई।

हाँ, हमने उसे कुछ बार इस तरफ आते देखा था। वह देर रात आती थी, आमतौर पर 2 या 3 बजे के आसपास। वह पीछे एक मेज पर अकेली बैठती थी, अपने लैपटॉप पर टाइप करती रहती थी।

सैम की आंखें सिकुड़ गईं. "क्या तुम्हें याद है कि वह क्या काम कर रही थी?"

कर्मचारी बोलने से पहले झिझकी। "ऐसा लग रहा था जैसे वह कुछ परेशान करने वाली बात लिख रही थी। वह अपने पूरे कागज़ पर नोट्स लिखती थी, और कभी-कभी वह उन्हें फाड़कर टुकड़ों में काट देती थी।"

सैम ने कर्मचारी को धन्यवाद दिया और कैफे छोड़ दिया, उसे लगा जैसे वह सच्चाई के करीब पहुंच रहा है।

अपने कार्यालय में वापस आकर, उसने सेलेना की नोटबुक निकाली और पन्ने पलटने लगा।

जैसे ही वह एक नोट पर पहुंचा, उसकी आंखें चौड़ी हो गईं।

यह नोट दो रात पहले का था - लगभग उसी समय सेलेना को इंटरनेट कैफे में देखा गया था।

सेलेना की नोटबुक

मुझे ऑस्टिन के बारे में जो पता चला है उस पर विश्वास नहीं हो रहा है।

वह पूरे समय मुझसे झूठ बोलता रहा है।

वह सिर्फ कुछ संघर्षरत कलाकार नहीं हैं; वह शुरू से ही मेरे साथ खेल रहे हैं।

मुझे ऐसा लगता है जैसे मैं अपने अहंकार में अंधी हो गई हूं।

इससे पहले कि बहुत देर हो जाए, मुझे इस जहरीली स्थिति से बाहर निकलना होगा।

सैम की आँखें किसी अन्य सुराग की तलाश में पेज को स्कैन कर रही थीं। तभी उसने कुछ देखा - कोने में एक छोटा सा नोट।

आधी रात को ओल्ड टाउन पार्क (Old Town Park) *में मुझसे मिलो।*

सैम को लगा कि यहीं पर सेलेना ने उस मनहूस रात को किसी से मिलने की योजना बनाई थी।

जासूस सैम टेलर ने सेलेना के आरोपों के बारे में ऑस्टिन से बात करने का फैसला किया।

सैम ऑस्टिन के स्टूडियो में पहुंचा, उसका दिल प्रत्याशा से दौड़ रहा था।

ऑस्टिन ने चिंतित होकर दरवाज़ा खोला। "क्या हो रहा है, सैम?"

सैम ने गहरी साँस ली और पूछा "मुझे आपसे सेलेना के बारे में कुछ प्रश्न पूछने हैं। विशेष रूप से, उसके आरोपों के बारे में कि आप उससे झूठ बोल रहे थे।

ऑस्टिन की अभिव्यक्ति चिंता से रक्षात्मकता में बदल गई। "आप किस बारे में बात कर रहे हैं? मैंने तुमसे कहा था, हम सिर्फ दोस्त थे।"

सैम ने सेलेना की नोटबुक निकाली और उसे प्रविष्टि दिखाई। "यह अन्यथा कहता है। आप उसके साथ खिलवाड़ कर रहे थे, अपने लाभ के लिए उसका उपयोग कर रहे थे।

ऑस्टिन की आँखें झुक गईं। "मैं...मेरा इरादा उसे चोट पहुंचाने का नहीं था। मैं बस अपने करियर में आगे बढ़ने की कोशिश कर रहा था।"

सैम की आंखें सिकुड़ गईं. "आगे कैसे बढ़ें? सेलेना के साथ छेड़छाड़ करके?"

ऑस्टिन बोलने से पहले झिझके। "शायद मैंने उसके ध्यान का फ़ायदा उठाया। लेकिन वह हमेशा मेरी मदद करने को तैयार रहती थी, और मुझे लगा कि हम... करीब हैं।"

सैम को क्रोध की लहर महसूस हुई। "करीब? आप ऐसे किसी व्यक्ति को 'करीब' कहते हैं?"

ऑस्टिन ने आह भरी। "देखो, सैम, मुझे पता है कि मैंने गलती की है। लेकिन मैंने कभी नहीं चाहा था कि इसका अंत इस तरह हो।"

सैम का दिमाग दौड़ रहा था। यह हत्या का मकसद लग रहा था, लेकिन यहां कुछ बात बन नहीं रही थी

जैसे ही बातचीत चल रही थी, सैम ने ऑस्टिन की मेज पर एक छोटी सी तस्वीर देखी।

यह सेलेना और ऑस्टिन की एक साथ मुस्कुराती और खुश दिख रही तस्वीर थी।

"यह क्या है?" सैम ने पूछा

ऑस्टिन की आँखों पर बादल छा गए। "वह बस एक रात की बात थी, सैम। मेरी ओर से एक गलती।"

सैम को लगा कि कहानी में और भी बहुत कुछ है।

जासूस सैम टेलर ने तस्वीर के बारे में अधिक जानकारी के लिए ऑस्टिन पर दबाव डालने का फैसला किया। "इसके पीछे क्या कहानी है?" उसने तस्वीर उठाते हुए पूछा

ऑस्टिन ने दूर देखते हुए आह भरी। "यह बस एक रात की बात है, सैम। मैं कठिन समय से गुज़र रहा था, और सेलेना... मुझे समर्थन दे रही थी। हमारे पास एक पल था, ठीक है? इसका कोई मतलब नहीं था।"

सैम की आँखें सिकुड़ गईं और उसने कठोर स्वर में पूछा "कोई मतलब नहीं था?"

ऑस्टिन बोलने से पहले झिझके। "हां, हमारे बीच संबंध था। लेकिन यह अनौपचारिक था। हम दोनों जानते थे कि यह एक गलती थी।"

सैम का दिमाग तेजी से दौड़ रहा था। वह ऑस्टिन की कहानी पर यकीन करने को तैयार नहीं थे. सैम ने पूछा "उस रात सेलेना ने आपसे क्या कहा?"

ऑस्टिन की आँखें झुक गईं और उसने कहा, "सेलेना ने मुझसे कहा कि वह मुझसे प्यार करती है।"

सैम को सेलेना के लिए दुख की अनुभूति हुई।

सैम को लगा कि सेलेना ने अपना दिल किसी ऐसे व्यक्ति को दे दिया था जो इसके लायक नहीं था।

जैसे ही उन्होंने बात करना जारी रखा, सैम ने देखा कि ऑस्टिन घबराया हुआ लग रहा था, कमरे के चारों ओर देख रहा था जैसे कि वह चिंतित था कि कोई सुन रहा है।

"ऑस्टिन, तुम क्या छुपा रहे हो?" सैम ने पूछा

ऑस्टिन ने अपनी कनपटियों को रगड़ते हुए आह भरी। "मुझे नहीं पता कि आप किस बारे में बात कर रहे हैं।"

सैम ने सेलेना की नोटबुक निकाली और पन्ने पलटे, कुछ हफ़्ते पहले लिखे एक नोट पर रुक गया।

सेलेना की नोटबुक

ऑस्टिन के साथ मेरी रात सबसे अविश्वसनीय रही।

हमने अपने सपनों और आकांक्षाओं के बारे में बात की और एक बार के लिए मुझे ऐसा लगा जैसे अब किसी ने मुझे असली रूप में महसूस किया है।

वह आकर्षक और प्रतिभाशाली हैं, लेकिन मैं इस बात को लेकर बहुत सावधान रहती हूं कि मुझे क्या कहना चाहिए, मैं गलतियां नहीं करना चाहती।

सैम ने ऑस्टिन की ओर देखा। "तुम कुछ छिपा रहे हो ऑस्टिन। मैं इसे तुम्हारी आँखों में देख सकता हूँ।"

नियंत्रण पाने से पहले ऑस्टिन की आँखों में गुस्सा चमक उठा। ऑस्टिन ने कहा, "मैं कुछ नहीं छिपा रहा हूं, सैम"

सैम को लगा कि ऑस्टिन फिर से झूठ बोल रहा है।

जासूस सैम टेलर ने ऑस्टिन से उसकी कहानी में विसंगति के बारे में बात करने का फैसला किया।

सैम ने कहा "ऑस्टिन, मैं सेलेना की नोटबुक देख रहा था, और मैंने देखा कि आपने मुझे बताया था कि आप और सेलेना सिर्फ दोस्त थे। लेकिन यहां, अपने शब्दों में, वह आपके साथ एक विशेष संबंध होने के बारे में लिखती है। इसमें से कौन सा सच है मुझे बताओ?"

सैम की ओर देखने से पहले ऑस्टिन की नज़र कमरे के चारों ओर घूम गई। "मैं... मैं बस उसकी भावनाओं की रक्षा करने की कोशिश कर रहा था। हमारा इससे कोई मतलब नहीं था।"

सैम की आंखें सिकुड़ गईं. "उसकी भावनाओं की रक्षा कर रहे थे? अपने रिश्ते के बारे में मुझसे और बाकी सभी से झूठ बोलकर?"

ऑस्टिन ने अपनी कनपटियों को रगड़ते हुए आह भरी। "देखो, सैम, मुझे पता है कि मैं तुम्हारे साथ ईमानदार नहीं था, लेकिन ऐसा इसलिए है क्योंकि मैं नहीं चाहता था कि किसी को हमारे छोटे से रहस्य के बारे में पता चले। सेलेना... नाजुक थी। उसे किसी का सहारा चाहिए था, जिसका मैंने फायदा नहीं उठाया ।"

सैम को लगा कि ऑस्टिन अस्थायी प्यार के अलावा कुछ और भी छिपा रहा है। सैम ने अधिक सुराग के लिए सेलेना की डेयरी में देखना शुरू किया।

सेलेना की नोटबुक

मुझे पता चला कि ऑस्टिन मुझसे झूठ बोल रहा है।

उसने मुझे बताया कि हम सिर्फ दोस्त थे, लेकिन उसकी आंखें कुछ और ही कहानी बयां कर रही थीं।

मुझे ऐसा लग रहा है जैसे मैं किसी बुरे सपने में फंस गई हूं, मुझे नहीं पता कि क्या करूं।

मेरी सबसे अच्छी दोस्त, जून के साथ झगड़ा हो गया था।

हम कई महीनों से अलग हो रहे हैं, लेकिन यह अंतिम था।

जून कहती है, मैं ऑस्टिन से बहुत ज्यादा प्रभावित हो गई हूं और अब मैं पहले जैसी इंसान नहीं हूं।

शायद वह सही है।

सैम का दिमाग घूमने लगा, उसने सोचा कि क्या जून सेलेना की मौत में शामिल हो सकती है, जैसा कि उसने शुरू में सोचा था।

जासूस सैम टेलर ने ऑस्टिन से सेलेना की मौत की रात उसके ठिकाने के बारे में पूछने का फैसला किया। "ऑस्टिन, क्या आप मुझे बता सकते हैं कि सेलेना की मौत की रात आप 10 बजे से 1 बजे के बीच कहाँ थे?"

ऑस्टिन बोलने से पहले झिझके। "मैं...कुछ दोस्तों के साथ बाहर गया था। हम मूवी देखने गए और फिर देर रात को कॉफी पी।"

सैम की आंखें सिकुड़ गईं. "कौन से दोस्त? और क्या वे आपकी अन्यत्र उपस्थिति की पुष्टि कर सकते हैं?"

ऑस्टिन की अभिव्यक्ति रक्षात्मक हो गई. "मुझे समझ नहीं आता कि इसका इससे क्या संबंध है। मैं बस आपको बता रहा हूं कि क्या हुआ था।"

सैम को लगा किऑस्टिन कुछ छिपा रहा है, लेकिन उसे इसे साबित करने के लिए ठोस सबूत की ज़रूरत थी।

सैम ने इस बारे में अधिक जानकारी के लिए सेलेना की डायरी में देखा।

सेलेना की नोटबुक

मैं ऑस्टिन के आकर्षण और करिश्मे से घिरे इस स्टूडियो में फंसी हुई महसूस कर रही हूं।

लेकिन जब हम अकेले होते हैं, तो वह दूर और शांत रहता है।

मुझे ऐसा लगता है जैसे मैं उसके खेल में सिर्फ एक मोहरा हूं।

मुझे आज मेरी मां का फोन आया।

वह मुझे घर वापस बुलाने की कोशिश कर रही है, लेकिन मैं उस जहरीले माहौल में वापस नहीं जाना चाहती।

मुझे ऐसा लगता है कि मैं अपनी समस्याओं से भाग रही हूं, लेकिन मुझे दूसरों की अपेक्षाओं के दबाव के बिना यह समझने के लिए जगह चाहिए कि मैं कौन हूं।

सैम सोच रहा था कि क्या सेलेना की मौत उसके अतीत की परेशानियों से जुड़ी है। लेकिन पहले उसे किसी सुराग के लिए ऑस्टिन के स्टूडियो की खोज करनी होगी।

जासूस सैम टेलर ने किसी वास्तविक सबूत के लिए ऑस्टिन के स्टूडियो की तलाशी लेने का फैसला किया, लेकिन वह जानता है कि आधिकारिक तलाशी के लिए उसे सर्च वारंट की आवश्यकता होगी।

सैम जल्दी से वापस चला गया और अगले दिन आया। उन्होंने एक वारंट प्राप्त किया और क्षेत्र की तलाशी शुरू कर दी। वह ऐसी किसी भी चीज़ की तलाश में था जो सेलेना की मौत से जुड़ी हो।

जैसे ही सैम खोज रहा था, उसे ऑस्टिन के डेस्क की दराज में एक छोटा, छिपा हुआ डिब्बा मिला। अंदर सैम को एक पत्र मिला जो सेलेना को संबोधित था।

पत्र पढ़ते ही सैम की आँखें सिकुड़ गईं।

ऐसा प्रतीत होता है कि ऑस्टिन को सेलेना की कमजोरियों के बारे में पता था और वह उस ज्ञान का उपयोग उसे हेरफेर करने के लिए कर रहा था।

सैम ने तुरंत सेलेना की डेयरी से किसी भी अन्य सुराग की जांच शुरू कर दी।

पत्र

ऑस्टिन,

मुझे पता है कि मैं हाल ही में आपसे दूर हो गई हूं, लेकिन ऐसा इसलिए है क्योंकि मैं आपको सच्चाई से बचाने की कोशिश कर रही हूं।

मैं अभी भी तुम्हें समझने की कोशिश कर रही हूं, लेकिन मैं जानती हूं कि तुम उतने मजबूत नहीं हो जितना तुम सोचते हो कि तुम हो।

आप असुरक्षित लगते हैं, और मुझे यकीन नहीं है कि आप सच्चाई को संभाल सकते हैं।

सेलेना की नोटबुक

कल रात मुझे एक अजीब सपना आया।

मैं अपने बचपन के घर में वापस आ गई थी, जो उन्हीं परिचित दीवारों और फर्नीचर से घिरा हुआ था। लेकिन इस बार, मैं अकेली थी।

मेरी मदद करने या मुझे यह बताने वाला कोई नहीं था कि सब कुछ ठीक हो जाएगा। जब मैं उठी तो मैं खोई हुई और डरी हुई महसूस कर रही थी।

जासूस सैम टेलर को पत्र और उसकी नोटबुक डायरी में कोई तुलना नहीं मिली।

सैम ने पत्र और उसकी सामग्री के बारे में ऑस्टिन से बात करने का फैसला किया, और उससे उस पत्र के बारे में समझाने के लिए कहा।

ऑस्टिन की अभिव्यक्ति ठंडी हो गई। "मुझे नहीं पता कि आप किस बारे में बात कर रहे हैं।"

सैम की आंखें सिकुड़ गईं. "मुझसे झूठ मत बोलो, ऑस्टिन। यह पत्र बताता है कि तुम सेलेना की कमजोरियों को जानते थे और उसे हेरफेर करने की कोशिश कर रहे थे। क्या हो रहा है?"

ऑस्टिन की अभिव्यक्ति फीकी पड़ गई। "आप बस इसे मुझ पर थोपने की कोशिश कर रहे हैं क्योंकि अन्यथा आप इस रहस्य को नहीं सुलझा सकते।"

सैम को लगा कि ऑस्टिन कुछ छिपा रहा है, लेकिन उसे इसे साबित करने के लिए ठोस सबूत की ज़रूरत थी।

सैम अपने कार्यालय लौट आया और उसने सोचा कि वह ऑस्टिन से सच्चाई कैसे उगलवा सकता है।

अचानक उसे किताब के कोने पर मिले छोटे नोट के बारे में याद आया, जिस पर लिखा था, *"आधी रात को ओल्ड टाउन पार्क* (Old Town Park) *में मुझसे मिलो।"*

सैम ने सोचा कि क्या उसे वहां कोई सुराग मिल सकता है। उन्होंने ओल्ड टाउन पार्क जाकर जांच करने का फैसला किया।

जासूस सैम टेलर आधी रात से ठीक पहले ओल्ड टाउन पार्क पहुंचे, चंद्रमा सुनसान परिदृश्य पर एक भयानक चमक बिखेर रहा था।

सैम के हाथ में एक टॉर्च थी, उसकी आँखें गतिविधि के किसी भी संकेत के लिए क्षेत्र को स्कैन कर रही थीं।

जैसे ही सैम पार्क में घूम रहा था, उसने एक बेंच पर एक कोट पहने हुए बैठे एक व्यक्ति को देखा।

सैम सावधानी से उस व्यक्ति के पास पहुंचा, उसका हाथ उसकी बंदूक पर था।

उस व्यक्ति ने चौंककर ऊपर देखा।

वह एक युवा महिला थी, शायद बीस साल की होगी, उसके चेहरे पर थकावट के भाव थे।

"क्या मैं आपकी मदद कर सकती हूँ?" युवा लड़की ने कांपती आवाज में पूछा।

सैम ने अपना बैज दिखाते हुए कहा, "मैं जासूस टेलर हूं। मैं सेलेना मार्टिन की मौत की जांच कर रहा हूं। क्या आप मुझे बता सकते हैं कि आप यहां क्या कर रहे हैं?"

महिला बोलने से पहले झिझकी. "मैं...मुझे आज रात यहां किसी से मिलना था। सेलेना और मुझे मिलना था।"

सैम की आंखें सिकुड़ गईं. "सेलेना? आपका मतलब है, सेलेना मार्टिन?"

युवती ने सिर हिलाया. "हाँ। हमें किसी महत्वपूर्ण बात पर चर्चा करने के लिए आधी रात को मिलना था।"

सैम का दिमाग चकरा गया।

क्या यह महिला गवाह थी या संदिग्ध? सैम ने उससे विनम्रता से पूछने का फैसला किया।

क्या आप मुझे उस बारे में और बता सकते हैं जो आप जानती हैं?" सैम ने अपनी नोटबुक निकालते हुए पूछा।

बोलने से पहले महिला ने गहरी सांस ली। "सेलेना और मैं कुछ समय से दोस्त थे। हम एक कला समुदाय मंच के माध्यम से ऑनलाइन मिले थे। हम

कला के प्रति अपने जुनून के बारे में बात करते थे और एक-दूसरे के साथ अपना काम साझा करते थे।"

इस नई जानकारी से सैम के कान खड़े हो गये। "एक कला समुदाय मंच? क्या आपको मंच का नाम याद है?"

महिला ने बोलने से पहले एक पल सोचा। "मुझे लगता है कि वह... आर्टिस्टिक हब (Artistic Hub) था?"

सैम की आँखें चमक उठीं। यही नाम उसने सेलेना की ऑनलाइन गतिविधियों में देखा था।

जासूस सैम टेलर बेंच पर महिला के बगल में बैठ गया, उसकी आँखें उस पर टिकी थीं। "क्या आप मुझे इस बारे में और बता सकती हैं कि आप और सेलेना आज रात किस बारे में चर्चा करने वाले थे?" सैम ने पूछा

महिला बोलने से पहले झिझकी. "हम एक परियोजना के बारे में चर्चा करने के लिए मिलने जा रहे थे जिस पर हम साथ काम कर रहे थे। हम दोनों कलाकार हैं, और हम एक ग्राफिक उपन्यास पर सहयोग कर रहे थे।"

सैम के कान खड़े हो गये। "एक ग्राफिक उपन्यास? यह किस बारे में है?"

महिला की नज़रें पार्क के चारों ओर घूमीं और फिर वापस सैम पर टिक गईं। "यह...यह थोड़ा जटिल है। मान लीजिए कि यह हमारे लिए एक निजी परियोजना है।"

सैम को लगा कि वह अपनी बात रोक रही है, लेकिन उसने इस मुद्दे पर ज़ोर नहीं दिया।

इसके बजाय, उन्होंने उनके रिश्ते के बारे में और सवाल पूछने का फैसला किया।

"एक व्यक्ति के रूप में सेलेना कैसी थी?" उसने पूछा।

महिला की अभिव्यक्ति संजीदा हो गई। "सेलेना एक अद्भुत व्यक्ति थीं। वह प्रतिभाशाली, दयालु और अपनी कला के प्रति भावुक थीं। कला और संगीत के प्रति हमारे साझा प्रेम के कारण हम पिछले साल अच्छे दोस्त बन गए।"

सैम ने देखा कि वह सेलेना की मौत से सचमुच दुखी लग रही थी।

"क्या आपने सेलेना की मृत्यु से पहले के दिनों में उसके बारे में कुछ भी असामान्य देखा था?" उसने पूछा

महिला ने बोलने से पहले एक पल सोचा। "दरअसल, हाँ। वह...चिंतित लग रही थी। जैसे उसके दिमाग में कुछ चल रहा था। लेकिन वह इस बारे में बात नहीं करती थी।"

सैम को लगा कि ये एक अहम जानकारी हो सकती है। उन्होंने उस समय सेलेना की ऑनलाइन गतिविधियों पर गौर करने के लिए एक मानसिक नोट बनाया।

जैसे ही उन्होंने अपनी बातचीत समाप्त की, सैम ने महिला को उसके समय के लिए धन्यवाद दिया। और उसे सुरक्षित रखने का वादा किया।

जैसे ही वह बेंच से दूर चला गया, उसने सेलेना की नोटबुक निकाली और एक बार फिर पन्ने पलटे।

सेलेना की नोटबुक

मैं इस प्रोजेक्ट को लेकर बहुत परेशान हूं।

ऑस्टिन मुझ पर ऐसे बदलाव करने के लिए दबाव डाल रहा है जिन पर

मुझे विश्वास नहीं है, लेकिन अगर मैं इसका पालन नहीं करती हूं, तो वह मेरी प्रतिष्ठा को बर्बाद करने की धमकी देता है।

मैं फंसी हुई महसूस कर रही हूं।

सैम की आँखें चौड़ी हो गईं क्योंकि उसे एहसास हुआ कि सेलेना ऑस्टिन के साथ संघर्ष कर रही थी, जैसा कि महिला ने कहा था।

जासूस सैम टेलर स्टेशन पर वापस चला गया, उसका दिमाग इकट्ठा की गई नई जानकारी के साथ दौड़ रहा था।

सैम ने मामले की फाइलों की समीक्षा करने और यह देखने का फैसला किया कि क्या उसे सेलेना की मौत और उसके निजी जीवन के बीच कोई संबंध मिल सकता है।

जैसे ही सैम अपनी मेज पर बैठा, उसने केस की फाइलें निकालीं और उन्हें फिर से पढ़ना शुरू कर दिया।

सैम ने देखा कि सेलेना एक सफल कलाकार थी और उसके सामने एक आशाजनक करियर था।

सेलेना का कोई जानी दुश्मन नहीं था, और उसका परिवार और दोस्त सभी वास्तव में उसके नुकसान का दुःख मना रहे थे।

सैम ने किसी भी विसंगति या लाल झंडे की तलाश में पन्ने पलटे।

सैम को सेलेना के बॉयफ्रेंड ऑस्टिन का एक बयान मिला, जिसमें कहा गया था कि उनकी मौत से एक रात पहले उनका झगड़ा हुआ था।

सैम की आँखें सिकुड़ गईं क्योंकि वह सोच रहा था कि क्या यह लड़ाई ऑस्टिन द्वारा बताई गई लड़ाई से अधिक महत्वपूर्ण थी।

जैसे ही उसने मामले की फाइलों की समीक्षा करना जारी रखा, सैम ने देखा कि सेलेना को उसकी मृत्यु से पहले के दिनों में कई अजीब ईमेल और संदेश प्राप्त हुए थे।

वे सभी अज्ञात प्रेषक थे, और वे सेलेना को डराने या धमकाने की कोशिश कर रहे थे।

सैम की आँखें तेजी से ईमेल को स्कैन कर रही थीं, उसका दिमाग संभावनाओं के साथ दौड़ रहा था। एक ईमेल ने उनका ध्यान खींचा:

प्रेषक: गुमनाम

तुम आग से खेल रही हो, सेलेना। तुम्हें लगता है कि तुम बहुत होशियार हो, लेकिन तुम उस खेल में सिर्फ एक मोहरा हो जिसे तुम नहीं समझती। खिलवाड़ करना बंद करो या परिणाम भुगतो।

सैम को लगा कि ये ईमेल सेलेना की हत्या से जुड़ा हो सकता है. उन्होंने आगे की जांच करने के लिए एक मानसिक नोट बनाया।

जासूस सैम टेलर ने ईमेल के अज्ञात प्रेषकों की जांच करने का निर्णय लिया।

सैम ने किसी ऐसे सुराग की तलाश करते हुए ईमेल का स्वयं विश्लेषण करना शुरू किया जो उसे प्रेषक तक ले जा सके।

एक ईमेल ने उनका ध्यान खींचा:

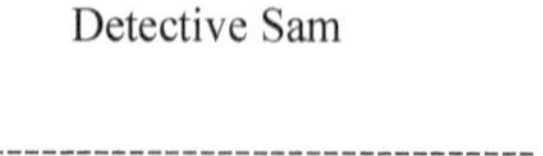

प्रेषक: गुमनाम

तुम बहुत करीब हो, सेलेना। लेकिन तुम कभी आज़ाद नहीं होंगी।

सैम ने देखा कि ईमेल एक सार्वजनिक इंटरनेट कैफे से भेजा गया था, लेकिन आईपी कि जानकारी छिपी हुई थी।

सैम ने कैफे की जांच करने और यह देखने के लिए एक नोट बनाया कि क्या कोई इस बारे में बता सकता है कि ईमेल भेजे जाने के समय सेलेना को देखा गया था या नहीं। जैसे ही उसने गहराई में खोजा, सैम को एक और ईमेल मिला:

प्रेषक: गुमनाम

तुम आग से खेल रही हो, सेलेना। आपको अपनी गलतियों पर पछतावा होगा।

सैम को एहसास हुआ कि ये ईमेल सिर्फ धमकियां ही नहीं थीं, बल्कि सेलेना के आर्ट प्रोजेक्ट से भी जुड़ी हुई लग रही थीं।

सैम ने उसकी कला परियोजनाओं पर गौर करने और यह देखने के लिए एक मानसिक नोट बनाया कि क्या वह किसी संवेदनशील चीज़ पर काम कर रही थी।

जैसे ही उसने जांच जारी रखी, सैम को सेलेना की नोटबुक में एक अंश मिला:

सेलेना की नोटबुक

मैं बहुत डरी हुई हूं।

मुझे लगता है कि मैंने गलती की है।

मेरा इरादा किसी को ठेस पहुंचाने का नहीं था, लेकिन अब बहुत देर हो चुकी है।

मुझे नहीं पता कि मुझे क्या करना चाहिए।

अंश पढ़ते ही सैम की आँखें चौड़ी हो गईं।

ऐसा लग रहा था कि सेलेना अपने विवेक से संघर्ष कर रही थी, संभवतः अपने कला प्रोजेक्ट से संबंधित किसी बात को लेकर।

जासूस सैम टेलर ने धमकी भरे ईमेल से संबंध खोजने की उम्मीद में सेलेना की कला परियोजना की जांच करने का फैसला किया।

सैम सेलेना के स्टूडियो में पहुंचा, जो कला की आपूर्ति और आधे-अधूरे कैनवस से भरा एक छोटा लेकिन आरामदायक स्थान था।

जैसे ही उसने उसके काम को देखना शुरू किया, सैम ने चित्रों की एक श्रृंखला देखी, जिसमें एक युवा महिला, संभवतः सेलेना खुद, आग की लपटों से घिरी हुई दिखाई दे रही थी।

पेंटिंग्स डरावनी और परेशान करने वाली थीं, और सैम यह सोचने से खुद को नहीं रोक सका कि उनका क्या मतलब है।

सैम को एक स्थानीय विरोध आंदोलन के बारे में अखबारों की कतरनों और लेखों का एक संग्रह भी मिला, जो सेलेना की मौत से पहले के हफ्तों में गति पकड़ रहा था।

यह आंदोलन एक स्थानीय व्यापारिक दिग्गज के बारे में सच्चाई को उजागर करने पर केंद्रित था, जिस पर संदिग्ध लेनदेन का आरोप लगाया गया था।

सैम की आँखें चौड़ी हो गईं क्योंकि उसे एहसास हुआ कि सेलेना की कला परियोजना विरोध आंदोलन से जुड़ी हो सकती है।

सैम ने व्यवसाय के मालिक की जांच करने और यह देखने के लिए एक मानसिक नोट बनाया कि क्या सेलेना की मौत से कोई संबंध है।

सैम ने इस संबंध के लिए सेलेना की डायरी की जाँच की:

सेलेना की नोटबुक

मैं बहुत टूट गई हूं। मुझे ऐसा लग रहा है जैसे मुझे दो दिशाओं में खींचा जा रहा है।

एक तरफ, मैं कोलिन्स (Collins) के व्यापारिक सौदों के बारे में सच्चाई उजागर करना चाहती हूं। वे बहुत से लोगों को नुकसान पहुंचा रहे हैं, और किसी को उनके लिए खड़े होने की जरूरत है।

लेकिन दूसरी ओर, मैं बहुत डरी हुई हूं।

मुझे पता है कि उनके पास शक्तिशाली संबंध हैं और अगर उन्हें पता चला कि मैं किस पर काम कर रही हूं तो वे मेरा करियर बर्बाद कर सकते हैं।

सैम को एहसास हुआ कि सेलेना अपनी नैतिक दुविधा से जूझ रही थी, जिसमें वह सही काम करने की इच्छा और परिणामों के डर के बीच फंसी हुई थी।

जासूस सैम टेलर ने सेलेना की मौत से संबंध खोजने की उम्मीद में, कोलिन्स के व्यापारिक लेनदेन की जांच करने का फैसला किया।

सैम, कोलिन्स के कार्यालय भवन में पहुंचे, एक आधुनिक संरचना जो अन्यथा शांत पड़ोस में जगह से बाहर लग रही थी।

जैसे ही उसने सवाल पूछना शुरू किया, सैम को पता चला कि कोलिन्स समुदाय का एक प्रमुख परिवार था, जो अपने धर्मार्थ दान और परोपकारी प्रयासों के लिए जाना जाता था।

हालाँकि, गबन और धोखाधड़ी के आरोपों सहित उनकी संदिग्ध व्यावसायिक प्रथाओं के बारे में अफवाहें फैल रही थीं।

आरोप सुनते ही सैम की आँखें सिकुड़ गईं। ऐसा लग रहा था कि सेलेना, कोलिन्स के व्यापारिक सौदों की गहराई से जांच कर रही थी, और उसकी कला परियोजना उनके गलत कामों को उजागर करने का एक तरीका हो सकती थी।

जैसे ही उसने जांच जारी रखी, सैम को सेलेना की नोटबुक में एक अंश मिला:

सेलेना की नोटबुक

आखिरकार मुझे उनके वित्तीय रिकॉर्ड (financial records) तक पहुंच मिल गई।

ऐसा है जैसे मुझे पता था कि ऐसा होगा।

वे कुछ बड़ा छिपा रहे हैं, और मैं इसे उजागर करने जा रही हूं।

लेकिन मुझे डर लग रहा है। अगर उन्हें पता चल गया तो क्या होगा?

सैम को एहसास हुआ कि सेलेना किसी महत्वपूर्ण चीज़ को उजागर करने के करीब पहुँच रही थी, लेकिन वह परिणामों से भयभीत भी थी।

लेकिन क्या इसका संबंध कोलिन्स के वित्तीय रिकॉर्ड से है? उसे और सुराग तलाशने की जरूरत थी।

जासूस सैम टेलर ने सेलेना के उसके दोस्तों और परिचितों के साथ संबंधों की जांच करने का फैसला किया, इस उम्मीद में कि कोई ऐसा व्यक्ति मिलेगा जो विरोध आंदोलन में उसकी भागीदारी के बारे में जानता हो।

उसने अपने दोस्त जून (June) से दोबारा मिलने के बारे में सोचा, जिससे वह जांच के दौरान पहले मिला था।

सैम अपार्टमेंट में पहुंचा और उसने जून को सोफे पर बैठे हुए एक टीवी शो को घूरते हुए पाया। जब सैम ने अपना परिचय दिया तो उसने ऊपर देखा।

"मैं जासूस टेलर हूं, क्या आपको याद है। मैं सेलेना की मौत की जांच कर रहा हूं। क्या मैं आपसे कुछ देर बात कर सकता हूं?"

जून ने सिर हिलाया, जिसमें वह अभी भी उदास दिख रही थी। उसने कहा, "बेशक। मैं बस...अभी भी सब कुछ संसाधित करने का प्रयास कर रही हूं।"

सैम ने अपनी नोटबुक निकाली और प्रश्न पूछने लगा। "क्या आप मुझे सेलेना के साथ अपने रिश्ते के बारे में बता सकती हैं? आप दोनों कितने करीब थे?"

जून ने उत्तर देने से पहले एक क्षण सोचा। "हम काफी करीब थे। हम कला विद्यालय में मिले और तेजी से दोस्त बन गए। सेलेना को विश्वविद्यालय में कला कार्यक्रम में स्वीकार किए जाने से पहले हम कुछ वर्षों तक साथ रहे।

कुछ नोट्स लिखते समय सैम की आँखें चौड़ी हो गईं। "क्या सेलेना ने कभी आपसे अपने किसी कला प्रोजेक्ट या शोध के बारे में बात की, जिस पर वह काम कर रही थी?

जून बोलने से पहले झिझकीं। "हाँ, उसने एक कला परियोजना के बारे में कुछ उल्लेख किया था जिस पर वह काम कर रही थी, लेकिन वह विवरण में नहीं गई। उसने कहा कि यह बड़ा होने वाला था, लेकिन वह बस इतना ही साझा करना चाहेगी"

सैम का दिमाग तेजी से घूम रहा था क्योंकि वह सभी सुराग बिंदुओं को जोड़ने की कोशिश कर रहा था। सैम ने पूछा "और क्या उसने कभी कोलिन्स या उनके व्यापारिक सौदों के बारे में कुछ बताया?"

जून ने सिर हिलाया। "नहीं, ऐसा कुछ नहीं है। लेकिन वह एक दिन सचमुच परेशान थी, उसने कहा कि कोई उसे धमकी दे रहा था और उसे चुप कराने की कोशिश कर रहा था। मुझे नहीं पता कि यह क्या था, लेकिन मैं बता सकती हूं कि वह डरी हुई थी।"

सेलेना को मिली धमकियों पर ध्यान देने के लिए सैम ने मानसिक रूप से नोट किया तो उसकी आँखें सिकुड़ गईं।

जैसे ही उसने जून के साथ अपनी बात जारी रखी, सैम ने कॉफी टेबल पर पड़ी एक स्केचबुक देखी।

स्केचबुक लोगों, स्थानों और प्रतीकों के चित्रों से भरी हुई थी जो फूलों की तरह दिखते थे?

"यह क्या है?" सैम ने स्केचबुक उठाते हुए पूछा।

जून उदास होकर मुस्कुराई और बोली, "ओह, ये तो बस कुछ विचार हैं जिन पर सेलेना अपने आर्ट प्रोजेक्ट के लिए काम कर रही थी। उसे फूल बहुत पसंद थे और वह उन्हें अपने काम में शामिल करना चाहती थी।"

पन्ने पलटते समय सैम का दिमाग तेजी से घूम रहा था और यह देखने की कोशिश कर रहा था कि क्या चित्रों और सेलेना की मौत के बीच कोई संबंध है।

जासूस सैम टेलर ने जून से सेलेना के अनुसंधान और कला परियोजना के बारे में और प्रश्न पूछने का निर्णय लिया।

सैम इस बात को बेहतर ढंग से समझना चाहता था कि सेलेना किस चीज़ पर काम कर रही थी और क्या इसका सेलेना की मौत से कोई संबंध था।

"तो, जून, क्या आप मुझे सेलेना के कला प्रोजेक्ट के बारे में और बता सकती हैं?" सैम ने स्केचबुक पलटते हुए पूछा।

जून सोफे पर पीछे झुक गईं, एक पल के लिए सोचते हुए कहा, "सेलेना वास्तव में इसके बारे में भावुक थी। वह भित्तिचित्रों की एक श्रृंखला बनाना चाहती थी जो सामाजिक न्याय के मुद्दों के बारे में जागरूकता बढ़ाएगी। वह विशेष रूप से कॉर्पोरेट भ्रष्टाचार और असमानता को उजागर करने में रुचि रखती थी। "

सैम की आँखें चमक उठीं और उसने कुछ नोट्स लिखे। "और क्या उसके मन में कोई विशिष्ट निगम थे?" सैम ने पूछा

जून ने सिर हिलाया। "हाँ, सेलेना वास्तव में कोलिन्स कंपनी पर ध्यान केंद्रित कर रही थी। उसने सोचा कि वे कुछ संदिग्ध सौदों में शामिल थे और इस पर प्रकाश डालना चाहती थी।"

सैम को लगा कि यह एक महत्वपूर्ण बढ़त थी। "क्या सेलेना ने अपने शोध के बारे में आपके साथ कोई विशेष जानकारी साझा की?"

लेडी जून बोलने से पहले झिझकीं। "सेलेना ने उल्लेख किया कि उन्हें कुछ दस्तावेज़ मिले हैं जिनसे पता चलता है कि कोलिन्स किसी प्रकार की मनी लॉन्ड्रिंग योजना (Money laundering scheme) में शामिल थे। लेकिन वह विवरण में नहीं गईं।"

सैम का दिमाग तेजी से घूम रहा था क्योंकि वह पहेली को एक साथ जोड़ने की कोशिश कर रहा था।

सैम ने कोलिन्स के व्यापारिक सौदों पर फिर से गौर करने के लिए एक मानसिक नोट बनाया, इस बार मनी लॉन्ड्रिंग पर ध्यान केंद्रित किया।

जून ने उल्लेख किया कि वह जांच में मदद करेगी और किसी भी सुराग के लिए सैम को सूचित करेगी।

सैम ने समर्थन और सहयोग के लिए उन्हें धन्यवाद दिया।

सैम ने जून से अनुरोध किया कि अगर उसे कोई सुराग मिलता है तो वह तुरंत उसे फोन करे या उसके कार्यालय का दौरा करे (केवल उस स्थिति में जब वह उपलब्ध न हो) ।

जब वह जून के साथ अपनी बातचीत जारी रख रहा था, सैम ने सेलेना की डेयरी की खोज की और उसे कुछ नोट्स मिले:

सेलेना की नोटबुक

मैं बहुत करीब हूं! मैं इसे महसूस कर सकती हूं! मुझे बस सही सबूत ढूंढने की जरूरत है...

मुझे यह मिल गया है! मुझे एक दस्तावेज़ मिला है जो उन्हें एक बड़ी धोखाधड़ी योजना (Fraud Scheme) में फंसा सकता है!

मैं उन्हें बेनकाब करने जा रही हूं! मैं उन्हें दिखाऊंगी कि मेरे साथ खिलवाड़ करने का क्या मतलब होता है!

नोट्स पढ़ते समय सैम की आँखें चौड़ी हो गईं। ऐसा लग रहा था जैसे सेलेना अपनी मौत से पहले किसी बड़े खुलासे के करीब पहुंच रही थी।

जासूस सैम टेलर ने पुलिस स्टेशन वापस जाने और किसी अन्य कनेक्शन की तलाश में मामले की फाइलों की फिर से समीक्षा करने का फैसला किया।

सैम अपनी मेज पर बैठ गया और दस्तावेजों को खंगालना शुरू कर दिया, उसका दिमाग नई जानकारी से भर गया।

जैसे ही सैम ने फाइलें पलटीं, उसे सेलेना के फोन रिकॉर्ड से एक रिपोर्ट मिली। ऐसा लग रहा था कि अपनी मौत की रात उसने एक रहस्यमय नंबर पर कई कॉल किए थे। जब सैम ने नंबर पहचानने की कोशिश की तो उसकी आँखें सिकुड़ गईं।

तभी, जून स्टेशन में दाखिल हुई, चिंतित दिख रही थी और उसने कहा, "हैलो, जासूस। मैं चाहती थी कि आप इसे देखें।"

सैम की आँखें उसकी फाइलों से ऊपर उठीं। "यह क्या है?"

जून बोलने से पहले झिझकी और उसने कहा, "मैं सेलेना का सामान देख रही थी और मुझे एक पत्र मिला जो उसने मुझे लिखा था, लेकिन मैंने इसे कुछ मिनट पहले ही देखा और आपके साथ साझा करने के बारे में सोचा। ऐसा लगता है कि यह उसकी मृत्यु से कुछ दिन पहले का है।"

सैम की दिलचस्पी बढ़ी; उन्होंने जून को पत्र सौंपने के लिए कहा।

जैसे ही उसने पत्र पढ़ा, सैम को सेलेना की पिछली कहानी और विरोध आंदोलन में शामिल होने की उसकी प्रेरणाओं के बारे में और अधिक पता चला।

जून के लिए सेलेना का पत्र

प्रिय जून,

मैं हाल ही में बहुत अभिभूत महसूस कर रही हूं। मुझे पता है कि मैं दूर हो गई हूं, लेकिन ऐसा इसलिए है क्योंकि मैं कुछ व्यक्तिगत राक्षसों से निपट रही हूं।

मेरे माता-पिता वास्तव में मेरे बड़े होने पर बहुत सख्त थे, वे हमेशा मुझे परफेक्ट बनने के लिए प्रेरित करते थे। मुझे ऐसा लगा जैसे मैं उन्हें कभी गौरवान्वित नहीं कर पाऊंगा।

लेकिन फिर मुझे कला और सक्रियता के प्रति अपने जुनून का पता चला। यह ऐसा था जैसे मुझे अंततः खुद को अभिव्यक्त करने और बदलाव लाने का एक तरीका मिल गया।

लेकिन यह कठिन है, जून। जब ऐसा लगे कि हर कोई आपके ख़िलाफ़ है तो सिस्टम के ख़िलाफ़ लड़ना कठिन है।

मैं जानता हूं कि मैं जोखिम ले रहा हूं, लेकिन मुझे लगता है कि यह जरूरी है। मुझे अन्याय के खिलाफ बोलना होगा, भले ही इसके लिए मुझे खुद को खतरे में डालना पड़े।

कृपया मेरे बारे में चिंता मत करो, जून। मैं ठीक हो जाऊंगी।

प्यार,
सेलेना

पत्र पढ़ते ही सैम को दुख की अनुभूति हुई।

सैम को एहसास हुआ कि सेलेना सिर्फ एक पीड़िता से कहीं अधिक थी - वह अपने संघर्षों और प्रेरणाओं के साथ एक जटिल व्यक्ति थी।

जासूस सैम टेलर ने उस रहस्यमय फोन नंबर का पता लगाने का फैसला किया, जिस पर सेलेना ने अपनी मौत की रात फोन किया था।

सैम ने नंबर प्रिंट कर लिया और उसके मालिक का पता लगाना शुरू कर दिया।

कुछ घंटों की खोजबीन के बाद आख़िरकार सैम को नंबर मिल गया।

यह लिआम (Liam) नामक एक स्वतंत्र पत्रकार (Freelance Journalist) का था, जो कॉर्पोरेट भ्रष्टाचार (Corporate corruption) के बारे में एक कहानी पर काम कर रहा था।

सैम लियाम के कार्यालय में पहुंचा जो शहर के मध्य में एक छोटी सी कॉफी शॉप के बगल में था।

सैम ने अपना परिचय दिया और लियाम से कुछ प्रश्न पूछने का अनुरोध किया।

लियाम ने अपने लैपटॉप से ऊपर देखा, उसकी आँखें सिकुड़ गईं। "यह किस बारे में है?"

सैम ने अपना बैज दिखाया और कहा, "मैं सेलेना मार्टिन की हत्या की जांच कर रहा हूं। मैं समझता हूं कि उसने अपनी मौत की रात आपको फोन किया था।"

लियाम की अभिव्यक्ति जिज्ञासु से संरक्षित में बदल गई। "हाँ, मुझे कॉल याद है। हमने उसके शोध और कला परियोजना के बारे में बात की। वह

वास्तव में इसे लेकर भावुक थी।"

सैम की आँखें लियाम पर टिक गईं। "और क्या उसने अपने शोध के बारे में आपसे कुछ विशेष बात की?"

लियाम बोलने से पहले झिझका। "उसने एक दस्तावेज़ खोजने के बारे में कुछ बताया जो कोलिन्स को किसी प्रकार की धोखाधड़ी योजना में फंसा सकता है। लेकिन वह अधिक विवरण में नहीं गई।"

सैम का दिमाग तेजी से घूम रहा था क्योंकि वह पहेली को एक साथ जोड़ने की कोशिश कर रहा था।

सैम ने सेलेना की मौत की रात के लिए लियाम की अन्यत्र उपस्थिति पर गौर करने के लिए एक मानसिक नोट बनाया।

सैम ने जानकारी के लिए लियाम को धन्यवाद दिया और उसका कार्यालय छोड़ने के लिए तैयार हो गया।

जैसे ही वह लियाम के कार्यालय से बाहर निकला, सैम इस अहसास से उबर नहीं सका कि सेलेना की कहानी में आंखों से मिलने वाली कहानी के अलावा और भी बहुत कुछ है।

जासूस सैम टेलर ने कोलिन्स या लियाम से किसी भी संबंध की तलाश में सेलेना के शोध की आगे जांच करने का फैसला किया।

सैम वापस पुलिस स्टेशन गया और सेलेना की नोटबुक और डायरी प्रविष्टियों को खंगालना शुरू कर दिया।

जैसे ही उसने पन्ने पलटे, उसे एक नोट मिला जिसने उसका ध्यान खींचा:

सेलेना की नोटबुक

मैं सच्चाई उजागर करने के करीब पहुंच रही हूं।

मेरे पास एक दस्तावेज़ का नेतृत्व है जो कोलिन्स की भ्रष्ट प्रथाओं को उजागर कर सकता है।

मैं इस पर आगे चर्चा करने के लिए आज रात लियाम से मिल रही हूं।

सेलेना के लेखन की तात्कालिकता को समझते हुए, सैम की आँखों ने उस नोट को खोजा। उसने लियाम से दोबारा बात करने और उनकी मुलाकात के बारे में पूछने के लिए एक मानसिक नोट बनाया।

इसके बाद, सैम को एक अखबार की कतरन मिली:

अखबार की कतरन

स्थानीय व्यवसायी पर गबन का आरोप: कॉलिन्स इनकॉर्पोरेशन (Collins Inc.) के सीईओ (CEO) एलन कॉलिन्स (Alan Collins) पर अपनी कंपनी से लाखों के गबन का आरोप लगाया गया है। जांच जारी है।

जब सैम को सेलेना के शोध और कोलिन्स के बीच संभावित संबंध का एहसास हुआ तो उसकी आंखें चौड़ी हो गईं।

सैम ने सेलेना की मौत की रात के लिए एलन कोलिन्स की अन्यत्र उपस्थिति पर गौर करने के लिए एक और नोट बनाया।

जैसे-जैसे उसने सेलेना के नोट्स पढ़ना जारी रखा, सैम को और अधिक सुराग और संभावित कनेक्शन का पता चला।

सैम को एहसास हुआ कि सेलेना कॉर्पोरेट भ्रष्टाचार को उजागर करने के लिए अपने शोध का उपयोग करके एक बड़े-से-बड़े कला प्रोजेक्ट पर काम कर रही थी।

जासूस सैम टेलर ने किसी संभावित मकसद या कनेक्शन की तलाश में लियाम की आगे जांच करने का फैसला किया।

सैम वापस पुलिस स्टेशन गया और लियाम के फोन रिकॉर्ड निकाले।

जैसे ही सैम ने कॉल और टेक्स्ट को स्क्रॉल किया, उसने सेलेना की मौत की रात एक अज्ञात नंबर से बातचीत देखी। बातचीत संक्षिप्त थी, लेकिन काफी गहन लग रही थी।

अज्ञात नंबर का पता लगाने के लिए मानसिक नोट बनाते समय सैम की आँखें सिकुड़ गईं।

सैम ने यह भी देखा कि लियाम को उसकी मृत्यु से कुछ दिन पहले सेलेना से एक पैकेज मिला था, जिसमें एक यूएसबी ड्राइव (USB drive) और एक नोट था जिसमें लिखा था: "केवल आपकी आंखों के लिए। (For your eyes only)"

सैम ने लियाम से दोबारा मिलने का फैसला किया, इस बार उसके कार्यालय और कंप्यूटर की तलाशी के वारंट के साथ।

जैसे ही वह लियाम के कार्यालय में पहुंचा, सैम का स्वागत खुद लियाम ने किया, वह घबराया हुआ और उत्तेजित लग रहा था।

"क्या मैं आपकी मदद कर सकता हूँ, जासूस?" लियाम ने पूछा, उसकी आवाज थोड़ी कांप रही थी।

सैम ने अपना बैज दिखाया। "मैं सेलेना मार्टिन की हत्या की जांच कर रहा हूं। मैं आपसे कुछ प्रश्न पूछना चाहता हूं और आपके कार्यालय पर एक नजर डालना चाहता हूं।"

लियाम ने सिर हिलाया और सैम को अपने कार्यालय में ले जाने से पहले झिझका। जैसे ही वे अंदर गए, सैम ने लेखन और रेखाचित्रों से ढका एक बड़ा व्हाइटबोर्ड देखा।

"यह सब क्या है?" सैम ने अपनी आँखों से बोर्ड पर नज़र डालते हुए पूछा।

"यह मेरी अगली कहानी के लिए बस कुछ शोध है," लियाम ने जल्दी से उत्तर दिया।

सैम ने भौंहें ऊपर उठाईं। "आपकी अगली कहानी?"

लियाम ने सिर हिलाया। "हाँ, मैं कॉर्पोरेट भ्रष्टाचार के बारे में एक एक्सपोज़ पर काम कर रहा हूँ। मैं सबूत इकट्ठा कर रहा हूँ और प्रासंगिक स्रोतों का साक्षात्कार ले रहा हूँ।

सैम की आँखें लियाम पर टिक गईं। "और क्या आपने इनमें से कोई भी जानकारी सेलेना के साथ साझा की?"

लियाम बोलने से पहले झिझका। "हमने अपने कुछ शोधों पर चर्चा की, लेकिन मैंने उनके साथ कुछ भी विशेष साझा नहीं किया।"

सैम को लगा कि लियाम कुछ छिपा रहा है। उन्होंने आगे बढ़ने का फैसला किया।

"और इस पैकेज का क्या हुआ जो उसने तुम्हें भेजा था?" सैम ने आँखें सिकोड़ते हुए पूछा।

लियाम अचंभित लग रहा था। "ओह, वह? यह सिर्फ कुछ डेटा था जिसका वह मुझसे विश्लेषण करवाना चाहती थी। कोई महत्वपूर्ण बात नहीं।"

सैम आश्वस्त नहीं था। उन्होंने यूएसबी ड्राइव और कंप्यूटर पर करीब से नज़र डालने का फैसला किया।

जासूस सैम टेलर ने यूएसबी ड्राइव और कंप्यूटर पर डेटा का विश्लेषण करने का फैसला किया, जो एक कला धोखाधड़ी योजना (Art fraud scheme) के संबंध में था।

उन्होंने दस्तावेजों और ईमेल के जटिल संग्रह को समझने की कोशिश करते हुए, फाइलों पर गौर करने में घंटों बिताए।

जैसे ही सैम ने फाइलों को स्क्रॉल किया, उसने देखा कि सेलेना एक बड़े पैमाने पर कला धोखाधड़ी योजना की जांच कर रही थी जिसमें कई उच्च-स्तरीय गैलरी और नीलामी घर शामिल थे।

सेलेना गहरी खुदाई कर रही थी, सबूत इकट्ठा कर रही थी और सुरागों का पता लगा रही थी।

योजना के दायरे का एहसास होते ही सैम की आँखें चौड़ी हो गईं।

ऐसा प्रतीत होता है कि कई प्रमुख कला विक्रेता नकली कलाकृतियाँ बनाने के लिए सहयोग कर रहे थे, फिर उन्हें बिना सोचे-समझे संग्राहकों को अत्यधिक कीमतों पर बेच रहे थे।

सैम को सेलेना और एक अज्ञात स्रोत के बीच ईमेल की एक श्रृंखला भी मिली, जिसने योजना के बारे में अंदरूनी जानकारी होने का दावा किया था।

ईमेल गुप्त थे, लेकिन सैम को लगा कि सेलेना सच्चाई उजागर करने के करीब पहुंच रही है।

जैसे ही वह फाइलों में गहराई से गया, उसे "द मास्टरपीस" (The Masterpiece) लेबल वाला एक फ़ोल्डर मिला।

अंदर, सैम को एक विशाल कलाकृति की विस्तृत योजना मिली, जिसकी कीमत लाखों में थी।

योजना अहस्ताक्षरित थी, लेकिन सैम को संदेह था कि यह सेलेना का काम था।

सैम को सेलेना का एक नोट भी मिला, जो उसकी मृत्यु से एक दिन पहले का था:

लगभग मिल गया... मैं इसे महसूस कर सकती हूं। लेकिन मुझे डर लग रहा है। वे अपने रहस्यों को सुरक्षित रखने के लिए कुछ भी करने की कोशिश करेंगे।

सैम को लगा कि सेलेना गंभीर खतरे में होगी।

सैम ने आईपी नंबर और ईमेल ट्रेल्स का पता लगाकर आगे की जांच करने का फैसला किया, यह देखने के लिए कि क्या वे किसी संदिग्ध तक पहुंचते हैं।

जासूस सैम टेलर ने सुराग मिलने की उम्मीद में योजना में शामिल कंपनियों की पृष्ठभूमि पर गौर करने का फैसला किया।

सैम ने कंपनियों के मालिकों और अधिकारियों पर शोध करना शुरू किया, उनके बीच कोई संबंध खोजने की कोशिश की।

जैसे-जैसे सैम गहराई में गया, उसने पाया कि कंपनी के कई अधिकारियों का इतिहास संदिग्ध लेनदेन का था और वे अपनी व्यावसायिक प्रथाओं में निर्दयी होने के लिए जाने जाते थे।

सैम ने यह भी पाया कि कंपनियों में से एक, एक बड़ी कला संरक्षक, मार्टिन आर्ट्स (Martin Arts), कोई और नहीं बल्कि सेलेना के पिता लुकास मार्टिन (Lucas Martin) द्वारा चलाया गया था।

प्रासंगिक संबंध पाते ही सैम की आंखें चौड़ी हो गईं। क्या लुकास भी अपनी बेटी की हत्या में शामिल है?

सैम ने लुकास से मिलने का फैसला किया, उसके इरादों के बारे में निष्पक्ष रहने की कोशिश की।

जैसे ही वह लुकास के कार्यालय में पहुंचा, सेलेना के पिता ने उसका स्वागत किया।

"क्या मैं आपकी मदद कर सकता हूँ, जासूस?" लुकास ने उदास होकर पूछा।

सैम ने अपना बैज दिखाया। "मुझे आशा है कि आप मुझे जानते हैं, मैं आपकी बेटी सेलेना की हत्या का जांच अधिकारी हूं।" सैम ने आगे कहा, "मैं समझता हूं कि वह एक कला धोखाधड़ी मामले पर काम कर रही थी?"

लुकास की अभिव्यक्ति कठोर से गणनात्मक में बदल गई। "हो सकता है, सेलेना हगेशा खुद को उन चीज़ों में शामिल कर रही थी जो उसे समझ में नहीं आती थीं। मैंने उसे उन लोगों के बहुत करीब जाने के बारे में चेतावनी दी थी।"
सैम को लगा कि लुकास कुछ छिपा रहा है।

सैम ने पूछा, "आप इस योजना में शामिल कंपनियों के बारे में क्या जानते हैं?"

लुकास ने गहरी साँस ली और कहा, "वे लोग बदमाश हैं। मुझे आश्चर्य नहीं होगा अगर वे सेलेना की हत्या में शामिल हों।"

सैम को लगा कि लुकास उसे सब कुछ नहीं बता रहा है।

सैम ने आगे बढ़ने का फैसला किया और पूछा "और क्या आप मुझे इन कंपनियों के साथ अपनी भागीदारी के बारे में बता सकते हैं?"

लुकास का चेहरा ठंडा पड़ गया। "हां, उनमें से कुछ के साथ मेरे व्यापारिक हित हैं। लेकिन मैं आपको आश्वस्त करता हूं, सेलेना की हत्या से मेरा कोई लेना-देना नहीं है।"

सैम आश्वस्त नहीं था। उन्होंने लुकास की पृष्ठभूमि में गहराई से खोजबीन करने और कला जगत से किसी भी तरह के संबंध या संभावित उद्देश्यों की तलाश करने का फैसला किया।

जासूस सैम टेलर ने लुकास मार्टिन के व्यापारिक सौदों और कला जगत से संभावित संबंधों की जांच करने का निर्णय लिया।

सैम ने लुकास की कंपनी के वित्तीय रिकॉर्ड की समीक्षा करके, किसी भी संदिग्ध लेनदेन या कला जगत से संबंध की तलाश शुरू की।

जैसे-जैसे सैम ने गहराई से जांच की, उसने पाया कि लुकास की कंपनी कई हाई-प्रोफाइल कला सौदों में शामिल थी, अक्सर गैलरी और नीलामी घर उस धोखाधड़ी योजना में शामिल थे जिसकी सेलेना जांच कर रही थी।

सैम की आँखें चौड़ी हो गईं क्योंकि उसे लुकास की संलिप्तता (involvement) के दायरे का एहसास हुआ।

सैम ने लुकास के बिजनेस पार्टनर, मेसन ब्रूक्स (Mason Brooks) से मिलने का फैसला किया, यह देखने के लिए कि क्या वह उनके बिजनेस डीलिंग पर कुछ प्रकाश डाल सकता है।

मेसन लगभग 40 वर्ष की आयु वाला एक साहसी और आकर्षक व्यक्ति था, जिसकी व्यवसाय में क्रूर व्यक्ति के रूप में प्रतिष्ठा थी।

"तो, जासूस महोदय," मेसन ने कहा, "आज आपको यहां क्या खींच लाया है?"

सैम ने उसे अपने द्वारा जुटाए गए सबूत दिखाए। "मैं सेलेना मार्टिन की हत्या की जांच कर रहा हूं। मेरा मानना है कि उसके पिता लुकास इसमें शामिल हो सकते हैं।"

मेसन का चेहरा ठंडा पड़ गया. "लुकास? वह एक अच्छा आदमी है। हमने उसके साथ वर्षों तक व्यापार किया है।"

सैम को लगा कि मेसन कुछ छिपा रहा है। "मैं लुकास के साथ आपके व्यापारिक लेन-देन के बारे में और अधिक जानना चाहूंगा। क्या आप मुझे इनमें से कुछ खरीदारी के बारे में बता सकते हैं?"

मेसन बोलने से पहले झिझके। "ठीक है, हाँ... हमने एक साथ कुछ सौदे किए हैं। कुछ भी संदिग्ध नहीं, बस सामान्य व्यवसाय है।"

सैम आश्वस्त नहीं था. उसने मेसन के हाथ पर एक हल्की खरोंच देखी, जो जगह से बाहर लग रही थी।

"क्या मैं पूछ सकता हूँ कि इस खरोंच का कारण क्या है?" सैम ने खरोंच की ओर इशारा करते हुए पूछा।

मेसन ने घबराकर दूसरी ओर देखा। "ओह, यह तो मेरे घर पर एक छोटी सी दुर्घटना थी।"

सैम को लगा कि मेसन झूठ बोल रहा है।

उन्होंने मेसन की पृष्ठभूमि में गहराई से खोजबीन करने और किसी भी सुराग की जाँच करने का निर्णय लिया।

जासूस सैम टेलर ने मेसन ब्रूक्स की पृष्ठभूमि और सेलेना या कला जगत से संभावित संबंधों की जांच करने का निर्णय लिया।

उन्होंने मेसन के सोशल मीडिया प्रोफाइल और ऑनलाइन उपस्थिति की समीक्षा करके ऐसे किसी भी सुराग की तलाश शुरू की जो उसे सेलेना से जोड़ सके।

जैसे ही सैम ने मेसन के इंस्टाग्राम फ़ीड को स्क्रॉल किया, उसने कुछ महीने पहले की एक पोस्ट देखी, जिसमें सेलेना की एक पेंटिंग थी।

कैप्शन में लिखा है: "अभी-अभी प्रतिभाशाली सेलेना मार्टिन द्वारा यह शानदार कृति खरीदी गई। मैं इसे अपने कार्यालय में प्रदर्शित करने के लिए इंतजार नहीं कर सकता!"

सैम की आँखें चौड़ी हो गईं क्योंकि उसे एहसास हुआ कि मेसन सेलेना के काम का संग्रहकर्ता रहा होगा।

सैम ने मेसन के कला संग्रह को देखने के लिए एक मानसिक नोट बनाया और देखा कि क्या उनके बीच कोई अन्य संबंध थे।

इसके बाद, सैम ने उनके रिश्ते के बारे में बेहतर जानकारी पाने की उम्मीद में मेसन के कार्यालय का दौरा करने का फैसला किया।

जब वह पहुंचे तो मेसन ने गर्मजोशी भरी मुस्कान के साथ उनका स्वागत किया। "हैलो जासूस! कृपया अंदर आएँ।"

जैसे ही वे अपने कार्यालय में बैठे, सैम ने पूछा: "तो, मुझे सेलेना के साथ अपने रिश्ते के बारे में और बताएं। ऐसा लगता है कि आप उसके काम के बहुत बड़े प्रशंसक रहे हैं।"

मेसन अपनी कुर्सी पर पीछे की ओर झुक गया और उसने कहा, "हां, वास्तव में मैं था। सेलेना एक अविश्वसनीय रूप से प्रतिभाशाली कलाकार थी। मैंने पहले भी उससे एक कला का निर्देशन करने के बारे में सोचा था... खैर, सब कुछ होने से पहले।"

सैम को लगा कि मेसन कुछ छिपा रहा है। "आपका क्या मतलब है 'सब कुछ होने से पहले'? कला धोखाधड़ी योजना (Art fraud scheme) में सेलेना की जांच के बारे में आप क्या जानते थे?"

मेसन की अभिव्यक्ति सतर्क हो गई। "मैं ज्यादा कुछ नहीं जानता था, बस अफवाहें और कानाफूसी थी। लेकिन मुझे पता था कि वह कुछ बड़ा खुलासा करने के करीब पहुंच रही थी।"

सैम को लगा कि मेसन कुछ और महत्वपूर्ण बात छिपा रहा है।

सैम ने उसे आगे बढ़ाने का फैसला किया और पूछा, "क्या आप मुझे इन अफवाहों और फुसफुसाहटों के बारे में और बता सकते हैं? कुछ भी जो मुझे यह समझने में मदद कर सकता है कि सेलेना के साथ क्या हुआ था?"

मेसन बोलने से पहले झिझके। "जहाँ तक मैंने सुना... एक प्रतिद्वंद्वी कलाकार (rival artist) की चर्चा थी जो सेलेना की सफलता से ईर्ष्या करता था। और फिर कला जगत के भीतर एक गुप्त कला समाज (Secret Art society) की फुसफुसाहट थी..."

सैम की आंखें सिकुड़ गईं। एक प्रतिद्वंद्वी कलाकार और एक गुप्त कला समाज?

उसे लगा कि यह मामला काफी पेचीदा होता जा रहा है।

जासूस सैम टेलर ने सेलेना की जांच के बारे में कोई सुराग ढूंढने के लिए उसकी नोटबुक और डायरी प्रविष्टियों की फिर से समीक्षा करने का फैसला किया।

जैसे ही उसने पन्ने पलटे, उसकी नज़र एक अंश पर पड़ी जिसने उसका ध्यान खींचा:

सेलेना की नोटबुक

आज, मुझे एक रहस्यमयी पैकेज मिला, जिसका कोई वापसी पता नहीं था।

अंदर मुझे एक अज्ञात कलाकार की एक छोटी सी पेंटिंग मिली।

शैली अचूक है - यह धोखाधड़ी योजना में शामिल कलाकारों में से एक है। मैं पहेली को जोड़ना शुरू कर रही हूं... लेकिन मुझे डर लग रहा है।

मुझे ये सुराग कौन भेज रहा है? और क्यों?

सैम की आँखें पेंटिंग या अज्ञात कलाकार के किसी अन्य उल्लेख की तलाश में पृष्ठों को स्कैन कर रही थीं। उन्हें एक संदेश के साथ पेंटिंग का एक स्केच मिला:

मुझे लगता है कि यह धोखाधड़ी के पीछे के मास्टरमाइंड का सुराग हो सकता है। लेकिन यह कौन है? और वे मुझे फंसाने की कोशिश क्यों कर रहे हैं?

सैम का दिमाग दौड़ रहा था। क्या सेलेना मरने से पहले कुछ बड़ा खुलासा कर सकती थी?

सैम ने पेंटिंग में गहराई से उतरने और यह देखने का फैसला किया कि क्या यह उसे कहीं ले जाती है।

जैसे ही सैम ने पेंटिंग की अधिक बारीकी से जांच की, उसने देखा कि ब्रशस्ट्रोक (brushstrokes) परिचित लग रहे थे।

अचानक, उसके दिमाग में एक नाम आया: मेसन ब्रूक्स (Mason Brooks), सेलेना का कला डीलर। क्या मेसन धोखाधड़ी योजना में शामिल हो सकता है?

सैम को डायरी में एक और नोट मिला जिसने उसे हैरान कर दिया।

सेलेना की नोटबुक

आज पिताजी से मेरी अजीब मुलाकात हुई।

वह घबराए हुए और उत्तेजित दिख रहे थे, जैसे कि वह कुछ छिपा रहे हों।

मैंने उनसे पूछा कि क्या हुआ था, और पिताजी ने मुझे बताया कि उन्हें अपने बिजनेस पार्टनर से कुछ बुरी खबर मिली थी।

मुझे नहीं पता कि क्या हो रहा है, लेकिन कुछ गड़बड़ लग रही है।

जासूस सैम टेलर ने सेलेना के पिता लुकास मार्टिन की गहराई से जांच करने का फैसला किया।

सैम को पता चला कि लुकास अपने व्यवहार में निर्दयी होने के लिए जाना जाता है।

जैसे-जैसे सैम ने गहराई से खोजबीन की, उसे पता चला कि लुकास कई हाई-प्रोफाइल मुकदमों में शामिल था और उस पर अतीत में गबन का भी आरोप लगाया गया था।

दस्तावेज़ पढ़ते समय सैम की आँखें चौड़ी हो गईं। क्या सेलेना अपने पिता के संदिग्ध लेन-देन की जाँच कर रही थी?

सैम सोच रहा था कि क्या लुकास का बिजनेस पार्टनर, जिसे लुकास से "बुरी खबर" मिली थी, सेलेना की हत्या में शामिल हो सकता है?

सैम ने लुकास को सेलेना की डायरी का वह नोट दिखाया और पूछा, "तुम इस बारे में क्या जानते हो? तुम्हारा बिजनेस पार्टनर किस बारे में बात कर रहा था?"

लुकास ने उपहास करते हुए कहा, "यह सिर्फ एक गलतफहमी थी। मेरा बिजनेस पार्टनर कठिन समय से गुजर रहा था और मैं उसकी मदद करने की कोशिश कर रहा था।"

सैम ने भौंहें उठाईं और पूछा, "कठिन समय? कैसा कठिन समय?"

लुकास बोलने से पहले झिझका। "मान लीजिए कि मेरे बिजनेस पार्टनर को कुछ वित्तीय कठिनाइयाँ हो रही थीं और मैं उसे अपने पैरों पर वापस खड़ा होने में मदद करने की कोशिश कर रहा था।"

सैम की आंखें सिकुड़ गईं. उसे लुकास की कहानी पर विश्वास नहीं हुआ। उसने आगे भी पूछते रहने का निश्चय किया।

जासूस सैम टेलर लुकास मार्टिन के सामने बैठा था, उसकी आँखें उस आदमी के चेहरे पर टिकी थीं।

"मिस्टर मार्टिन, मुझे लगता है कि अब समय आ गया है कि हम धोखाधड़ी योजना में आपकी संलिप्तता के बारे में थोड़ी बातचीत करें," सैम ने अपनी आवाज़ दृढ़ लेकिन नियंत्रित करते हुए कहा।

लुकास की अभिव्यक्ति शांत रही, लेकिन उसकी आँखें थोड़ी सिकुड़ गईं। "मुझे नहीं पता कि आप किस बारे में बात कर रहे हैं, जासूस सैम।"

सैम ने दस्तावेज़ों से भरा एक फ़ोल्डर निकाला। "मूर्खों की तरह व्यवहार

मत करो, मिस्टर मार्टिन। हमारे पास सबूत हैं जो आपको उस योजना से जोड़ते हैं। और हमारे पास यह विश्वास करने का कारण है कि आपकी बेटी आपकी जांच कर रही थी।"

लुकास ऐसे चौंक गया जैसे लुकास का मुखौटा खिसक गया हो, और एक पल के लिए और सैम ने उसकी आँखों में घबराहट की झलक देखी।

"तुम किस बारे में बात कर रहे हो?" लुकास ने दोहराया, उसकी आवाज ऊंची हो गई।

सैम ने आगे झुककर कहा, "मुझसे झूठ मत बोलो, मिस्टर मार्टिन। हमारे पास आपके व्यवसाय और धोखाधड़ी वाले खातों के बीच बड़े लेनदेन के रिकॉर्ड हैं। और हमारे पास चश्मदीद गवाह हैं जो अपराध स्थल पर आपकी भागीदारी की पुष्टि करते हैं।"

लुकास का चेहरा गुस्से से लाल हो गया और एक पल के लिए सैम को लगा कि वह वास्तव में इस पल को खो सकता है।

लेकिन फिर, कुछ अजीब हुआ. लुकास की अभिव्यक्ति बदल गई, और वह लगभग...उदास दिखने लगा।

"आप कह रहे हैं कि सेलेना मेरी जांच कर रही थी?" लुकास ने पूछा, उसकी आवाज भावना से भारी थी।

सैम ने सिर हिलाया. "हाँ, मिस्टर मार्टिन। हमारा मानना है कि वह सच्चाई को उजागर करने के करीब पहुँच रही थी।"

लुकास ने आह भरी और एक पल के लिए सैम को लगा कि उसने उसकी आँखों में अपराध की झलक देखी है।

लेकिन फिर, लुकास सीधा हो गया और ठंडे स्वर में मुस्कुराया।

"मैं नहीं जानता कि आप किस बारे में बात कर रहे हैं," लुकास ने फिर कहा।

सैम ने भौंहें ऊपर उठाईं। उसे लुकास के इनकार पर एक पल के लिए भी विश्वास नहीं हुआ।

जासूस सैम टेलर ने कुछ भौतिक सबूत मिलने की उम्मीद में लुकास मार्टिन के कार्यालय की तलाशी लेने का फैसला किया, जो लुकास को धोखाधड़ी योजना से जोड़ देगा।

जैसे ही सैम ने कार्यालय में प्रवेश किया, उन्होंने एक सुंदर और आधुनिक स्थान देखा जो दर्शाता था कि "लुकास एक सफल व्यवसायी है।"

लेकिन सैम की निगाहें उस काम पर टिकी थीं जो उसने हाथ में लिया था।

सैम ने लुकास के डेस्क की दराजों को खंगालना शुरू किया, ऐसे किसी दस्तावेज़ या रिकॉर्ड की तलाश की जो उसे दोषी ठहरा सकता हो।

जैसे ही उसने फाइलों को खंगाला, उसे "व्यक्तिगत मामले" (Personal Matters) लेबल वाला एक फ़ोल्डर मिला।

अंदर, सैम को लुकास और एक अज्ञात व्यक्ति के बीच पत्रों और ईमेल की एक श्रृंखला मिली, जिसमें एक गुप्त बैठक पर चर्चा की गई थी।

सैम की जिज्ञासा बढ़ी। यह व्यक्ति कौन था और वे लुकास के साथ क्या चर्चा कर रहे थे?

सैम ने कार्यालय की तलाशी जारी रखी, किसी अन्य सुराग की तलाश की जो उसे सच्चाई तक ले जा सके।

जैसे ही सैम ने खोज की, उसकी नज़र एक बुकशेल्फ़ के पीछे छिपी एक छोटी नोटबुक पर पड़ी।

यह सेलेना मार्टिन का था, और जैसे ही सैम ने इसके पन्ने पलटे, उसने एक कलाकार के रूप में उसकी कलात्मक प्रतिभा और उसके संघर्षों की झलक देखी। विशेष रूप से एक प्रविष्टि ने उनका ध्यान खींचा:

मैं हाल ही में बहुत फंसी हुई महसूस कर रही हूं।

पिताजी हमेशा मुझ पर अधिक पैसा कमाने के लिए दबाव डालते रहते हैं और मुझे लगता है कि मैं इस प्रक्रिया में खुद को खो रही हूं।

काश मैं अपने जुनून का पालन कर पाती और सिर्फ पैसे के लिए नहीं, बल्कि कला के लिए कला का सृजन कर पाती।

सैम को सेलेना के प्रति सहानुभूति की वेदना महसूस हुई।

सेलेना एक प्रतिभाशाली और रचनात्मक व्यक्ति की तरह लग रही थी जो अपने पिता के दबाव में घुट रही थी।

सैम सोच रहा था कि क्या उसकी हत्या किसी तरह उसके "कला के प्रति जुनून" (Passion for Art) और "रचनात्मकता" (Creativity) से जुड़ी थी।

जासूस सैम टेलर लुकास मार्टिन के सामने बैठा था, उसकी आँखें उस आदमी के चेहरे पर टिकी थीं। "लुकास, मुझे आपसे आपके कार्यालय में मिले कुछ पत्रों और ईमेल के बारे में पूछना है," सैम ने कहा, उसकी आवाज़ दृढ़ लेकिन नियंत्रित थी।

लुकास की अभिव्यक्ति शांत रही, लेकिन उसकी आँखें थोड़ी सिकुड़ गईं। "तुम किस बारे में बात कर रहे हो?"

सैम ने दस्तावेज़ों वाला फ़ोल्डर निकाला और पूछा "ये पत्र और ईमेल आपके और एक अज्ञात व्यक्ति के बीच हैं। ऐसा लग रहा है कि ये किसी गुप्त मीटिंग पर कोई चर्चा हो रही है. क्या आप मुझे बता सकते हैं कि यह व्यक्ति कौन है और आप क्या चर्चा कर रहे थे?"

लुकास की आँखें चमक उठीं और एक पल के लिए सैम को लगा कि उसने अपराध की एक झलक देखी है।

"मैं नहीं जानता कि आप किस बारे में बात कर रहे हैं," लुकास ने टालमटोल वाली आवाज में कहा।

सैम ने आगे झुककर कहा, "मुझसे झूठ मत बोलो, लुकास। हमारे पास सबूत हैं जो तुम्हें धोखाधड़ी योजना से जोड़ते हैं, और अब हमारे पास ये पत्र और ईमेल हैं जो सुझाव देते हैं कि तुम किसी संदिग्ध चीज़ में शामिल थे। मुझे सच बताओ।"

लुकास का चेहरा गुस्से से लाल हो गया, लेकिन फिर वह खुद को संभालने लगा। "मैं... मैं समझा सकता हूँ," उसने धीरे से कहा।

"मैं जिस व्यक्ति से मिल रहा था वह कॉलेज का एक पुराना दोस्त था। हम एक व्यावसायिक अवसर (business opportunity) पर चर्चा कर रहे थे।"

सैम ने भौंहें ऊपर उठाईं। "एक व्यावसायिक अवसर? एक गुप्त बैठक में?"

लुकास ने कंधे उचकाए। "यह संभावित निवेश अवसर पर चर्चा करने के लिए बस एक आकस्मिक बैठक थी। कुछ भी अवैध नहीं था।"

सैम आश्वस्त नहीं था।

उसे लगा कि लुकास कुछ छिपा रहा है, लेकिन इसे साबित करने के लिए उसे और सबूत की ज़रूरत थी।

जासूस सैम टेलर आगे की ओर झुक गया; उसकी आँखें लुकास मार्टिन पर टिक गईं। "लुकास, तुम जो बेच रहे हो मैं उसे नहीं खरीद रहा हूं। तुम मुझे पूरी सच्चाई नहीं बता रहे हो। मुझे इस व्यावसायिक अवसर के बारे में और जानने की जरूरत है जिसके बारे में तुम अपने कॉलेज मित्र के साथ चर्चा कर रहे थे।"

लुकास की अभिव्यक्ति गणनात्मक हो गई और वह अपनी कुर्सी पर पीछे झुक गया। "ठीक है, जासूस। मैं तुम्हें बताऊंगा कि मैं क्या चर्चा कर रहा था। लेकिन मैं तुम्हें चेतावनी देता हूं, यह वैसा नहीं है जैसा तुम सोचते हो।"

सैम को लगा कि जांच में यह एक महत्वपूर्ण क्षण था। सैम करीब झुक गया, उसकी आवाज़ धीमी और एकसमान थी।

"तो वो क्या है?" सैम ने पूछा

लुकास झिझका, सैम पर ध्यान केंद्रित करने से पहले उसकी आँखें कमरे के चारों ओर घूम गईं।

लुकास ने कहा, ""मैं अपने दोस्त के साथ संभावित निवेश अवसर पर चर्चा कर रहा था। उनके पास एक छोटी सी आर्ट गैलरी है जो गुजारा करने के लिए संघर्ष कर रही है, और वह अपने व्यवसाय के विस्तार में मदद करने के लिए निवेशकों की तलाश कर रहे थे।"

सैम ने भौंहें ऊपर उठाईं। "एक आर्ट गैलरी? इसका सेलेना की हत्या से क्या लेना-देना है?"

लुकास ने कंधे उचकाए, "कुछ नहीं, मैं आपको विश्वास दिलाता हूं। मेरे दोस्त की गैलरी सेलेना के काम या उसकी हत्या से पूरी तरह से असंबंधित है।"

सैम आश्वस्त नहीं था। उसे लगा कि लुकास कुछ छिपा रहा है, लेकिन वह ठीक से समझ नहीं पाया कि यह क्या था।

सैम ने इस सच्चाई के बारे में जानने के लिए लुकास के साथ आर्ट गैलरी का दौरा करने का फैसला किया।

जासूस सैम टेलर आर्ट गैलरी के बाहर खड़ा था, उसकी आँखें लुकास की ओर मुड़ने से पहले बाहरी हिस्से को देख रही थीं। "तो, यह वह गैलरी है जिसके मालिक आपके मित्र हैं?" सैम ने पूछा

लुकास ने सिर हिलाया और सैम को अंदर ले गया। गैलरी छोटी थी, जिसमें मुट्ठी भर पेंटिंग्स प्रदर्शित थीं। मालिक, एक मध्यम आयु वर्ग के व्यक्ति ने मित्रतापूर्ण मुस्कान के साथ उनका स्वागत किया।

"हैलो, लुकास! आपको देखकर अच्छा लगा," उसने लुकास से हाथ मिलाते हुए कहा। "और क्या यह जासूस टेलर है?"

सैम ने सिर हिलाया. "यह सही है। मैं सेलेना मार्टिन की हत्या की जांच कर रहा हूं।"

मालिक की अभिव्यक्ति उदास हो गई और उसने कहा, "मुझे यह भयानक समाचार सुनकर दुख हुआ लुकास। मेरी संवेदनाएं (condolences) आपके और आपके परिवार के प्रति हैं।"

सैम ने अपनी नोटबुक निकाली और पूछा "क्या आप मुझे अपनी गैलरी से सेलेना के कनेक्शन के बारे में बता सकते हैं?"

मालिक बोलने से पहले झिझका। "सेलेना एक प्रतिभाशाली कलाकार थीं। उन्होंने कई बार यहां अपना काम दिखाया था और हम उन्हें एक नियमित कलाकार के रूप में लेने पर विचार कर रहे थे।"

सैम की आंखें सिकुड़ गईं, "लेकिन जब उसकी मृत्यु हुई तो वह यहाँ काम नहीं कर रही थी?" सैम ने पूछा

मालिक ने सिर हिलाया, "नहीं, नहीं। उसने लगभग छह महीने पहले यहां अपना काम प्रदर्शित करना बंद कर दिया था। हम कुछ वित्तीय कठिनाइयों से गुजर रहे थे, और... मान लीजिए कि हमारे बीच बात नहीं बनी।"

सैम को लगा कि कहानी में और भी बहुत कुछ है, लेकिन वह ठीक से समझ नहीं पाया कि कहानी क्या थी।

सैम आगे की ओर झुक गया; उसकी आँखें मालिक पर टिक गईं।

"तो, आप कह रहे हैं कि सेलेना ने वित्तीय कठिनाइयों के कारण गैलरी छोड़ दी?" सैम ने पूछा

मालिक ने सिर हिलाया, "हां, यह सही है। हम अस्तित्व में बने रहने के लिए संघर्ष कर रहे थे, और सेलेना हमारी सबसे प्रतिभाशाली कलाकारों में से एक थी। लेकिन उसकी कीमतें हमारे लिए उसे बनाए रखने के लिए बहुत अधिक थीं। व्यवसाय में बने रहने के लिए हमें कुछ कठिन निर्णय लेने पड़े।"

सैम की भौंहें सिकुड़ गईं। "मैं समझ गया। और क्या सेलेना को जाने से पहले वित्तीय कठिनाइयों के बारे में पता था?"

मालिक बोलने से पहले झिझका। "मुझे यकीन नहीं है कि वह हमारे संघर्षों की पूरी सीमा जानती थी, लेकिन मुझे पूरा यकीन है कि उसे अंदाजा था कि कुछ स्थिर नहीं था।"

सैम ने इस पर आगे विचार करने के लिए एक मानसिक नोट बनाया।

सैम ने मालिक से पूछताछ जारी रखी। "क्या सेलेना ने गैलरी की वित्तीय स्थिति से संबंधित या किसी से परेशान होने या धमकी देने के बारे में कुछ भी उल्लेख किया था?"

मालिक ने सिर हिलाया, "नहीं, कुछ खास नहीं। बस वह पूरी स्थिति से निराश थी और उसे ऐसा लग रहा था कि हम उसे रोक रहे हैं।"

सैम की आंखें सिकुड़ गईं। यह सेलेना की हत्या का एक संभावित मकसद लग रहा था, लेकिन वह इस भावना को नहीं समझ सका कि इसमें कुछ और भी था।

सैम गैलरी से बाहर चला गया, उसका दिमाग संभावनाओं में घूमता रहा।

सैम ने सबूतों की समीक्षा करने और यह देखने के लिए परिसर में वापस जाने का फैसला किया कि क्या उन्हें सेलेना की कला और उसकी हत्या के बीच कोई संबंध मिल सकता है।

जैसे ही सैम अपनी मेज पर बैठा, उसने सेलेना के कला पोर्टफोलियो वाला फ़ोल्डर निकाला।

सैम ने पन्ने पलटना शुरू किया और प्रत्येक रेखाचित्र का ध्यानपूर्वक अध्ययन किया।

कुछ कलाकृतियाँ बोल्ड और जीवंत थीं, जबकि अन्य अधिक दबी हुई और मूडी थीं।

सैम ने देखा कि कई टुकड़ों में कारावास, संघर्ष और पलायन के विषय थे।

सैम ने यह भी देखा कि कुछ रेखाचित्र सेलेना के वित्तीय संघर्ष शुरू होने के समय के आसपास के प्रतीत होते थे।

सैम ने इस पर आगे विचार करने के लिए एक मानसिक नोट बनाया।

जैसे ही उन्होंने कलाकृति का अध्ययन करना जारी रखा, विशेष रूप से एक रेखाचित्र ने उनका ध्यान खींचा।

यह एक विशाल, खुले समुद्र की ओर देखने वाली चट्टान पर खड़ी एक छोटी, पृथक आकृति की पेंटिंग थी।

नीले पानी के विशाल विस्तार की तुलना में यह आकृति छोटी थी, लेकिन ऐसा लग रहा था जैसे यह दूर की किसी चीज़ को लालसा के भाव से देख रही हो।

पेंटिंग को देखते ही सैम को अपने शरीर में सिहरन महसूस हुई।

ऐसा लग रहा था जैसे सेलेना हताशा और अलगाव की भावना व्यक्त करने की कोशिश कर रही थी।

सैम ने सेलेना के अपार्टमेंट में वापस जाने और चारों ओर फिर से नज़र डालने का फैसला किया।

सैम यह देखना चाहता था कि क्या उससे कोई ऐसी चीज़ छूट गई है जो मामले के लिए प्रासंगिक हो सकती है।

जैसे ही सैम ने अपार्टमेंट में प्रवेश किया, उसे उसी खालीपन का एहसास हुआ जो उसने पहली बार इसे देखते समय महसूस किया था। एकमात्र ध्वनि एयर कंडीशनर की गड़गड़ाहट थी, और पेंट और तारपीन की हल्की गंध हवा में बनी हुई थी।

सैम ने उस अपार्टमेंट की तलाशी शुरू कर दी जहां वह ऐसी किसी चीज़ की तलाश गें था जिसरो उरो कोई सुराग मिल सके।

सैम ने स्टूडियो से शुरुआत की, जहां उसे सेलेना का चित्रफलक आधे-अधूरे कैनवस से ढका हुआ मिला।

सैम ने किसी भी सुराग या छिपे हुए संदेश की तलाश में प्रत्येक की सावधानीपूर्वक जांच की।

जैसे ही उसने एक कैनवस को पलटा, कागज का एक टुकड़ा बाहर गिर गया।

यह एक स्थानीय कला आपूर्ति स्टोर की रसीद थी, जो सेलेना की मृत्यु से कुछ दिन पहले की थी।

रसीद को देखते ही सैम की आँखें सिकुड़ गईं। ऐसा लग रहा था जैसे सेलेना बहुत सारा सामान खरीद रही थी, लेकिन इस बात का कोई संकेत नहीं था कि वह किस पर काम कर रही थी।

सैम ने किसी अन्य सुराग की तलाश में अपार्टमेंट की खोज जारी रखी।

सैम को एक दराज में छिपी हुई नोटबुक और पत्रिकाओं का ढेर मिला।

जैसे ही सैम ने उन्हें पलटा, उसने पाया कि वे कला के बारे में रेखाचित्रों और नोट्स के साथ-साथ कुछ प्रकार के संदेशों और कविताओं से भरे हुए थे। विशेष रूप से एक संदेश ने उनका ध्यान खींचा:

मैं कुछ ऐसा बनाने की कोशिश कर रही हूं जो मुझे आज़ाद कर देगा।

कुछ ऐसा जिससे वे मुझे देख सकें कि मैं कौन हूं।

शब्द पढ़ते ही सैम की आँखें सिकुड़ गईं।

सैम ने खुद से पूछा, "इन शब्दों का क्या मतलब है? क्या सेलेना अपनी कला के माध्यम से कोई संदेश देने की कोशिश कर रही थी, या वह कुछ और व्यक्तिगत बात कर रही थी?"

जासूस सैम टेलर ने सेलेना की कला परियोजना पर गौर करने और यह देखने का फैसला किया कि क्या कोई सुराग है जिससे पता चल सके कि कौन उसे मरवाना चाहता था।

सैम सेलेना के स्टूडियो में पहुंचा, जो एक छोटा, अव्यवस्थित स्थान था जो आधी-अधूरी पेंटिंग्स और रेखाचित्रों से भरा हुआ था।

जैसे ही सैम ने उसके काम को छानना शुरू किया, उसने रेखाचित्रों की एक श्रृंखला देखी जो विरोध आंदोलन (protest movement) से प्रेरित लग रही थी।

वहाँ लोगों के चित्र थे जिनके हाथ में चिन्ह थे, वे सड़कों पर मार्च कर रहे थे और अपनी आवाज़ें सुना रहे थे।

सैम की नज़र एक विशेष स्केच पर पड़ी जिसने उसका ध्यान खींचा - बोल्ड, लाल बाल और दृढ़ अभिव्यक्ति वाली एक महिला का चित्र, जिसके हाथ में एक चिन्ह था जिस पर लिखा था "अब न्याय करो"। (Justice Now)

अचानक सैम का फोन जून से आने वाले एक संदेश से गूंज उठा।

संदेश था, "हैलो जासूस। मुझे कुछ ऐसा मिला जो महत्वपूर्ण हो सकता है। सड़क के नीचे कॉफी शॉप में मुझसे मिलें।"

इस संदेश को पढ़कर, सैम तेजी से कॉफी शॉप की ओर गया और जून को उसका इंतजार करते हुए पाया।

"क्या हुआ?" उसने बैठते हुए पूछा।

जून ने उसे दस्तावेज़ों से भरा एक फ़ोल्डर सौंपा।

जून ने कहा ""मुझे ये सेलेना के स्टूडियो में मिले। ऐसा प्रतीत होता है कि वे सेलेना की कला परियोजना के लिए कुछ शोध फ़ाइलें (research files) हैं। ऐसे निगमों (corporations) के बारे में बहुत सारी जानकारी है जो संदिग्ध लेनदेन में शामिल रहे हैं।"

सैम की आँखें दस्तावेज़ों को स्कैन कर रही थीं, उसका दिमाग संभावनाओं के साथ दौड़ रहा था।

सैम ने उत्साह के साथ कहा, "यह मामले में हमारा तोड़ हो सकता है।"

जैसे ही उन्होंने फाइलों की एक साथ समीक्षा की, सैम ने देखा कि सूचीबद्ध निगमों में से एक कोलिन्स इनकॉर्पोरेशन था, वही कंपनी जिसकी जांच सेलेना कर रही थी।

जासूस सैम टेलर की आँखें चौड़ी हो गईं जब उसे सेलेना की कला परियोजना और कोलिन्स इनकॉर्पोरेशन के बीच संबंध का एहसास हुआ।

"यही है," सैम ने कहा, उसकी आवाज धीमी और जरूरी थी। "मुझे कार्यालय वापस जाकर कोलिन्स इनकॉर्पोरेशन की गतिविधियों के बारे में गहराई से जानने की जरूरत है।"

जून ने सिर हिलाया, उसकी आँखें दृढ़ संकल्प से चमक रही थीं।

जून ने कहा, "मुझे यह पता था। सेलेना कुछ बड़ा करना चाहती थी और कोई ऐसा था जो नहीं चाहता था कि वह इसका खुलासा करे।"

सैम का दिमाग दौड़ रहा था, वह चलने के लिए तैयार था, फोन पहले से ही हाथ में था।

सैम ने कहा, "चलो उनके कार्यालय वापस जाएं और आगे की जांच शुरू करें। जून, हमें आपकी भी आवश्यकता हो सकती है। हमें यह जानना होगा कि सेलेना को चुप कराने से पहले उसे क्या पता चला था।"

जैसे ही वे कॉफ़ी शॉप से बाहर निकले, सैम इस अहसास से उबर नहीं पाया कि वे सच्चाई के करीब पहुँच रहे थे।

सैम ने इस बार अपनी जांच के वारंट के साथ एलन कोलिन्स (Alan Collins) से मिलने का फैसला किया।

जब वह कोलिन्स इनकॉर्पोरेशन में पहुंचे, तो सैम का स्वागत एक वकील ने किया, जो घबराया हुआ और उत्तेजित लग रहा था।

"तुम क्या चाहते हो, जासूस?" उसने उदास होकर पूछा।

"मैं एलन कोलिन्स से मिलना चाहता हूँ," सैम ने दृढ़ता से उत्तर दिया।

वकील ने सिर हिलाया और कार्यालय के अंदर चला गया। कुछ मिनट बाद, कोलिन्स उभरे, उनकी अभिव्यक्ति आत्मसंतुष्ट थी।

"मैं तुम्हारे लिए क्या कर सकता हूँ, जासूस?" कोलिन्स ने पूछा, उसकी आवाज़ में कृपालुता टपक रही थी।

सैम ने उसे सेलेना के स्टूडियो के दस्तावेज़ दिखाए।

"हमें ये सेलेना के स्टूडियो में मिले। इनसे लगता है कि आपकी कंपनी कुछ अवैध सौदों (illegal dealings) में शामिल रही है।"

कोलिन्स ने हंसते हुए कहा, "ये सिर्फ निराधार आरोप हैं। मेरी कंपनी इस समुदाय का एक सम्मानित सदस्य है और मेरे पास छिपाने के लिए कुछ भी नहीं है।"

सैम की आंखें सिकुड़ गईं, "सम्मानित? आपका मतलब भ्रष्ट है? क्योंकि मुझे ऐसा ही लगता है और अगर आपके पास छिपाने के लिए कुछ नहीं है, तो क्या मैं कोई जांच कर सकता हूं, अगर आपको कोई आपत्ति न हो।"

कोलिन्स की मुस्कान लड़खड़ा गई और एक पल के लिए सैम ने उसकी आँखों में डर की झलक देखी।

जासूस सैम टेलर का दिमाग अब तक जुटाए गए सबूतों से जूझ रहा था। सैम जानता था कि उसे भ्रष्टाचार या गलत काम के किसी भी सबूत के लिए परिसर की तलाशी लेनी होगी।

सैम ने गहरी साँस ली, सिर हिलाया और आगे बढ़ गया।

जैसे ही सैम कार्यालयों से गुज़रा, उसने देखा कि हर कोई घबराया हुआ और चिंतित लग रहा था।

वे सभी अपने कंप्यूटर पर टाइप कर रहे थे, उनकी आँखें आगे-पीछे घूम रही थीं जैसे कि वे कुछ घटित होने की प्रतीक्षा कर रहे हों।

सैम की नज़र एक युवा महिला पर पड़ी जिसने नाक में नथ पहन रखी थी, वही महिला जिसे उसने पहले देखा था।

वह एक डेस्क पर बैठी थी, अपने चेहरे पर भय और दृढ़ संकल्प के मिश्रण के साथ कंप्यूटर स्क्रीन को देख रही थी।

"हैलो," सैम ने महिला के डेस्क के पास आते हुए कहा। "क्या मैं आपसे एक मिनट बात कर सकता हूँ?"

महिला ने आश्चर्य से ऊपर देखा। "हाँ, ज़रूर," उसने अपनी कुर्सी से उठते हुए कहा।

सैम ने अपना बैज निकाला और कहा, "मैं जासूस सैम टेलर हूं। मैं सेलेना मार्टिन की हत्या की जांच कर रहा हूं। क्या आप मुझे बता सकते हैं कि आप उसके बारे में क्या जानते हैं?"

महिला की आँखें झुक गईं और उसने सिर हिलाया। "मैं... मैं वास्तव में उसे उतनी अच्छी तरह से नहीं जानती थी," उसने झिझकते हुए कहा।

"लेकिन मैंने उसे कभी-कभी आसपास आते देखा था। वह एलन कोलिन्स के साथ एक प्रोजेक्ट पर काम कर रही थी।"

सैम के कान खड़े हो गये। "कैसा प्रोजेक्ट?"

महिला ने धीमे स्वर में बोलने से पहले घबराकर इधर-उधर देखा। "मुझे नहीं पता कि यह वास्तव में क्या था, लेकिन ऐसा लग रहा था कि सेलेना किसी गहरी चीज़ की खोज में थी। वह हमेशा नोट्स लिखती रहती थी और फोन कॉल करती रहती थी। मुझे लगता है कि वह शायद कुछ बड़ा करने में लगी थी।"

सैम ने अपनी नोटबुक निकाली और कुछ नोट्स लिखे। सैम ने महिला से पूछा "क्या आप कॉलिन्स इनकॉर्पोरेशन के वित्तीय रिकॉर्ड के बारे में कुछ जानती हैं? कुछ असामान्य या संदिग्ध?"

महिला बोलने से पहले झिझकी. "मैं वित्तीय चीजों के बारे में ज्यादा नहीं जानता, लेकिन मुझे पता है कि सेलेना इसके बारे में सवाल पूछ रही थी। जब उसे कुछ पता चला तो वह वास्तव में परेशान लग रही थी।"

सैम की आँखें उस पर टिक गईं। "उसे क्या पता चला?"

महिला ने सिर हिलाया, "मुझे नहीं पता, लेकिन मुझे लगता है कि यह कुछ बड़ा था। सेलेना हमेशा इस नोटबुक में लिखती रहती थी...उसने डर और अकेले महसूस करने के बारे में लिखा था।"
जब सैम ने सेलेना की नोटबुक के पन्ने पढ़े तो उसका दिल रो पड़ा।

जासूस सेम टेलर अपनी मेज पर कागजों और फाइलों के ढेर से घिरा हुआ बैठा था, और सेलेना की नोटबुक और डायरी प्रविष्टियों को समझने की कोशिश कर रहा था। जैसे ही उसने सेलेना के लिखे नोट्स को पढ़ा, उसने उसके जीवन की एक तस्वीर जोड़ना शुरू कर दिया।

सेलेना एक अत्यंत स्वतंत्र और दृढ़निश्चयी व्यक्ति थीं, जो न्याय की प्रबल भावना से प्रेरित थीं। सेलेना के नोट्स उनकी पसंदीदा पुस्तकों और दार्शनिकों के उद्धरणों से भरे हुए थे, और वह अक्सर सही के लिए खड़े होने के महत्व के बारे में लिखती थीं।

जैसे ही सैम ने उसकी पत्रिकाओं को गहराई से देखा, उसने महसूस किया कि सेलेना लड़खड़ाती और रास्ते से हटकर महसूस करने के बारे में लिख रही थी।

सेलेना ने सामाजिक मानदंडों के अनुरूप होने के दबाव और अन्याय के खिलाफ बोलने पर बहिष्कृत होने के डर के बारे में बात की।

सैम को सेलेना के संघर्षों के बारे में पढ़कर दुख हुआ। सैम को लगा कि क्या उसकी हत्या सत्ता से सच बोलने के उसके साहस का नतीजा था।

स्टेशन पर वापस आकर, सैम ने भ्रष्टाचार या गलत काम के किसी भी संकेत के लिए कोलिन्स इनकॉर्पोरेशन के वित्तीय रिकॉर्ड की खोज करने का निर्णय लिया।

सैम ने वित्तीय रिपोर्टों पर गौर करते हुए, किसी भी विसंगति या अनियमितता की तलाश में घंटों बिताए।

जैसे ही वह काम कर रहा था, उसका फोन जून के एक इनकमिंग टेक्स्ट से गूंज उठा। "हैलो, मुझे कुछ मिला," उसने कहा। "मैं सेलेना के ईमेल देख रही थी और मुझे कोलिन्स इनकॉर्पोरेशन से एक संदिग्ध लेनदेन मिला। ऐसा लगता है कि उन्होंने एक ऑफशोर खाते में बड़ा भुगतान किया है।"

सैम की आंखें चौड़ी हो गईं और वह तुरंत अपनी कुर्सी से उठ गया। सैम ने कहा, "यह हमारा ब्रेक है।" "मैं उस खाते का पता लगाने के लिए फोरेंसिक टीम को सूचित करूंगा।"

जून ने सिर हिलाया और कहा, "उम्मीद है कि हमें कुछ सकारात्मक मिलेगा।"

जैसे ही वे परिणामों की प्रतीक्षा कर रहे थे, सैम बेचैनी महसूस करने से खुद को नहीं रोक सका।

सैम जानता था कि कोलिन्स इनकॉर्पोरेशन कुछ संदिग्ध सौदों में शामिल था, लेकिन उसे कोई अंदाजा नहीं था कि वे क्या करने में सक्षम थे।

इस बीच, जासूस सैम टेलर सेलेना के कंप्यूटर के सामने बैठ गया और उसका पासवर्ड हैक करने की कोशिश करने लगा। सैम पहले ही उसका फ़ोन और ईमेल देख चुका था, लेकिन वह देखना चाहता था कि क्या उसके कंप्यूटर पर कोई अन्य सुराग हैं।

कुछ मिनटों की कोशिश के बाद, स्क्रीन जीवंत हो उठी। सैम की आँखें डेस्कटॉप पर खोज रही थीं, और सेलेना जिस पर काम कर रही थी उसका कोई संकेत ढूंढ रही थी।

सैम ने "प्रोजेक्ट एक्स" (Project X) लेबल वाला एक फ़ोल्डर देखा और उसकी रुचि बढ़ गई।

जैसे ही उसने फ़ोल्डर खोला, उसे दस्तावेज़ों (documents) और स्प्रेडशीट (spreadsheets) की एक श्रृंखला (series) दिखाई दी।

ऐसा लग रहा था कि सेलेना किसी प्रकार के वित्तीय डेटा पर नज़र रख रही थी, लेकिन वह निश्चित नहीं था कि इसका क्या मतलब है।

सैम की नज़र एक नोट पर पड़ी जिसने उसका ध्यान खींच लिया। "मुझे लगता है मुझे कुछ मिल गया है," सैम ने कहा। "ऐसा लगता है कि सेलेना कोलिन्स इनकॉर्पोरेशन से जुड़ी मनी लॉन्ड्रिंग योजना (Money laundering scheme) की जांच कर रही थी"

जून उत्सुकता से कमरे में आई। "आपको क्या मिला?" उसने पूछा।

सैम ने स्क्रीन की ओर इशारा किया। "सेलेना किसी बड़े काम पर थी। वह वित्तीय लेनदेन पर नज़र रख रही थी और उसे संदेह था कि कोलिन्स इनकॉर्पोरेशन कुछ संदिग्ध सौदों में शामिल था।"

जून की आँखें चौड़ी हो गईं। "यह बहुत बड़ी जानकारी है," उसने कहा।

तभी सैम के दिमाग में सेलेना की डायरी की एंट्री याद आ गई। सेलेना ने लिखा था, 'मैं बहुत डरी हुई हूं और मुझे लगता है कि वे मुझे देख रहे हैं।'

सैम को लगा कि सेलेना मारे जाने से पहले किसी बड़े खुलासे के करीब पहुंच रही थी।

जासूस सैम टेलर "डीए" मतलब जिला अटॉर्नी (District Attorney) के कार्यालय में चला गया; हाथ में सबूतों से भरा फोल्डर. सैम ने आत्मविश्वास से कहा, "हमने सेलेना मार्टिन मामले में एक सफलता हासिल की है।"

डीए एक महिला थी। उसने अपनी मेज से संदेह भरी दृष्टि से देखा और पूछा, "आपको क्या जानकारी मिली है?"

सैम ने सबूत पेश करते हुए बताया कि कैसे सेलेना, कोलिन्स इनकॉर्पोरेशन से जुड़ी मनी लॉन्ड्रिंग योजना की जांच कर रही थी।

दस्तावेजों की समीक्षा करते समय डीए की आंखें चौड़ी हो गईं।

"यह जानकारी गंभीर है," उसने कहा। "हमें उनके परिसरों की तलाशी के लिए वारंट प्राप्त करने की आवश्यकता है।"

सैम ने सिर हिलाया। "मैं सहमत हूं। मुझे लगता है कि सेलेना मारे जाने से पहले कुछ बड़ा खुलासा करने के करीब पहुंच रही थी।"

डीए ने फोन उठाते हुए सिर हिलाया और उन्होंने कहा, "मैं जल्द से जल्द वारंट जारी करवाऊंगी।"

जब वे वारंट का इंतजार कर रहे थे, सैम सेलेना की डायरी प्रविष्टियों के बारे में सोचने से खुद को नहीं रोक सका।

सेलेना कौन थी और किस चीज़ ने उसे प्रेरित किया, यह बेहतर ढंग से समझने के लिए सैम शुरू से ही डायरी पढ़ रहा था। विशेष रूप से एक नोट ने उनका ध्यान खींचा।

सेलेना की नोटबुक

आज का दिन कठिन था।

मुझे किताबों में विसंगतियों के बारे में अपने बॉस से बात करनी पड़ी।

वह बस हंसा और मुझसे कहा कि मैं पागल हो रही हूं।

सैम सोच रहा था कि क्या इसका संबंध उसकी हत्या से है। क्या उसे इसलिए चुप कराया जा रहा था क्योंकि वह सच्चाई के बहुत करीब पहुंच रही थी?

इस बीच, डीए ने फोन रख दिया, उसके चेहरे पर दृढ़ संकल्प के भाव थे। "वारंट स्वीकार कर लिया गया है। चलिए आगे बढ़ते हैं।"

सैम और डीए फोरेंसिक विशेषज्ञों की एक टीम के साथ कोलिन्स इनकॉर्पोरेशन मुख्यालय पहुंचे।

उन्होंने परिसर की तलाशी शुरू कर दी। वे ऐसे किसी सबूत की तलाश में थे जो कंपनी को सेलेना की हत्या से जोड़ सके।

जब वे खोज रहे थे, सैम को लग रहा था कि उन पर नज़र रखी जा रही है।

सैम ने चारों ओर नज़र दौड़ाई, लेकिन कुछ भी सामान्य नहीं देखा।

जासूस सैम टेलर अपनी मेज पर बैठा, सेलेना के ईमेल और सोशल मीडिया खातों पर स्क्रॉल करते हुए उसकी कंप्यूटर स्क्रीन को घूर रहा था।

सैम किसी ऐसे सुराग की तलाश में था जो उसे उसके हत्यारे तक ले जा सके।

जैसे ही सैम ने स्क्रॉल किया, उसे एक अज्ञात प्रेषक (unknown sender) का संदेश दिखाई दिया।

विषय पंक्ति थी "सावधान रहें".

संदेश स्वयं गुप्त था, लेकिन ऐसा लग रहा था कि सेलेना पर नजर रखी जा रही थी।

सैम की आंखें सिकुड़ गईं। सैम ने सोचा, यह एक प्रकार का सुराग था जो किसी भी दिशा में जा सकता था - यह किसी ऐसे व्यक्ति की वास्तविक चेतावनी हो सकती है जो कुछ जानता था, या यह उसे परेशान करने के लिए बनाई गई नकली चेतावनी हो सकती है।

सैम सेलेना के सोशल मीडिया अकाउंट पर गया और ऐसे किसी भी पोस्ट या संदेश की खोज की जो उसे लीड दे सके।

सैम को बिना किसी प्रोफ़ाइल चित्र या नाम वाले खाते से कुछ गुप्त संदेश मिले।

संदेश संक्षिप्त थे और उनका कोई मतलब नहीं लग रहा था, लेकिन उनमें कोलिन्स इनकॉर्पोरेशन में सेलेना की जांच का उल्लेख था।

सैम को लगा कि ये संदेश महत्वपूर्ण थे, लेकिन वह निश्चित नहीं था कि उनका क्या मतलब है।

सैम ने सेलेना के खाते पर और गौर करने के लिए एक नोट बनाया।

जैसे ही सैम ने खोज जारी रखी, उसे एक डायरी प्रविष्टि मिली जिसने उसका ध्यान खींचा।

सेलेना की नोटबुक

मैं अकेले रहकर बहुत थक गई हूं।

मुझे ऐसा लगता है कि मैं अकेली हूं जो देखती हूं कि क्या हो रहा है।

मैं बस यही चाहती हूं कि कोई मुझ पर विश्वास करे।

सैम को सेलेना के लिए बुरा लग रहा था।

सेलेना अपनी जाँच में संघर्ष कर रही थी, और ऐसा लग रहा था कि वह रास्ते से भटकी हुई और अकेली महसूस कर रही थी।

जासूस सैम टेलर अपनी मेज पर बैठा, सेलेना के ईमेल और सोशल मीडिया खातों पर स्क्रॉल करते हुए उसकी कंप्यूटर स्क्रीन को घूर रहा था।

सैम किसी ऐसे सुराग की तलाश में था जो उसे उसके हत्यारे तक ले जा सके।

सैम और डीए की टीम ने भ्रष्टाचार या गलत काम के किसी भी संकेत की तलाश में कोलिन्स इनकॉर्पोरेशन के वित्तीय रिकॉर्ड खंगालने में घंटों बिताए।

जब वे काम कर रहे थे, सैम सेलेना की डायरी प्रविष्टियों के बारे में सोचने से खुद को नहीं रोक सका। विशेष रूप से एक नोट ने उसका ध्यान खींचा।

सेलेना की नोटबुक

मैं हाल ही में बहुत थका हुआ महसूस कर रही हूं।

काम मुझे खा रहा है।

मुझे ऐसा लग रहा है जैसे मैं खुद को खो रही हूं।

सैम सोच रहा था कि क्या इसका संबंध सेलेना की हत्या से है।

क्या वह अपनी जांच से प्रभावित हो रही थी, या उसके निजी जीवन में कुछ और चल रहा था?

जैसे ही उन्होंने खोज की, उन्हें कोलिन्स इनकॉर्पोरेशन के वित्तीय रिकॉर्ड में कई विसंगतियां मिलीं।

ऐसा लग रहा था कि कंपनी धन का गबन कर रही थी और इसे जटिल लेखांकन योजनाओं के माध्यम से छिपा रही थी।

डीए ने धीमी और गंभीर आवाज में कहा, "यह बहुत बड़ा निष्कर्ष है। हमें यह सबूत अधिकारियों तक पहुंचाने की ज़रूरत है।"

सैम ने सिर हिलाया "मुझे लगता है कि चीजें अधिक जटिल हैं।"

लेकिन जैसे ही वे ऑफिस से निकले, सैम को लग रहा था कि उनमें अभी भी कुछ कमी है।

सैम ने चारों ओर देखा, ऐसा महसूस हुआ जैसे उन पर नजर रखी जा रही हो।

सैम और डीए की टीम गबन के सबूतों के साथ सीईओ एलन कॉलिन्स का सामना करने के लिए दृढ़ संकल्पित होकर कोलिन्स इनकॉर्पोरेशन मुख्यालय पहुंची।

जैसे ही वे कार्यालय में दाखिल हुए, सैम को हवा में तनाव महसूस हुआ।

एलन कोलिन्स ने अपनी मेज से ऊपर देखा, उसके चेहरे पर आश्चर्य और झुंझलाहट का मिश्रण था। "यहाँ क्या चल रहा है?" उसने उदास होकर पूछा।

सैग ने वित्तीय दस्तावेजों से भरा एक फ़ोल्डर उठाया।

सैम ने दृढ़ता से कहा, "हम कोलिन्स इनकॉर्पोरेशन से जुड़ी एक मनी लॉन्ड्रिंग योजना की जांच कर रहे हैं। और हमारे पास सबूत हैं कि आप इसके बारे में जानते हैं।"

एलन कोलिन्स की अभिव्यक्ति झुंझलाहट से चिंता में बदल गई। "मैं नहीं जानता कि आप किस बारे में बात कर रहे हैं," उसने मासूम दिखने की कोशिश करते हुए कहा।

सैम गंभीर रूप से मुस्कुराया और कहा, "मूर्ख मत बनो, मिस्टर कॉलिन्स। हमारे पास रसीदें, बैंक स्टेटमेंट, सब कुछ है। आप किसी को बेवकूफ नहीं बना सकते।"

सीईओ की नज़रें सैम और डीए के बीच इधर-उधर घूमती रहीं।

एक पल के लिए, सैम को लगा कि उसने वहां किसी और चीज़ की झलक देखी है, शायद डर? अपराधबोध?

लेकिन फिर एलन कोलिन्स का मुखौटा वापस अपनी जगह पर खिसक गया। "मैं सिर्फ एक व्यवसायी हूं," एलन ने शांत भाव से कहा। "मुझे नहीं पता कि आप किस बारे में बात कर रहे हैं।"

सैम आगे की ओर झुक गया; उसकी निगाहें सीईओ पर टिक गईं।

"सुनो, मिस्टर कोलिन्स, हम जानते हैं कि आप इस योजना में शामिल हैं। और हम जानते हैं कि सेलेना मार्टिन मारे जाने से पहले इसकी जांच कर रही थी। हम जानना चाहते हैं कि आप उसकी मौत के बारे में क्या जानते हैं।" सैम ने गुस्से में कहा

एलन कोलिन्स का चेहरा सफ़ेद पड़ गया, लेकिन उन्होंने कुछ नहीं कहा।

सैम और डीए की टीम ने एलन कोलिन्स के कार्यालय और कंप्यूटर की तलाशी ली, ताकि गबन योजना और सेलेना की मौत में उनकी संलिप्तता के किसी भी सबूत की तलाश की जा सके।

उन्हें ईमेल और वित्तीय रिकॉर्ड सहित कई आपत्तिजनक दस्तावेज़ मिले, जो एलन कोलिन्स को धोखाधड़ी से जोड़ते थे।

जैसे ही उन्होंने सबूतों की समीक्षा की, सैम ने सेलेना की डायरी के नोट्स की जाँच करने के बारे में सोचा।

विशेष रूप से एक नोट ने उसका ध्यान खींचा।

सेलेना की नोटबुक

पिताजी हाल ही में अजीब व्यवहार कर रहे हैं।

मुझे नहीं पता कि क्या हो रहा है, लेकिन मुझे ऐसा लग रहा है कि पिताजी मुझसे कुछ छिपा रहे थे।

सैम सोच रहा था कि क्या सेलेना के पिता लुकास मार्टिन किसी तरह उसकी मौत में शामिल थे।

सैम ने उसके साथ दोबारा बात करने और यह देखने के लिए एक मानसिक नोट बनाया कि क्या उसके पास सेलेना की जांच के बारे में कोई जानकारी है।

इसके बाद, उन्होंने एलन कोलिन्स के फ़ोन रिकॉर्ड की जाँच की और उनके और एक अज्ञात नंबर के बीच गुप्त पाठ संदेशों की एक श्रृंखला पाई।

संदेश अस्पष्ट थे, लेकिन ऐसा लग रहा था कि एलन कोलिन्स अपने ट्रैक को कवर करने की कोशिश कर रहे थे।

सैम का दिमाग संभावनाओं से दौड़ने लगा। यह अज्ञात नंबर किसका है?

क्या यह सह-साजिशकर्ता (co-conspirator) था या कोई ऐसा व्यक्ति था जो सेलेना की मौत के बारे में अधिक जानता था?

जैसे-जैसे उन्होंने जांच जारी रखी, उन्हें पता चला कि एलन कोलिन्स का व्यापारिक लेनदेन का इतिहास संदिग्ध था और वह अतीत में कई हाई-प्रोफाइल मुकदमों में शामिल रहे थे।

अचानक, एक नया सिद्धांत सामने आया: क्या एलन कॉलिन्स एक गहरी साजिश में शामिल थे? क्या वह अपने गलत कामों को छुपाने के लिए किसी और के साथ काम कर रहा था?

सैम और डीए की टीम सेलेना की जांच और एलन कोलिन्स के साथ उसके संबंध की गहराई से जांच करने के उद्देश्य से स्टेशन लौट आई।

उन्होंने सेलेना के पिता लुकास मार्टिन से मिलने का फैसला किया, यह देखने के लिए कि क्या वह सेलेना के काम के बारे में कुछ जानते हैं।

जैसे ही वे लुकास के घर पहुंचे, सैम को हवा में तनाव का एहसास हुआ।

लुकास लिविंग रूम में आगे-पीछे घूम रहा था, उसकी आँखें नींद की कमी के कारण लाल हो गई थीं।

"क्या चल रहा है?" सैम ने धीरे से पूछा।

लुकास ने चलना बंद कर दिया और उनका सामना करने लगा। "मुझे नहीं पता कि क्या हो रहा है," उसने कांपती आवाज़ में कहा।

लुकास ने कहा, "सेलेना किसी बड़ी जांच कर रही थी, मैं इतना जानता हूं। लेकिन वह मुझे कभी नहीं बताएगी कि यह किस बारे में था।"

सैम ने सेलेना की नोटबुक निकाली और पन्ने पलटे। "क्या आप मुझे इसके बारे में बता सकते हैं?" उसने लुकास को कुछ नोट्स वाला एक पेज दिखाते हुए पूछा।

लिखावट पहचानते ही लुकास की आँखें चौड़ी हो गईं।

"वह सेलेना का लेखन है," उन्होंने कहा। "लेकिन मुझे नहीं पता कि इसका मतलब क्या है।"

सैम ने लुकास को कुछ और पन्ने दिखाए और यह समझने की कोशिश की कि सेलेना किस पर काम कर रही थी।

जैसे ही उन्होंने नोटबुक पलटी, सैम ने एक आवर्ती विषय पर ध्यान दिया जिसमें सेलेना कोलिन्स इनकॉर्पोरेशन और एक स्थानीय चैरिटी (local charity) के बीच संबंध की जांच कर रही थी।

"क्या सेलेना ने कभी कोलिन्स इनकॉर्पोरेशन या उस चैरिटी के बारे में कुछ बताया?" सैम ने पूछा

लुकास बोलने से पहले झिझका। "अब जब आपने इसका उल्लेख किया है, तो हां। उसने कोलिन्स इनकॉर्पोरेशन के वित्त की जांच के बारे में कुछ कहा था। लेकिन मैंने उस समय इसके बारे में ज्यादा नहीं सोचा था।"

सैम की आंखें सिकुड़ गईं. "और क्या आप जानते हैं कि एलन कोलिन्स सेलेना के संपर्क में था?"

बोलने से पहले लुकास की आँखें इधर-उधर घूमती रहीं। "हां... हमने कुछ हफ्ते पहले एक साथ डिनर किया था। एलन ने कहा कि वह स्थानीय कलाकारों का समर्थन करने में रुचि रखते हैं।"

सैम को लुकास और एलन कोलिन्स के बीच संभावित संबंध का एहसास हुआ। "क्या आप मुझे उस डिनर के बारे में और बता सकते हैं?"

सैम और डीए की टीम ने एलन कोलिन्स के साथ डिनर के बारे में अधिक जानकारी के लिए लुकास पर दबाव डालने का निर्णय लिया।

"क्या आप मुझे उस डिनर के बारे में और बता सकते हैं?" सैम ने फिर से पूछा, उसकी आँखें लुकास पर टिकी थीं।

लुकास बोलने से पहले झिझका। "यह सिर्फ एक अनौपचारिक डिनर था। एलन सेलेना की कला पर चर्चा करने आया था। वह उसके काम में निवेश करने में रुचि रखता था।"

सैम की आँखें सिकुड़ गईं और उसने पूछा "और तुम्हें यह कैसा लगा?"

लुकास ने कंधे उचकाए। "पहले मुझे संदेह हुआ, लेकिन एलन सच्चा लगा। एलन ने कहा कि वह स्थानीय कलाकारों का समर्थन करना चाहता है।"

सैम ने अपनी नोटबुक से सेलेना की एक तस्वीर निकाली। "क्या सेलेना ने आपसे इस निवेश के बारे में कुछ बताया?"

लुकास की आँखें धुंधली हो गईं। "नहीं... उसने कुछ खास नहीं बताया। लेकिन मुझे पता है कि वह अपनी कला के लिए फंडिंग (funding) मिलने की संभावना को लेकर उत्साहित थी।"

सैम को लुकास और एलन कोलिन्स के बीच संभावित संबंध का एहसास हुआ। "क्या आप जानते हैं कि सेलेना कोलिन्स इनकॉर्पोरेशन के वित्त से संबंधित किसी चीज़ की जांच कर रही थी?"

लुकास की अभिव्यक्ति बदल गई और उसने दूसरी ओर देखा। "मैं... मुझे यह नहीं पता था। लेकिन मैंने देखा कि जब सेलेना अपनी जांच के बारे में बात करती थी तो एलन तेजी से उत्तेजित हो जाता था।"

सैम की नजरें लुकास पर टिकी थीं और उसने पूछा, "क्या आपको लगता है कि सेलेना जो भी जांच कर रही थी उसमें एलन शामिल था?"

लुकास ने सिर हिलाया। "मुझे नहीं पता... लेकिन मुझे पता है कि सेलेना सच्चाई के करीब पहुंच रही थी। वह हमेशा नोट्स लिखती रहती थी और कुछ कनेक्शन के बारे में बात करती रहती थी।"

सैम ने सेलेना की नोटबुक निकाली और उसे लिखे नोट्स वाले एक पन्ने पर पलट दिया। "आपको क्या लगता है इन नोट्स का क्या मतलब है?"

लुकास आगे की ओर झुका, उसकी आँखें पन्ने पर टिकी हुई थीं। "मुझे लगता है कि वे कॉलिन्स इनकॉर्पोरेशन के भीतर भ्रष्टाचार के एक पैटर्न (pattern) के बारे में हैं, सेलेना इसे उजागर करने की कोशिश कर रही थी।"

सैम की आँखें चौड़ी हो गईं और उसे लगा कि पहेली के बिंदु जुड़ रहे हैं। सैम ने पूछा "और आपको लगता है कि एलन कॉलिन्स उस भ्रष्टाचार में शामिल थे?"

लुकास ने बस चुप्पी साध ली। सैम को संदेह हुआ और उसने बाद में वापस आकर कोलिन्स इनकॉर्पोरेशन के साथ संभावित साझेदारी के किसी

भी सबूत के लिए लुकास की कंपनी की खोज करने का फैसला किया।

सैम कार्यालय पहुंचा और लुकास से दोबारा मिला, जो घबराया हुआ लग रहा था।

"मैं आपके लिए क्या कर सकता हूँ, जासूस सैम?" लुकास ने पूछा

सैम ने उत्तर दिया, "मैं आपकी कंपनी और कोलिन्स इनकॉर्पोरेशन के बीच संभावित साझेदारी के बारे में कोई जानकारी ढूंढ रहा हूं।"

बोलने से पहले लुकास की नज़रें कमरे के चारों ओर घूम गईं।

"मुझे लगता है कि मुझे कुछ याद है। कुछ महीने पहले एक बैठक हुई थी... लेकिन संभावित विलय के बारे में यह सिर्फ एक आकस्मिक चर्चा थी।"

सैम की आँखें लुकास पर टिक गईं। "क्या आप मुझे उस मुलाकात के बारे में और बता सकते हैं?"

लुकास बोलने रो पहले झिझका। "यह सिर्फ मैं और एलन कोलिन्स थे... हमने अपनी कंपनियों के विलय की संभावना पर चर्चा की। लेकिन यह चर्चा कभी आगे नहीं बढ़ पाई।"

सैम ने सेलेना की नोटबुक निकाली और उसे लिखे नोट्स वाले एक पन्ने पर पलट दिया। "आप इस प्रतीक (symbol) के बारे में क्या जानते हैं?" उसने लुकास को पेज दिखाते हुए पूछा।

लुकास की आँखें चौड़ी हो गईं। "यह कोलिन्स इनकॉर्पोरेशन का लोगो (logo) है। लेकिन मुझे नहीं पता कि सेलेना के नोट्स के संदर्भ में इसका क्या मतलब है।"

सैम का दिमाग चकरा गया, उसने आगे जांच करने का फैसला किया।

सैम ने सेलेना के स्टूडियो की तलाशी ली और उसे समान प्रतीकों (similar symbols) से भरी एक स्केचबुक मिली।

जैसे ही सैम ने पन्ने पलटे, उसने एक विशिष्ट प्रविष्टि देखी: "सच्चाई स्पष्ट रूप से छिपी हुई है"।

ऐसा लग रहा था कि सेलेना कोई संदेश देना चाह रही थीं, लेकिन इसका मतलब क्या था?

सैम ने लुकास और कॉलिन्स इनकॉर्पोरेशन के बीच किसी अन्य कनेक्शन की जांच करने का निर्णय लिया।

सैम ने अगले कुछ घंटे वित्तीय रिकॉर्ड और कॉर्पोरेट दस्तावेजों को खंगालने में बिताए, लुकास की कंपनी और कोलिन्स इनकॉर्पोरेशन के बीच कोई संबंध खोजने की कोशिश की।

आख़िरकार, सैम को कागज़ों के ढेर में दबा हुआ एक छोटा सा नोट मिला। यह लुकास की ओर से एलन कोलिन्स को भेजा गया एक ईमेल था, जो सेलेना की मृत्यु से एक महीने पहले का था।

विषय पंक्ति में लिखा था: "संभावित साझेदारी अवसर"। (Potential Partnership Opportunity)

सैम की आँखों ने पूरा ईमेल देखा, उसका दिल तेजी से धड़कने लगा।

ऐसा लग रहा था कि लुकास अपनी कंपनी और कोलिन्स इनकॉर्पोरेशन के बीच साझेदारी का प्रस्ताव रखने की कोशिश कर रहा था।

ईमेल में संभावित विलय (merger) का उल्लेख किया गया था, लेकिन यह भी उल्लेख किया गया था कि लुकास "नैतिक चिंताओं" के कारण झिझक रहा था।

अचानक सैम का फोन बजा, जिससे सन्नाटा टूट गया। यह स्वयं एलन कोलिन्स थे।

"जासूस टेलर, मैंने सुना है कि आप सेलेना मार्टिन के साथ मेरे संबंध की जांच कर रहे हैं," एलन ने कहा

"यह सही है, मिस्टर कोलिन्स," सैम ने उत्तर दिया। "मैं उसकी हत्या की तह तक जाने की कोशिश कर रहा हूं।"

एलन ने कहा, "मैं हैरान हूं। सेलेना एक शानदार कलाकार थीं, लेकिन मैंने कभी नहीं सोचा था कि वह किसी अप्रिय घटना में शामिल होंगी।"

सैम के कान खड़े हो गये। "अप्रिय घटना?"

एलन ने अपना गला साफ़ किया। "मेरा मतलब था कि वह किसी बड़ी चीज़ के करीब पहुंच रही थी। कुछ ऐसा जो उसकी प्रतिष्ठा को बर्बाद कर देगा।"

सैम की आंखें सिकुड़ गईं. "तुम किस बारे में बात कर रहे हो?"

एलन ने आह भरी। "देखो, जासूस, मुझे लगता है कि अब समय आ गया है कि हम सेलेना की जांच के बारे में बात करें। कल सुबह मुझसे मेरे कार्यालय में मिलें।"

सैम समझ गया कि एलन कुछ छिपा रहा है।

सैम अगली सुबह एलन कोलिन्स के कार्यालय पहुंचा और उसे घबराहट महसूस हुई।

सैम को अंदाज़ा था कि एलन ज़रूर कुछ छिपा रहा है, लेकिन वह सेलेना की जाँच की तह तक जाने के लिए तैयार था।

एलन ने दृढ़ता से हाथ मिलाकर उसका स्वागत किया। "जासूस टेलर,

आने के लिए धन्यवाद। मुझे लगता है कि अब समय आ गया है कि हम सेलेना के... जुनूनी प्रोजेक्ट के बारे में बातचीत करें।"

सैम की आंखें सिकुड़ गईं. " जुनूनी प्रोजेक्ट' से आपका क्या मतलब है?"

एलन मुस्कुराया. "सेलेना किसी बड़ी चीज़ पर काम कर रही थी। कुछ ऐसा जो कला की दुनिया को हमेशा के लिए बदल सकता था। लेकिन वह सच्चाई के करीब पहुँच रही थी, और इसीलिए... उसे जाना पड़ा।"

सैम आगे की ओर झुक गया। "आप किस बारे में बात कर रहे हैं? कौन सा सच?"

एलन अपनी कुर्सी पर पीछे झुक गया। "सेलेना को कोलिन्स इनकॉर्पोरेशन के वित्त के बारे में कुछ पता चला। कुछ ऐसा जो बाहर आने पर हमारी प्रतिष्ठा को बर्बाद कर देता।"

सैम की आँखें एलन पर टिक गईं। "और तुम्हें लगता है कि वह इसका पर्दाफाश करने वाली थी?"

एलन ने सिर हिलाया। "हां, लेकिन मैंने उसे चेतावनी देने की कोशिश की। मैंने उससे कहा कि वह आग से खेल रही है, लेकिन उसने सुनने से इनकार कर दिया।"

सैम को एलन और सेलेना की मौत के बीच संबंध महसूस हुआ। "क्या आपने कभी सेलेना को उसकी मृत्यु के समय किसी संदिग्ध व्यक्ति के साथ देखा था?"

एलन जवाब देने से पहले झिझका। "ठीक है, अब जब आपने इसका उल्लेख किया है... तो मैंने उसकी मृत्यु से कुछ दिन पहले उसे आर्ट गैलरी में किसी के साथ बहस करते हुए देखा था।"

सैम के कान खड़े हो गये। " वह कौन था?"

एलन ने कंधे उचकाए। "मैंने उसका नाम नहीं पकड़ा, लेकिन मुझे याद है कि उसने सूट पहना हुआ था और एक व्यवसायी की तरह लग रहा था।"

सैम ने अपनी नोटबुक निकाली और विवरण लिख दिया। "क्या आप सेलेना के पिता लुकास मार्टिन को जानते हैं?"

एलन ने सिर हिलाया। "ओह, हाँ। हमने एक साथ व्यापार किया है। वह एक अच्छा आदमी है, लेकिन मैंने कभी नहीं सोचा था कि वह किसी संदिग्ध चीज़ में शामिल होगा।"

सैम ने भौंहें ऊपर उठाईं। "किसमें शामिल?"

एलन फिर आगे की ओर झुक गया। "देखो, जासूस, मुझे लगता है कि अब समय आ गया है कि हम पीछा छोड़ें। लुकास और मैं हमारी कंपनियों के बीच संभावित साझेदारी पर चर्चा कर रहे थे जब सेलेना सच्चाई के करीब आने लगी।"

सैम को अपनी रीढ़ की हड्डी में ठंडक महसूस हुई। सैम ने सोचा, क्या लुकास सेलेना की हत्या में शामिल हो सकता है?

सैम ने उस आर्ट गैलरी की जाँच करने का निर्णय लिया जहाँ सेलेना ने किसी संदिग्ध व्यक्ति से बहस की थी।

सैम गैलरी में पहुंचा, जो शहर के मध्य में एक छोटी, अंतरंग जगह थी।

मालिक, एक मध्यम आयु वर्ग की महिला, दयालु मुस्कान के साथ, उसका गर्मजोशी से स्वागत किया।

"मैं आपकी कैसे मदद कर सकती हूं, जासूस?" उसने पूछा

सैम ने उत्तर दिया, "मैं सेलेना मार्टिन की हत्या की जांच कर रहा हूं। मैं समझता हूं कि अपनी मौत से कुछ दिन पहले उसने यहां किसी से बहस की थी।"

मालिक की अभिव्यक्ति उदास हो गई। "हाँ, बेचारी सेलेना। वह एक शानदार कलाकार थी। मुझे याद है कि वह यहाँ आई थी, परेशान और निराश दिख रही थी। वह सूट पहने एक आदमी के साथ बहस कर रही थी।"

सैम ने अपनी नोटबुक निकाली। "क्या आप मुझे उसका वर्णन कर सकते हैं?"

मालिक ने एक क्षण सोचा। "लंबा, काले बाल, गहरी नीली आंखें... ऐसा लग रहा था कि उसका मतलब केवल व्यवसाय से है।"

सैम की आंखें सिकुड़ गईं।

यह वही विवरण जैसा लग रहा था जो एलन कोलिन्स ने उसे दिया था।

"क्या तुमने देखा कि वे किस बारे में बहस कर रहे थे?" सैम ने पूछा

मालिक जवाब देने से पहले झिझका। "यह सेलेना की एक पेंटिंग के बारे में था। वह गुस्से में थी और वह उसे शांत करने की कोशिश कर रहा था।"

सैम का दिमाग सभी संभावनाओं के साथ दौड़ रहा है।

सैम ने एक पल के लिए सोचा, क्या इसका संबंध सेलेना की जांच से हो सकता है?

मामला धीरे-धीरे खुल रहा है, लेकिन अभी भी कई सवाल अनुत्तरित हैं। सेलेना की नोटबुक निश्चित रूप से कुछ सुराग दे रही है, लेकिन अभी भी बहुत कुछ उजागर करना बाकी है।

सैम ने गैलरी के मालिक से पूछा कि क्या उसे उस पेंटिंग के बारे में कोई विवरण याद है जिसके बारे में सेलेना बहस कर रही थी।

मालिक ने जवाब देने से पहले एक पल के लिए सोचा।

"यह एक छोटी, अमूर्त कला थी। सेलेना एक नई श्रृंखला पर काम कर रही थी, और वह वास्तव में इसके बारे में भावुक थी। मुझे लगता है कि इसे कहा जाता था... 'लीग ऑफ़ ट्विस्टेड आर्ट'। (League of Twisted Art)"

सैम की आँखें चमक उठीं और उसने सोचा, यह इस मामले में उन्हें मिली नई सुराग हो सकती है।

सैम ने मालिक से पेंटिंग का अधिक विस्तार से वर्णन करने को कहा।

महिला मालिक ने कहा, "यह रंगों का मिश्रण था, एक साथ घूमने से यह तनाव की भावना पैदा हुई। सेलेना ने कहा कि यह उनके अपने जीवन से प्रेरित थी, लेकिन मुझे नहीं लगता कि सेलेना ने मुझे कभी विशेष रूप से बताया था।"

सैम का मन संभावनाओं से जूझ रहा था।

सैम ने सोचा, क्या यह पेंटिंग सेलेना की जांच से जुड़ी हो सकती है? और लुकास मार्टिन का इससे क्या लेना-देना था?

सैम ने महिला मालिक को धन्यवाद दिया और गैलरी छोड़ दी।

जैसे ही वह गैलरी से बाहर निकला, सैम इस अहसास से उबर नहीं सका कि इस मामले में जो कुछ दिख रहा है उसके अलावा और भी बहुत कुछ है।

सैम ने लुकास मार्टिन से मिलने और सेलेना की जांच में उसकी भागीदारी के बारे में पूछने का फैसला किया।

जब सैम लुकास के कार्यालय में पहुंचा, तो उसने देखा कि लुकास चिंतित दिख रहा था, आगे-पीछे घूम रहा था।

"लुकास, आप सेलेना की जांच के बारे में क्या जानते हैं?" सैम ने स्पष्ट रूप से पूछा।

लुकास ने चलना बंद कर दिया और सैम को चिंता और अपराध बोध के मिश्रण से देखा। "क्या मतलब है तुम्हारा? कौन सी जांच?"

सैम ने अपनी नोटबुक निकाली। "हमारे पास यह विश्वास करने का कारण है कि जब सेलेना की मृत्यु हुई तो वह किसी चीज़ की जांच कर रही थी। कुछ उसकी कलाकृति और कोलिन्स इनकॉर्पोरेशन के वित्त से जुड़ा था।"

लुकास की अभिव्यक्ति पीली पड़ गई और उसने कहा, "मुझे कुछ पता नहीं था। अगर मुझे पता होता तो मैं उसे रोक देता..."

सैम की आंखें सिकुड़ गईं. "आपका क्या मतलब है?"

लुकास उत्तर देने से पहले झिझका। "सेलेना को कोलिन्स इनकॉर्पोरेशन लेखांकन प्रथाओं (accounting practices) के बारे में कुछ पता चला। उसने सोचा कि यह अवैध था और वह उन्हें उजागर करना चाहती थी।"

सैम को लगा कि लुकास कुछ छिपा रहा है।

सेलेना ने क्या खोजा और वह कोलिन्स इनकॉर्पोरेशन को उजागर क्यों करना चाहती थी, इसके बारे में अधिक जानकारी के लिए सैम ने लुकास पर दबाव डाला।

"क्या आप मुझे इस बारे में और बता सकते हैं कि सेलेना को क्या पता चला?" सैम ने पूछा, उसका लहजा सख्त लेकिन नियंत्रित था।

लुकास बोलने से पहले झिझका। "उसे...उसे उनके वित्तीय रिकॉर्ड में कुछ अनियमितताएं मिलीं। मुझे लगता है कि वह अधिकारियों के पास जाने की योजना बना रही थी, लेकिन मुझे नहीं पता कि उसे वास्तव में क्या पता चला।"

सैम की आँखें लुकास पर टिक गईं। "और वह उन्हें बेनकाब क्यों करना चाहती थी?"

लुकास ने आह भरी। "सेलेना एक भावुक व्यक्ति थीं। वह न्याय और निष्पक्षता में विश्वास करती थीं। उनका मानना था कि कोलिन्स इनकॉर्पोरेशन की हरकतें गलत थीं और किसी को जवाबदेह ठहराया जाना चाहिए।"

सैम का दिमाग संभावनाओं से घूम रहा था और उसने सोचा, क्या इसका संबंध सेलेना की हत्या से हो सकता है?

तभी सैम का फोन बजा। यह मृत्युसमीक्षक (coroner) के कार्यालय से कॉल था।

"आपके पास मेरे लिए क्या जानकारी है?" सैम ने फोन का उत्तर देते हुए पूछा।

मृत्युसमीक्षक ने उत्तर दिया, "हमने सेलेना की शव-परीक्षा की प्रक्रिया पूरी कर ली है।"

"वहाँ कुछ असामान्य है... उसके हाथ पर एक छोटा, लगभग अदृश्य निशान। यह एक छोटे से प्रतीक जैसा दिखता है, लगभग फिंगरप्रिंट जैसा।"

सैम की आंखें सिकुड़ गईं, "क्या आप मुझे प्रतीक की एक तस्वीर भेज सकते हैं?"

मृत्युसमीक्षक सहमत हो गया, और सैम को अपने फोन पर छवि प्राप्त हुई।

यह एक छोटा, जटिल डिज़ाइन जैसा लग रहा था, लेकिन वह ठीक से समझ नहीं पाया कि यह क्या था।

स्टेशन पर वापस आकर, सैम ने यह जांचने के लिए अपनी टीम को प्रतीक दिखाया कि क्या किसी के पास कोई सुराग है।

"यह परिचित लग रहा है," एक सहकर्मी ने छवि को घूरते हुए कहा। "मुझे लगता है कि मैंने यह प्रतीक पहले भी देखा है... लेकिन कहाँ?"

सैम की आँखें चमक उठीं। "मुझे लगता है कि यह सेलेना की कला से जुड़ा हो सकता है।"

सैम ने लुकास को प्रतीक दिखाया, उम्मीद है कि वह इसे पहचान लेगा। "क्या आपने पहले कभी यह प्रतीक देखा है?" सैम ने पूछा.

लुकास की आँखों ने प्रतीक को देखा, उसकी अभिव्यक्ति विचारशील थी।

"अब जब आपने इसका उल्लेख किया है, तो मुझे लगता है कि मैं यह जानता हूं। यह सेलेना की कलाकृतियों में से एक पर था... एक पेंटिंग जिस पर वह मरने से पहले काम कर रही थी।"

सैम के कान खड़े हो गये। "क्या आप जानते हैं इसका क्या मतलब है?"

लुकास बोलने से पहले झिझका। "मुझे लगता है कि यह...प्रोजेक्ट एक्स (Project X) से जुड़ा था।"

सैम की आंखें सिकुड़ गईं. "प्रोजेक्ट एक्स? वह क्या है?"

लुकास की अभिव्यक्ति सतर्क हो गई। "यह एक तरह की वित्तीय योजना थी। कोलिन्स इनकॉर्पोरेशन इसमें शामिल था, और सेलेना को उनकी गतिविधियों पर संदेह था। उसने सोचा कि वे मनी लॉन्ड्रिंग में शामिल थे।"

सैम को लगा कि लुकास जानकारी छुपा रहा है। उसने आगे पूछने का फैसला किया।

"प्रोजेक्ट एक्स के बारे में आप क्या जानते हैं?" सैम ने पूछा, उसका स्वर दृढ़ था।

लुकास ने आह भरी। "देखिए, मैं नहीं चाहता था कि सेलेना इसमें शामिल हो। यह खतरनाक था। लेकिन उसने उन्हें बेनकाब करने की ठान ली थी।"

सैम का दिमाग संभावनाओं से घूम रहा था और सोच रहा था कि क्या इसका संबंध सेलेना की हत्या से हो सकता है?

स्टेशन पर वापस, सैम ने प्रतीक और कोलिन्स इनकॉर्पोरेशन के संचालन के बीच संभावित संबंधों पर शोध करना शुरू किया।

उन्होंने वित्तीय रिकॉर्ड और दस्तावेजों को खंगालने में घंटों बिताए, लेकिन कोई सीधा लिंक नहीं मिला।

जैसे ही सैम अपना कार्यालय छोड़ने वाला था, उसे एक अज्ञात नंबर से कॉल आया।

आवाज ने कहा, "जासूस टेलर। मुझे पता है कि सेलेना मार्टिन के साथ क्या हुआ था। अगर आप सच जानना चाहते हैं तो 7 मेन एवेन्यू (7th Main Avenue) के पुराने गोदाम में मुझसे मिलें।"

फिर फोन लाइन बंद हो गई।

सैम बताए गए पते पर पहुंचा, एक पुराना गोदाम; उसका हाथ उसकी खींची हुई बंदूक पर था।

जैसे ही सैम ने मंद रोशनी वाली इमारत में प्रवेश किया, उसने सेलेना के भाई डैनियल मार्टिन को छाया में खड़ा देखा।

उसकी आँखें क्षेत्र का निरीक्षण कर रही थीं। "आप सेलेना की मौत के बारे में क्या जानते हैं?" सैम ने पूछा

डैनियल आगे बढ़ा, उसकी अभिव्यक्ति गंभीर थी। "मुझे लगता है मुझे पता है कि उसके साथ क्या हुआ था। लेकिन सच्चाई उजागर करने के लिए मुझे आपकी मदद की ज़रूरत है।"

सैम ने अपनी बंदूक तान ली। "आपका क्या मतलब है?"

डैनियल ने सैम को एक फ़ोल्डर सौंपा जिसमें कई दस्तावेज़ और तस्वीरें थीं। "ये कोलिन्स इनकॉर्पोरेशन की गतिविधियों पर सेलेना की जांच के नोट्स और कलाकृतियां हैं। उसने एक मनी लॉन्ड्रिंग योजना की खोज की, जिसका कोडनेम 'प्रोजेक्ट एक्स' था। मुझे लगता है कि वह उन्हें उजागर करने के करीब पहुंच रही थी।"

दस्तावेज़ पलटते समय सैम की आँखें चौड़ी हो गईं। "यह अविश्वसनीय है। लेकिन उसके हाथ पर बने चिन्ह के बारे में क्या?" सैम ने पूछा

डैनियल की आँखें सैम पर टिक गईं। डैनियल ने कहा, "मुझे लगता है कि यह एक हस्ताक्षर है। सेलेना उस प्रतीक के साथ अपने कला कार्य पर हस्ताक्षर करती थी। उनका मानना था कि यह उनकी कलात्मक शैली का प्रतिनिधित्व था, लेकिन... मुझे लगता है कि यह उससे कहीं अधिक था।"
सैम का दिमाग संभावनाओं से दौड़ रहा था और उसने पूछा, "तुम्हारा मतलब क्या है?"

डैनियल बोलने से पहले झिझके। "मुझे लगता है कि सेलेना ने प्रतीक और प्रोजेक्ट एक्स के बीच एक संबंध खोजा है। वह उन्हें बेनकाब करने जा रही थी, लेकिन... इससे पहले ही कुछ हो गया।"

सैम को लगा कि डैनियल जानकारी छुपा रहा है। सैम ने सवाल पूछना जारी रखा।

"प्रोजेक्ट एक्स के बारे में आप और क्या जानते हैं?" सैम ने पूछा, उसका स्वर दृढ़ था।

डैनियल ने आह भरी। "देखिए, मैं नहीं चाहता था कि सेलेना इसमें शामिल हो। यह खतरनाक था। लेकिन उसने उन्हें बेनकाब करने की ठान ली थी।"

सैम की आंखें सिकुड़ गईं. "प्रोजेक्ट एक्स के पीछे कौन है?"

डैनियल ने धीमे स्वर में बोलने से पहले घबराकर इधर-उधर देखा। "मुझे लगता है कि यह... कोलिन्स इनकॉर्पोरेशन का सीईओ है। वह उनकी कंपनी का इस्तेमाल अपने फायदे के लिए कर रहा है।"

सैम की आँखें डैनियल पर टिक गईं। "और लुकास के बारे में क्या? क्या वह इस बारे में कुछ जानता है?"

डैनियल ने अपना सिर हिलाया। "नहीं, पिताजी को प्रोजेक्ट एक्स के बारे में कुछ भी पता नहीं है। लेकिन... मुझे लगता है कि सेलेना सच्चाई के करीब पहुंच रही थी।"

सैम ने डैनियल को धन्यवाद दिया और प्रोजेक्ट एक्स के बारे में कोलिन्स इनकॉर्पोरेशन के सीईओ एलन कोलिन्स से बात करने का फैसला किया।

सैम ने अपनी टीम के साथ कोलिन्स इनकॉर्पोरेशन के मुख्यालय, जो शहर के मध्य में एक आकर्षक, आधुनिक इमारत है, का फिर से दौरा करने का फैसला किया।

जैसे ही वे आये, सैम को बेचैनी महसूस हुई। ऐसा लगा जैसे कुछ तो था जो ठीक नहीं है।

कोलिन्स ने अपने कार्यालय में उनका स्वागत किया, उनके चेहरे पर एक आत्मसंतुष्ट मुस्कान थी। "जासूस टेलर, आज तुम्हें यहाँ क्या लाया है?"

सैम ने कोलिन्स को प्रतीक चिन्ह और सेलेना के नोट्स दिखाए। "हम यहां सेलेना मार्टिन की हत्या की जांच करने के लिए आए हैं, और हमारा मानना है कि वह आपकी कंपनी की गतिविधियों की जांच में शामिल थी।"

शांत होने से पहले कोलिन्स की मुस्कान एक पल के लिए फीकी पड़ गई।

कोलिन्स ने कहा, "मुझे नहीं पता कि आप किस बारे में बात कर रहे हैं। सेलेना सिर्फ एक कलाकार थीं, कोई अन्वेषक नहीं।"

सैम ने अपनी आँखें सिकोड़ लीं। "मूर्ख मत बनो, मिस्टर कोलिन्स। हमारे पास सबूत हैं जो कुछ और ही सुझाव देते हैं।"

कोलिन्स अपनी कुर्सी पर पीछे झुक गये। "मुझे डर है कि आप गलत हैं। सेलेना एक प्रतिभाशाली कलाकार थीं, जो कभी-कभी मेरी कंपनी के लिए काम करती थीं।"

सैम को लगा कि कोलिन्स कुछ छिपा रहा है। उसने आगे पूछने का फैसला किया।

"प्रोजेक्ट एक्स के बारे में आप क्या जानते हैं?" सैम ने पूछा, उसका स्वर दृढ़ था।

कोलिन्स के चेहरे के भाव ठंडे हो गए। "मुझे नहीं पता कि आप किस बारे में बात कर रहे हैं।"

सैम की आँखें कोलिन्स पर टिक गईं। "मुझसे झूठ मत बोलो, मिस्टर कोलिन्स। हमारे पास सबूत हैं जो बताते हैं कि प्रोजेक्ट एक्स एक मनी लॉन्ड्रिंग योजना थी जिसमें आपकी कंपनी शामिल थी।"

इससे पहले कि वह संभलता, कोलिन्स की आँखों में गुस्सा चमक उठा। "मैं नहीं जानता कि आप किस बारे में बात कर रहे हैं। और अगर मुझे पता भी होता, तो भी मैं आपको नहीं बताता।"

सैम को निराशा की लहर महसूस हुई। वह जानता था कि उसे और अधिक जानकारी प्राप्त करने की आवश्यकता है।

सैम ने किसी भी आवश्यक साधन का उपयोग करते हुए, अधिक जानकारी के लिए कोलिन्स पर दबाव डालने का निर्णय लिया।

सैम जानता था कि कोलिन्स कुछ छिपा रहा है, और वह सच्चाई तक पहुँचने के लिए कृतसंकल्प था।

"देखो, कोलिन्स," सैम ने कहा, उसकी आवाज़ दृढ़ थी। "हमारे पास सबूत हैं जो बताते हैं कि प्रोजेक्ट एक्स आपकी कंपनी से जुड़ी एक मनी लॉन्ड्रिंग योजना थी। और मुझे लगता है कि सेलेना इसे उजागर करने के करीब पहुंच रही थी।"

कोलिन्स की अभिव्यक्ति शांत रही, लेकिन सैम उसकी आँखों में घबराहट की हल्की सी झलक देख सकता था। कोलिन्स ने कहा, "मैंने तुमसे कहा था, जासूस, मुझे नहीं पता कि तुम किस बारे में बात कर रहे हो।"

सैम आगे की ओर झुक गया; उसकी आँखें कोलिन्स पर टिक गईं। "मेरे साथ मूर्ख मत बनो, कोलिन्स। मैंने सेलेना की कलाकृति देखी है, और मुझे पता है कि वह कुछ बड़ा करना चाहती थी। और मुझे लगता है कि यह प्रोजेक्ट एक्स से जुड़ा है।"

सैम के चेहरे पर वापस आने से पहले कोलिन्स की नज़रें कमरे के चारों ओर घूमीं। "ठीक है," कोलिन्स ने कहा, उसकी आवाज में अनिच्छा झलक रही थी।

"यदि आप इसके बारे में जानना चाहते हैं, तो मैं आपको बताऊंगा। प्रोजेक्ट एक्स... एक तरह का साइड प्रोजेक्ट था। हमारे लिए अतिरिक्त राजस्व उत्पन्न करने का एक तरीका।"

सैम की अपनी नोटबुक पर पकड़ मजबूत हो गई। "अमीर लोगों को नकली कला बेचकर?" सैम ने पूछा

कोलिन्स की अभिव्यक्ति सतर्क हो गई। "यह... बिल्कुल वैसा नहीं है जैसा मेरा अभिप्राय था। यह अधिक कुछ ऐसा था...मूल्य पैदा करने का एक तरीका जहां कुछ भी मौजूद नहीं था।"

सैम ने भौंहें ऊपर उठाईं। "नकली कला बनाकर?"

कोलिन्स बोलने से पहले झिझके। "हाँ, ठीक है? हमने नकली कलाकृतियाँ बनाईं और उन्हें संग्राहकों को बढ़ी हुई कीमतों पर बेच दिया। यह सब बहुत कानूनी और बोर्ड से ऊपर था।"

सैम की आँखें सिकुड़ गईं, उसने पूछा "और क्या सेलेना को इसके बारे में पता था?"

कोलिन्स ने धीरे से सिर हिलाया। "हाँ, वह जानती थी। और वह हमें बेनकाब करने वाली थी।"

सेलेना को चुप कराने के विचार से सैम को गुस्सा आ गया। वह जानता था कि उसे प्रयास करते रहना होगा।

"तब तुमने उसके साथ क्या किया?" सैम ने गुस्से में पूछा।

कोलिन्स के चेहरे के भाव ठंडे हो गए। "मुझे नहीं पता कि आप किस बारे में बात कर रहे हैं।"

सैम जानता था कि कोलिन्स फिर से झूठ बोल रहा था। सैम ने एक अलग दृष्टिकोण अपनाने का फैसला किया।

सैम ने कोलिन्स से प्रोजेक्ट एक्स के बारे में और सवाल पूछने का फैसला किया। वह अपनी कुर्सी पर पीछे की ओर झुक गया, उसकी आँखें कोलिन्स

की कुर्सी पर टिक गईं।

"तो, कोलिन्स, मुझे प्रोजेक्ट एक्स के बारे में और बताएं," सैम ने अपनी आवाज में दृढ़ता से कहा। "यह कैसे काम करता है?"

कोलिन्स बोलने से पहले झिझके। "ठीक है, जैसा कि मैंने कहा, यह हमारे लिए अतिरिक्त राजस्व उत्पन्न करने का एक तरीका था। हम नकली कलाकृतियाँ बनाते थे और उन्हें बढ़ी हुई कीमतों पर संग्राहकों को बेचते थे।"

सैम की भौंहें सिकुड़ गईं। "नकली कलाकृतियाँ? आपका मतलब है कि आप ऐसी कला बना रहे थे जो वारतव में कलाकारों द्वारा स्वयं नहीं बनाई गई थी?"

कोलिन्स ने सिर हिलाया। "हां, यह सही है। हम उभरते कलाकारों से कम कीमत पर कला खरीदेंगे और फिर इसे संग्रहकर्ताओं को बहुत अधिक कीमत पर बेचेंगे। यह सब बहुत कानूनी और बोर्ड से ऊपर था।"

सैम ने भौंहें चढ़ाकर पूछा, "और सेलेना को इस बारे में पता चला?"

कोलिन्स ने फिर सिर हिलाया। "हाँ, दुर्भाग्य से उसे पता चल गया। और वह इस जानकारी के आधार पर हमें बेनकाब करने जा रही थी।"

सैम की आँखें सिकुड़ गईं और उसने गुस्से से पूछा, "तुमने उससे बात करके समाधान क्यों नहीं निकाला? तुम्हें उसे क्यों मारना पड़ा?"

कोलिन्स के चेहरे के भाव ठंडे हो गए। "मैंने उसकी मौत का आदेश नहीं दिया, जासूस। मैं कसम खाता हूँ।"

सैम की अपनी नोटबुक पर पकड़ मजबूत हो गई। "तो फिर किसने किया?"

कोलिन्स ने कंधे उचकाए। "मुझे नहीं पता। लेकिन मुझे लगता है कि यह

स्पष्ट है कि कंपनी के भीतर कोई सेलेना को चुप कराना चाहता था।"

सैम का दिमाग संभावनाओं से दौड़ने लगा। उन्होंने कोलिन्स से एक और प्रश्न पूछने का निर्णय लिया।

"आप सेलेना के अंतिम दिनों के बारे में क्या जानते हैं?" सैम ने पूछा

कोलिन्स ने बोलने से पहले एक पल के लिए सोचा। "वह सच्चाई के और भी करीब आती जा रही थी, मुझे इस पर यकीन है। वह बहुत सारे सवाल पूछ रही थी और उन जगहों पर अपनी नाक घुसा रही थी जहां उसका कोई संबंध नहीं था।"

सैम की आँखें कोलिन्स पर टिक गईं। "उसने क्या खोजा?"

कोलिन्स बोलने से पहले झिझके। "मैं ठीक से नहीं जानता, लेकिन मुझे लगता है कि उसे प्रोजेक्ट एक्स को अन्य शहरों में विस्तारित करने की हमारी योजना के बारे में पता चल गया होगा।"

सैम की आंखें सिकुड़ गईं. "क्या योजनाएँ थीं?"

कोलिन्स ने कंधे उचकाए। "बस हमारी पहुंच बढ़ाने और अपना मुनाफा बढ़ाने की योजना थी।"

सैम को निराशा की लहर महसूस हुई। वह जानता था कि उसे और अधिक जानकारी प्राप्त करने की आवश्यकता है। सैम ने कोलिन्स से प्रोजेक्ट एक्स के विस्तार की योजना के बारे में और प्रश्न पूछने का निर्णय लिया।

सैम अपनी कुर्सी पर आगे की ओर झुक गया, उसकी आँखें कोलिन्स पर टिक गईं। आपने विस्तारित प्रोजेक्ट एक्स के साथ वास्तव में क्या करने की योजना बनाई थी?" सैम ने पूछा

कोलिन्स की अभिव्यक्ति सतर्क हो गई। "मैं उस पर चर्चा करने के लिए स्वतंत्र नहीं हूं, जासूस। लेकिन मैं आपको बता सकता हूं कि यह सब बोर्ड और कानूनी से ऊपर था।"

सैम ने भौंहें ऊपर उठाईं। "बोर्ड और कानूनी से ऊपर? आपका मतलब अमीर लोगों को नकली कला बेचना था?"

कोलिन्स की आँखें सिकुड़ गईं। "मेरा मतलब यह नहीं था, जासूस। लेकिन हां, उन संग्राहकों को कला बेचना जो इसके लिए शीर्ष डॉलर का भुगतान करने को तैयार थे।"

सैम की अपनी नोटबुक पर पकड़ मजबूत हो गई। "और सेलेना इस योजना में कैसे शामिल हुईं?"

कोलिन्स बोलने से पहले झिझके। "वह...प्रोजेक्ट में शामिल थी। उसे मुख्य कलाकारों में से एक माना जाता था।"

सैम की आँखें चौड़ी हो गईं। "तो, वह आपके लिए नकली कलाएँ बनाने जा रही थी?"

कोलिन्स ने सिर हिलाया। "हाँ, यह सही है।"

कोलिन्स और उसकी कंपनी द्वारा सेलेना का इस्तेमाल किए जाने के विचार से सैम को गुस्सा आ गया। उन्होंने और प्रश्न पूछने का निर्णय लिया।

"उसे किस प्रकार की कला बनानी थी?" सैम ने पूछा

कोलिन्स ने बोलने से पहले एक पल के लिए सोचा। "उसे ... प्रभाववादी रचनाएँ बनानी थी। आप जानते हैं, इस तरह की चीज़ उन धनी संग्राहकों को पसंद आएगी जिन्हें हम लक्षित कर रहे थे।"

सैम की आंखें सिकुड़ गईं. "और इसके बजाय उसने किस प्रकार की कला बनाई?"

कोलिन्स ने कंधे उचकाए। "मुझे नहीं पता, जासूस। लेकिन मुझे पता है कि वह सच्चाई के और करीब आ रही थी। और फिर...वह गायब हो गई।"

सैम को अपनी रीढ़ की हड्डी में ठंडक महसूस हुई। वह जानता था कि उसे और अधिक जानकारी प्राप्त करने की आवश्यकता है।

सैम ने किसी भी भौतिक सबूत के लिए कंपनी के कार्यालयों की खोज करने का फैसला किया जो उन्हें सेलेना के हत्यारे तक ले जा सके।

सैम और उसकी टीम ने हर कमरे में तलाशी ली और किसी भी जगह से बाहर या संदिग्ध चीज़ की तलाश की।

जैसे ही उन्होंने खोज की, सैम सेलेना की नोटबुक प्रविष्टियों के बारे में सोचने से खुद को नहीं रोक सका।

सैम को लग रहा था कि वह उससे कुछ कहना चाह रही थी, लेकिन क्या?

सैम को फर्श पर कागज का एक टुकड़ा मिला, जिस पर उसका ध्यान गया। यह एक पेंटिंग का एक स्केच था, लेकिन यह उस चीज़ से अलग था जिसे उसने पहले कभी देखा था। रंग जीवंत थे और तूफानी समुद्र की तरह घूम रहे थे।

"अरे, इसे देखो," सैम ने अपनी टीम से कहा। "मुझे लगता है कि यह सेलेना का काम हो सकता है।"

उन्होंने स्केच की अधिक बारीकी से जांच की और यह पता लगाने की कोशिश की, कि इसका क्या मतलब है। लेकिन जैसे ही उन्होंने ऐसा किया, सैम का फोन बज उठा। यह सेलेना के पिता लुकास मार्टिन थे।

"आपको क्या मिला?" लुकास ने पूछा, उसकी आवाज़ चिंतित थी।

सैम ने कहा, "हम अभी भी कार्यालय की तलाशी ले रहे हैं।" "लेकिन मुझे लगता है कि हमें कुछ महत्वपूर्ण चीज़ मिली है। क्या आप यहाँ आकर देख सकते हैं?"

लुकास सहमत हो गया, और जल्द ही वह कार्यालय पहुंच गया। साथ में, उन्होंने स्केच की जांच की और इसके संभावित महत्व पर चर्चा की।

सैम ने कहा, "मुझे लगता है कि यह एक सुराग हो सकता है।" "ऐसा लगता है जैसे सेलेना हमें प्रोजेक्ट एक्स के बारे में कुछ बताने की कोशिश कर रही थी।"

लुकास की आँखें सिकुड़ गईं। "आपका क्या मतलब है?"

सैम बोलने से पहले झिझका। "मुझे लगता है कि उसे प्रोजेक्ट के बारे में कुछ पता चला होगा जो उसे पसंद नहीं आया। और मुझे लगता है कि किसी ने इसे चुप कराने के लिए उसे मार डाला होगा।"

लुकास का चेहरा पीला पड़ गया। "अरे नहीं। मुझे कुछ पता नहीं था।"

सैम और उनकी टीम ने प्रोजेक्ट एक्स से जुड़े किसी भी कनेक्शन पर ध्यान केंद्रित करते हुए कार्यालय की खोज जारी रखी।

उन्होंने फाइलों, कंप्यूटरों और कागजों को खंगाला और ऐसी किसी भी चीज़ की तलाश की जो उन्हें सेलेना के हत्यारे तक ले जा सके।

जैसे ही उन्होंने खोज की, सैम सेलेना की नोटबुक प्रविष्टियों के बारे में सोचने से खुद को नहीं रोक सका।

सैम को लग रहा था कि सेलेना उसे कुछ बताने की कोशिश कर रही है, लेकिन क्या?

सैम को "प्रोजेक्ट एक्स - गोपनीय" (Project X – Confidential) लेबल वाला एक फ़ोल्डर मिला और उसने उसे खोला। अंदर, सैम को परियोजना के लक्ष्यों और योजनाओं को रेखांकित करने वाले दस्तावेजों की एक श्रृंखला मिली।

लेकिन जिस चीज़ ने उनका ध्यान खींचा वह खुद एलन कोलिन्स का एक मेमो था, जिसमें कहा गया था कि सेलेना परियोजना के लिए एक नए हिस्से पर प्रगति कर रही थी।

सैम की आंखें सिकुड़ गईं। यह पहली बार था जब उन्होंने सुना था कि सेलेना प्रोजेक्ट एक्स के लिए एक नई कला पर काम कर रही थी।

सैम सोच रहा था कि यह क्या हो सकता है और यह इतना महत्वपूर्ण क्यों है।

मेमो के बगल में सेलेना की एक तस्वीर थी, जो उनके स्टूडियो में ली गई थी।

सेलेना एक चित्रफलक के सामने खड़ी थी, एक पेंटब्रश पकड़े हुए और गहन एकाग्रता के साथ अपने काम को देख रही थी।

सैम को दुख की पीड़ा महसूस हुई। यह आखिरी बार था जब किसी ने सेलेना को जीवित देखा था।

सैम अपनी टीम की ओर मुड़ा। "हमें एलन कोलिन्स से फिर से बात करने की ज़रूरत है," उन्होंने कहा। "मुझे लगता है कि वह जितना बता रहा है उससे कहीं अधिक जानता है।"

सैम ने कोलिन्स से सेलेना के लापता होने से पहले के आखिरी कुछ दिनों के बारे में पूछने का फैसला किया।

"क्या आप मुझे सेलेना के आखिरी कुछ दिनों के बारे में और बता सकते हैं?" सैम ने पूछा, उसकी आँखें कोलिन्स पर टिकी थीं।

कोलिन्स ने बोलने से पहले एक पल के लिए सोचा। "जैसे-जैसे दिन बीतते जा रहे थे, सेलेना और अधिक उत्तेजित होती जा रही थी। उसे सोने में परेशानी हो रही थी और वह हर समय वास्तव में चिंतित लग रही थी।"

सैम की अपनी नोटबुक पर पकड़ मजबूत हो गई। "क्या उसने आपसे इस बारे में कुछ कहा कि उसे क्या परेशानी हो रही थी?"

कोलिन्स बोलने से पहले झिझके। "नहीं, उसने ऐसा नहीं किया। लेकिन मैं बता सकता हूं कि कोई चीज़ उसे खा रही थी। वह दूर-दूर और एकांतप्रिय थी, और जब मैं उससे बात करता था तो वह मेरी ओर देखती भी नहीं थी।"

सैम की आंखें सिकुड़ गईं. "और क्या उसने कंपनी छोड़ने के बारे में कुछ कहा?"

कोलिन्स ने सिर हिलाया। "हां, उसने ऐसा कहा था। उसने मुझसे कहा था कि वह जाने वाली है और वह वापस नहीं आएगी।"

सैम ने पूछा, "क्या उसने इसका कोई कारण बताया?"

कॉलिन्स ने अपना सिर हिलाया। "नहीं, उसने ऐसा नहीं किया। लेकिन मुझे पता था कि कुछ गड़बड़ है। मैंने उससे बात करने की कोशिश की, लेकिन उसने मुझे चुप करा दिया।"

सैम को निराशा की लहर महसूस हुई। वह जानता था कि उसे और अधिक जानकारी प्राप्त करने की आवश्यकता है।

सैम ने कोलिन्स से पूछने का फैसला किया कि क्या वह किसी ऐसे व्यक्ति को जानता है जो सेलेना को मरवाना चाहता हो।

सैम ने कहा, "मैं स्पष्ट कहूँगा, कोलिन्स।" "मुझे लगता है कि शायद कोई सेलेना को मरवाना चाहता होगा। क्या आप किसी ऐसे व्यक्ति को जानते हैं जिसका कोई मकसद रहा होगा?"

कोलिन्स की अभिव्यक्ति गंभीर हो गई। "मैं किसी विशिष्ट व्यक्ति के बारे में नहीं जानता, जासूस। लेकिन मुझे पता है कि सेलेना प्रोजेक्ट एक्स के बारे में सच्चाई के और करीब आ रही थी। और मुझे पता है कि कुछ लोग थे, जो नहीं चाहते थे कि सेलेना को पता चले कि हम वास्तव में क्या कर रहे हैं।"

सैम की आंखें सिकुड़ गईं. "आपका क्या मतलब है?"

कोलिन्स झुक गये; और उसकी आवाज़ धीमी हो गयी. "मेरा मतलब है कि प्रोजेक्ट एक्स हमारे लिए बहुत सारा पैसा कमाने का एक तरीका था। और कुछ लोग ऐसा होने से रोकने के लिए कुछ भी करने को तैयार थे।"

सैम की अपनी नोटबुक पर पकड़ मजबूत हो गई। "और आपको लगता है कि उन लोगों में से किसी ने सेलेना की हत्या कर दी होगी?" सैम ने पूछा

कोलिन्स ने सिर हिलाया। "मैं स्वीकार करता हूं। और मुझे लगता है कि वे अभी भी वहां होंगे, हमें देख रहे होंगे, दोबारा हमला करने के मौके का इंतजार कर रहे होंगे।"

सैम को दृढ़ संकल्प की वृद्धि महसूस हुई। वह इस मामले की तह तक जाना चाह रहे थे।

सैम ने कला बाजार की जांच करने और यह देखने का फैसला किया कि क्या उन्हें कोई सुराग मिल सकता है कि कौन सेलेना को मरवाना चाहता था।

सैम ने कुछ स्थानीय कला दीर्घाओं और डीलरों के पास जाकर उन्हें सेलेना का काम दिखाया और पूछा कि क्या उन्हें उसकी कला के बारे में कोई जानकारी है।

उनमें से अधिकांश सेलेना को जानते थे, लेकिन उनमें से किसी को भी इस बात का अंदाज़ा नहीं था कि उसके साथ क्या हुआ था।

जैसे ही सैम एक गैलरी से बाहर निकल रहा था, एक युवा कलाकार उसके पास आया। "हैलो, आप सेलेना मार्टिन को ढूंढ रहे हैं, है ना?" उसने पूछा।

सैम ने सिर हिलाया. "यह सही है। क्या आप उसके बारे में कुछ जानते हैं?"

कलाकार बोलने से पहले झिझका। "मैं उसे अच्छी तरह से नहीं जानता था, लेकिन मैंने उसे कला परिदृश्य के आसपास देखा था। वह एक प्रतिभाशाली कलाकार थी, लेकिन वह वास्तव में संघर्ष भी कर रही थी। मैंने सुना है कि वह किसी नए प्रोजेक्ट पर काम कर रही थी, लेकिन मुझे नहीं पता कि वह क्या था ।"

सैम की आँखें चमक उठीं। "क्या आप जानते हैं कि यह किस प्रकार का प्रोजेक्ट था?"
कलाकार ने सिर हिलाया. "नहीं, क्षमा करें। लेकिन मैंने सुना है कि वह कुछ बड़ा खुलासा करने के करीब पहुंच रही थी। कुछ ऐसा जो बहुत सारी प्रतिष्ठा को बर्बाद कर सकता है।"

सैम की अपनी नोटबुक पर पकड़ मजबूत हो गई। यह उन्हें नई बढ़त मिली थी।

सैम ने यह देखने के लिए कला की दुनिया की और जांच करने का फैसला किया कि क्या किसी और को पता है कि सेलेना किस पर काम कर रही थी।

सैम ने अगले कुछ दिन विभिन्न कला दीर्घाओं और स्टूडियो में जाकर सेलेना का काम दिखाया और पूछा कि क्या किसी को उसकी कला के बारे में कोई जानकारी है।

ऐसा लगता था कि उनमें से अधिकांश उसे जानते थे, लेकिन उनमें से किसी को भी पता नहीं था कि वह क्या काम कर रही थी।

जब सैम ने सेलेना का नाम बताया तो एक गैलरी मालिक, एक महिला विशेष रूप से घबरा गई।

"ओह, हाँ, सेलेना," उसने कहा। "वह एक प्रतिभाशाली कलाकार थीं, लेकिन वह बहुत संवेदनशील भी थीं। उनके पास सीमाओं को पार करने का एक तरीका था जिसकी हर कोई सराहना नहीं करता था।"

सैम की आंखें सिकुड़ गईं. "तुम्हारा इससे क्या मतलब है?"

मालिक बोलने से पहले झिझका। "मेरा मतलब है कि सेलेना अपने मन की बात कहने से नहीं डरती थी। उसे अपनी कला का शौक था और वह जोखिम लेने से नहीं डरती थी। लेकिन कभी-कभी वह जुनून उसे परेशानी में डाल सकता था।"

सैम का दिमाग संभावनाओं से दौड़ रहा था। उसने खुद से पूछा, क्या कला के प्रति सेलेना के जुनून ने ही उसे मार डाला?

सैम ने कोलिन्स से पूछने का फैसला किया कि क्या वह किसी विशिष्ट व्यक्ति को जानता है जो सेलेना की हत्या में शामिल हो सकता है।

"क्या आप ऐसे किसी व्यक्ति के बारे में सोच सकते हैं जिसने सेलेना के प्रति व्यक्तिगत प्रतिशोध की भावना रखी हो?" सैम ने पूछा, उसकी आँखें कोलिन्स पर टिकी थीं।

कोलिन्स ने बोलने से पहले एक पल के लिए सोचा। "एक व्यक्ति था जो मेरे दिमाग में आ रहा है। उसका नाम ब्रूस इवांस (Bruce Evans) है। वह एक कला संग्राहक है और व्यवसाय में मेरा प्रतिद्वंद्वी (rival) है। वह हमेशा मेरी सफलता से ईर्ष्या करता रहा है और उसने अतीत में मुझे नुकसान पहुंचाने की कोशिश की है।"

सैम के कान खड़े हो गये। "आपको ऐसा क्यों लगा कि वह सेलेना की हत्या में शामिल हो सकता है?"

कोलिन्स झुक गये; और धीमी आवाज में कहा. "मैंने कुछ हफ्ते पहले एक गैलरी के उद्घाटन में उन्हें सेलेना के साथ बहस करते हुए देखा था। वे उसकी एक पेंटिंग को लेकर बहस कर रहे थे, और मैं कह सकता हूं कि मामला काफी गर्म हो रहा था। मैंने उस समय इसके बारे में ज्यादा नहीं सोचा था, लेकिन अब मुझे लगता है कि शायद यह सिर्फ एक तर्क से अधिक कुछ था।"

सैम की आंखें सिकुड़ गईं और उसने कहा, "मैं इस पर गौर करूँगा। क्या तुम्हें कोई अंदाज़ा है कि मैं ब्रूस को कहाँ ढूँढ पाऊँगा?"

कोलिन्स ने सिर हिलाया। "हाँ, शहर के दूसरी ओर उसकी एक गैलरी है। मुझे यकीन है कि वह आपसे बात करके खुश होगा।"

सैम उठ खड़ा हुआ, उसका दिमाग संभावनाओं के साथ दौड़ रहा था। उसे फॉलो-अप के लिए एक नई लीड मिल गई।

सैम ने सेलेना की पेंटिंग्स की जांच करने और यह देखने का फैसला किया कि क्या उसने प्रोजेक्ट एक्स के बारे में अपने संदेह के बारे में कोई सुराग छोड़ा है।

सैम गैलरी में पहुंचा और प्रदर्शन पर रखे विभिन्न चित्रों को लेते हुए कमरे का निरीक्षण करना शुरू कर दिया।

सैम ने देखा कि चित्रों में से एक, बोल्ड ब्रशस्ट्रोक और ज्वलंत रंगों के साथ एक अमूर्त कला, दीवार पर थोड़ा टेढ़ा लटका हुआ था। वह जांच करने के लिए वहां गया और देखा कि फ्रेम थोड़ा ढीला था।

सैम ने ध्यानपूर्वक दीवार से पेंटिंग हटाई और उसकी अधिक बारीकी से जांच की।

फ्रेम के अंदर, सैम को कागज का एक छोटा सा टुकड़ा मिला जिस पर लाल स्याही से एक संदेश लिखा हुआ था: "ये सब नकली हैं। ध्यान से देखो।"

हाथ में कागज पलटते ही सैम की आँखें सिकुड़ गईं। और उसने सोचा, सेलेना का क्या मतलब था? क्या यह उनकी अपनी कलाकृति का संदर्भ था या कुछ और?

सैम ने गैलरी में अन्य चित्रों पर करीब से नज़र डालने का फैसला किया, यह देखने के लिए कि क्या कोई अन्य सुराग या छिपे हुए संदेश हैं।

जैसे ही सैम ने चित्रों की जांच की, उन्होंने देखा कि उनमें से कई को सूक्ष्मता से बदला या सुधारा हुआ लग रहा था।

ब्रशस्ट्रोक थोड़े अलग थे, रंग थोड़े हटे हुए थे।

यह ऐसा था मानो सेलेना उन पर काम कर रही थी, एक संदेश देने या कोई सुराग छोड़ने की कोशिश कर रही थी।

सैम का दिमाग तेजी से घूम रहा था क्योंकि वह यह समझने की कोशिश कर रहा था कि सेलेना क्या कहना चाह रही थी।

क्या वह उसे यह बताने की कोशिश कर रही थी कि प्रोजेक्ट एक्स नकली कला बेच रहा था? या फिर खेल में कुछ और भी दुष्ट था?

सैम ने सेलेना के वित्तीय रिकॉर्ड की जांच करने और यह देखने का फैसला किया कि क्या प्रोजेक्ट एक्स से संबंधित कोई लेनदेन था।

सैम ने सेलेना के वित्तीय रिकॉर्ड की एक प्रति प्राप्त की और किसी भी संदिग्ध गतिविधि की तलाश में उन्हें छानना शुरू कर दिया।

कई घंटों की खोज के बाद, अंततः उसे एक छोटा सा लेन-देन मिला जिसने उसका ध्यान खींचा।

यह एक अज्ञात स्रोत से सेलेना के बैंक खाते में $10,000 की राशि का भुगतान था।

भुगतान उसकी मृत्यु से कुछ सप्ताह पहले ही किया गया था।

सैम की आँखें सिकुड़ गईं क्योंकि वह सोच रहा था कि यह भुगतान किसलिए हो सकता है। उसने सोचा, क्या यह उसकी एक पेंटिंग के लिए भुगतान था? या यह कुछ अधिक बुरा था?

सैम ने भुगतान के बारे में पूछने के लिए सेलेना के पिता लुकास मार्टिन से मिलने का फैसला किया।

जैसे ही सैम लुकास के कार्यालय में पहुंचा, उसने महसूस किया कि लुकास घबराया हुआ था। "मैं तुम्हारे लिए क्या कर सकता हूँ, जासूस?" लुकास ने शांत दिखने की कोशिश करते हुए पूछा।

"आपकी बेटी की मौत की जांच करते समय," सैम ने जवाब दिया और एक पल के लिए रुककर कहा, "मुझे उसके वित्तीय रिकॉर्ड में एक संदिग्ध लेनदेन मिला। क्या आप मुझे इसके बारे में कुछ बता सकते हैं?"

लुकास की आँखें चौड़ी हो गईं। "मुझे नहीं पता कि आप किस बारे में बात कर रहे हैं।"

सैम ने लेन-देन का रिकॉर्ड निकाला और लुकास को सौंप दिया। "यह आपकी बेटी के खाते में एक अज्ञात स्रोत से भुगतान है। क्या आप मुझे बता सकते हैं कि यह भुगतान किसने किया है?"

लुकास ने सैम की ओर देखने से पहले पेज को स्कैन करते हुए रिकॉर्ड को देखा। "मैं... मुझे नहीं पता," उसने झिझकते हुए कहा। "लेकिन मुझे लगता है कि मैं इसका पता लगाने में सक्षम हो सकता हूं।"

इस बीच, सैम ने सेलेना की डायरी देखी और कुछ पाया।

सेलेना की नोटबुक

मैं हाल ही में बहुत फंसी हुई महसूस कर रही हूं, जैसे मैं किसी मुसीबत में फंस गई हूं।

मैं अपने आराम क्षेत्र से बाहर निकलने और अपनी कला के साथ जोखिम लेने की कोशिश कर रही हूं, लेकिन जब आप विफलता से डरते हैं तो यह कठिन होता है।

मैं हाल ही में अपने बचपन के बारे में बहुत सोच रही हूं और कैसे मेरे पिता हमेशा मुझे परफेक्ट बनने के लिए प्रेरित करते थे।

मुझे लगता है कि इसीलिए मुझे हमेशा लगता है कि मुझे भी परफेक्ट होने की जरूरत है। लेकिन यह थका देने वाला है।

मैं इस सारे दबाव से मुक्त होना चाहती हूं और सिर्फ एक रचना के लिए कला बनाना चाहती हूं।

सैम उस नोट पर सोच रहा था जो सेलेना के पूर्णतावाद के साथ संघर्ष और उसके पिता के साथ उसके संबंधों के बारे में अधिक जानकारी दे रहा था।

यह उसके फंसे होने की भावनाओं और आज़ादी की इच्छा पर भी सवाल उठाता है।

सैम ने लुकास से पूछने का फैसला किया कि क्या वह प्रोजेक्ट एक्स या सेलेना से इसके कनेक्शन के बारे में कुछ जानता है।

"लुकास, मुझे तुमसे कुछ पूछना है," सैम ने कहा, उसका लहजा सख्त लेकिन विनम्र था। "मुझे पता है कि आप अभी भी शोक मना रहे हैं, लेकिन क्या आप प्रोजेक्ट एक्स के बारे में अधिक जानकारी साझा कर सकते हैं।"

लुकास की अभिव्यक्ति उदासी से आश्चर्य में बदल गई। "प्रोजेक्ट एक्स? क्या इसका सेलेना की मौत से कोई संबंध है?"

सैम ने बताया, "मुझे उसके वित्तीय रिकॉर्ड में एक अज्ञात स्रोत से भुगतान मिला।" "मुझे लगता है कि यह प्रोजेक्ट एक्स से जुड़ा हो सकता है। क्या आप मुझे इसके बारे में बता सकते हैं?"

लुकास झिझका, फिर अपना सिर हिलाया। "नहीं, मैंने आपको प्रोजेक्ट एक्स के बारे में जो कुछ भी सुना था, वह सब बताया, जिसे मैंने पहले अफवाह समझा था।"

सैम ने भौंहें ऊपर उठाईं। "अफ़वाह?"

लुकास ने सिर हिलाया। "हाँ, मैंने सुना है कि यह एक काला बाज़ारी कला अभियान था। वे अमीर लोगों को नकली कला बेच रहे थे जिन्हें प्रामाणिकता की परवाह नहीं थी।"

सैम की आंखें सिकुड़ गईं। "क्या आपको लगता है कि सेलेना उनके साथ शामिल थी?"

लुकास ने फिर से अपना सिर हिलाया। "नहीं, बिल्कुल नहीं। सेलेना एक प्रतिभाशाली कलाकार थीं। वह इस तरह अपनी ईमानदारी से कभी समझौता नहीं करेंगी।"

सैम इतना निश्चित नहीं था. उन्होंने जांच जारी रखने और यह देखने का फैसला किया कि क्या उन्हें सेलेना और प्रोजेक्ट एक्स के बीच कोई और संबंध मिल सकता है।

सैम ने लुकास से पूछने का फैसला किया कि क्या वह कोलिन्स के अलावा किसी ऐसे व्यक्ति को जानता है जो प्रोजेक्ट एक्स से जुड़ा हो।

"लुकास, क्या आप कोलिन्स के अलावा किसी अन्य नाम के बारे में सोच सकते हैं जो प्रोजेक्ट एक्स से जुड़ा हो?" सैम ने पूछा, उसकी आँखें कमरे का निरीक्षण कर रही हैं।

लुकास ने अपना सिर हिलाने से पहले एक पल के लिए सोचा। "नहीं, मैं किसी और को नहीं जानता जो इस तरह की किसी चीज़ में शामिल होगा। लेकिन मैं किसी ऐसे व्यक्ति को जानता हूं जो इसके बारे में अधिक जानता हो।"

"वो कौन है?" सैम ने पूछा, उसकी रुचि बढ़ गई।

"ब्रूस इवांस," लुकास ने उत्तर दिया। "वह एक प्रतिद्वंद्वी कला डीलर है। वह हमेशा मेरी बेटी की प्रतिभा और सफलता से ईर्ष्या करता रहा है। हो सकता है कि वह प्रोजेक्ट एक्स के बारे में कुछ और जानता हो।"

सैम की आंखें सिकुड़ गईं. "मैं उस पर गौर करूंगा," उन्होंने कहा।

इस बीच, सैम ने उस अज्ञात स्रोत की पृष्ठभूमि पर गौर करने का फैसला किया जिसने सेलेना के खाते में भुगतान किया था।

कुछ खोजबीन के बाद, उन्हें पता चला कि भुगतान प्रतिद्वंद्वी कला डीलर ब्रूस इवांस के नाम के खाते से किया गया था।

सैम की आँखें सिकुड़ गईं क्योंकि वह सोच रहा था कि ब्रूस इवांस का सेलेना के साथ किस प्रकार का संबंध हो सकता है।

क्या वह उसकी कला का संरक्षक था? या फिर कुछ और घिनौना खेल चल रहा था?

सैम ने कुछ उत्तर पाने की उम्मीद में, ब्रूस इवांस की गैलरी का दौरा करने का फैसला किया।

जैसे ही सैम गैलरी में पहुंचा, ब्रूस ने स्वयं उसका स्वागत किया।

"मैं तुम्हारे लिए क्या कर सकता हूँ, जासूस?" ब्रूस ने पूछा, उसकी आवाज़ में कृपालुता टपक रही थी।

सैम ने उत्तर दिया, "मैं सेलेना मार्टिन की मौत की जांच कर रहा हूं।" "मैं समझता हूं कि आपने हाल ही में उसके खाते में भुगतान किया है। क्या आप मुझे इसके बारे में बता सकते हैं?"

ब्रूस मुस्कुराया, उसकी आँखें मनोरंजन से चमक रही थीं। "ओह, हाँ। सेलेना एक प्रतिभाशाली कलाकार थी। मैं बस उसके काम के लिए अपनी प्रशंसा दिखा रहा था।"

सैम ने भौंहें ऊपर उठाईं। "प्रशंसा? $10,000 के लिए?"

ब्रूस ने कंधे उचकाए। "यह एक उदार भाव था, मैं आपको विश्वास दिलाता हूं। उसे इसकी ज़रूरत थी।"

सैम को लगा कि कहानी में और भी बहुत कुछ है। उसने और पूछने का फैसला किया।

"क्या आप मुझे सेलेना के साथ अपने रिश्ते के बारे में बता सकते हैं?" उसने पूछा।

ब्रूस हँसा। "हम परिचित थे, इससे ज़्यादा कुछ नहीं। हम कभी-कभी कला और...अन्य चीज़ों पर चर्चा करते थे।"

सैम की आंखें सिकुड़ गईं. "अन्य चीज़ों पर?"

ब्रूस झुक गया, उसकी आवाज षडयंत्रकारी स्वर में थी। "मान लीजिए कि सेलेना और मेरे कुछ साझा हित थे। लेकिन मैं आपको विश्वास दिलाता हूं, हमारा रिश्ता पूरी तरह से पेशेवर था।"

सैम आश्वस्त नहीं था. उन्होंने ब्रूस को उनके समय के लिए धन्यवाद दिया और गैलरी से बाहर चले गए, उनका दिमाग संभावनाओं के साथ दौड़ रहा था।

सैम ने अन्य कला डीलरों या संग्राहकों के साथ सेलेना के संबंधों की जांच करने का निर्णय लिया, जिनका प्रोजेक्ट एक्स के साथ लेनदेन हो सकता था।

सैम ने अगले कुछ दिन कुछ सुरागों पर नज़र रखने और साक्षात्कार आयोजित करने में बिताए, लेकिन परिणाम कुछ भी नहीं निकला।

जैसे ही सैम कला जिला छोड़ रहा था, उसे एक अज्ञात स्रोत से कॉल आया जिसमें प्रोजेक्ट एक्स के साथ सेलेना के लेन-देन के बारे में जानकारी होने का दावा किया गया था।

सूत्र शहर के बाहरी इलाके में एक कॉफी शॉप में मिलना चाहता था।

सैम कॉफी शॉप में पहुंचा और उसने कोने में एक आकृति को उसका इंतजार करते देखा। वह छोटे, घुंघराले बाल और घबराई हुई मुस्कान वाली एक महिला थी।

"मैं डायना (Diana) हूं," उसने अपना हाथ बढ़ाते हुए कहा। "मैं कोलिन्स इनकॉर्पोरेशन में सेलेना के साथ काम करती थी। मुझे लगता है कि मैं प्रोजेक्ट एक्स के बारे में कुछ जानती हूं।"

सैम की आँखें चमक उठीं। "आप क्या जानते हैं?"

डायना बोलने से पहले झिझकी। "मैंने कुछ महीने पहले सेलेना और एलन कोलिन्स को प्रोजेक्ट एक्स के बारे में बात करते हुए सुना था। वे चर्चा

कर रहे थे कि वे इसका उपयोग करके बहुत सारा पैसा कैसे कमा सकते हैं।"

सैम की आँखें सिकुड़ गईं और पूछा "क्या उन्होंने बताया कि उन्होंने इसे कैसे करने की योजना बनाई?"

डायना ने सिर हिलाया। "नहीं, लेकिन मुझे पता है कि वे कुछ...कलाकृतियाँ दिखाने के लिए कुछ धनी संग्राहकों (wealthy collectors) से मिलने जा रहे थे।"

सैम का मन सोचने लगा और उसने पूछा "क्या आप जानते हैं कि ये धनी संग्राहक कौन थे?"

डायना ने बोलने से पहले एक पल सोचा। "उनमें से एक व्यक्ति था...विंसेंट अल्वारेज़ (Vincent Alvarez)। वह एक अमीर संग्राहक है जो आधुनिक कला से प्यार करता है।"

सैम की आँखें डायना पर टिक गईं। "क्या सेलेना ने विंसेंट अल्वारेज़ के बारे में कुछ और कहा?"

डायना ने सिर हिलाया। "दरअसल, वह उसके बारे में चिंतित थी। उसने कहा कि वह उसके लिए और अधिक कला बनाने के लिए उस पर दबाव डालने की कोशिश कर रहा था, लेकिन वह अपनी शैली से समझौता नहीं करना चाहती थी।"

सैम ने सोचा कि विंसेंट अल्वारेज़ सेलेना की मौत में शामिल हो सकता है। उसने उससे मिलने का निश्चय किया। इस बीच, सैम ने सेलेना की डायरी देखी।

सेलेना की नोटबुक

मैं हाल ही में इतना अभिभूत महसूस कर रही हूं, जैसे मैं हर तरफ से उम्मीदों में डूब रही हूं।

मेरे पिता चाहते हैं कि मैं और अधिक व्यावसायिक पेंटिंग बनाऊं, एलन चाहते हैं कि मैं कुछ ऐसा बनाऊं जो हम दोनों को अमीर बना दे, लेकिन मैं सिर्फ अपने लिए कुछ सच्चा बनाना चाहता हूं।

मैं हाल ही में अपने बचपन के बारे में बहुत सोच रही हूं और कैसे मेरे माता-पिता ने हमेशा मुझे परफेक्ट बनने के लिए प्रेरित किया।

मुझे लगता है कि इसीलिए मैं अब इतना फंसा हुआ महसूस कर रही हूं, क्योंकि मैं अपनी उम्मीदों के बजाय उनकी उम्मीदों पर खरा उतरने की कोशिश कर रही हूं।

काश मैं इन सब से मुक्त हो पाती और बिल्कुल अपने जैसी बन पाती।

सैम ने सेलेना के फंसे हुए महसूस करने के संघर्ष और खुद के प्रति सच्चे रहने की उसकी इच्छा को महसूस किया।

यह उसके माता-पिता और एलन कॉलिन्स के साथ उसके संबंधों पर भी सवाल उठाता है।

सैम ने डायना की पृष्ठभूमि और उसके आगे आने के संभावित उद्देश्यों पर गौर करने का फैसला किया।

सैम को पता चला कि डायना, कॉलिन्स इनकॉर्पोरेशन की पूर्व कर्मचारी थी, जहां उसने कंपनी छोड़ने से पहले कई वर्षों तक कार्यवाहक (caretaker) के रूप में काम किया था।

सेलेना के साथ उसकी दोस्ती थी, लेकिन पिछले साल उनकी दोस्ती ठंडी हो गई थी।

सैम ने डायना के अपार्टमेंट का दौरा किया, जहां वह घबराई हुई और बेचैन थी। डायना ने कहा, "मुझे खुशी है कि मैं मामले में मदद कर सकी।" "सेलेना के साथ जो हुआ उससे मुझे बहुत बुरा लग रहा है।"

सैम ने सेलेना के आर्ट स्टूडियो की एक तस्वीर निकाली। "क्या आप मुझे इस स्टूडियो के बारे में और बता सकते हैं? क्या सेलेना ने कभी आपसे यहां अपने काम के बारे में बात की?"

बोलने से पहले डायना की नजरें फोटो पर पड़ीं। "ओह, हाँ। सेलेना को वह स्टूडियो बहुत पसंद था। वह वहाँ कई घंटे बिताती थी, पेंटिंग करती थी और नई तकनीकों के साथ प्रयोग करती थी। लेकिन... हालाँकि, मुझे नहीं लगता कि यह सब अच्छा समय था।"

सैम ने भौंहें ऊपर उठाईं और पूछा, "तुम्हारा क्या मतलब है?"

डायना बोलने से पहले झिझकी। "सेलेना अपनी कला के साथ बहुत संघर्ष कर रही थी। वह अपने पिता और एलन कोलिन्स को खुश करने की कोशिश कर रही थी, लेकिन इसका उस पर भारी असर पड़ रहा था। वह कभी-कभी बहुत निराश और उदास हो जाती थी।"

सैम की आंखें सिकुड़ गईं. "क्या आपने कभी स्टूडियो के आसपास कुछ संदिग्ध देखा?"

डायना ने बोलने से पहले एक पल सोचा। "वास्तव में, हाँ। मैंने कई बार किसी को स्टूडियो के आसपास छिपते हुए देखा। मैंने उनका चेहरा कभी नहीं देखा, लेकिन वे वास्तव में सेलेना के काम में रुचि रखते थे।"

सैम को लगा कि यह आगे बढ़ने लायक नेतृत्व हो सकता है। सैम ने डायना को उसके समय के लिए धन्यवाद दिया और अपना अपार्टमेंट छोड़ दिया, उसका दिमाग संभावनाओं के साथ दौड़ रहा था।

सैम ने सेलेना के बचपन और उसके माता-पिता के साथ संबंधों का पता लगाने का फैसला किया ताकि यह देखा जा सके कि क्या उसकी मौत के बारे में कोई सुराग है।

सैम ने सेलेना के पिता लुकास मार्टिन से उनकी आर्ट गैलरी में मुलाकात की।

लुकास स्वयं एक सफल कलाकार थे, जो अपनी अग्रणी शैली के लिए जाने जाते थे।

लुकास थोड़ा पूर्णतावादी भी था, सैम को लगा कि उसने सेलेना की अपनी कलात्मक पहचान के संघर्ष को प्रभावित किया होगा।

लुकास ने पुरानी पारिवारिक तस्वीरों को देखते हुए कहा, "सेलेना हमेशा एक संवेदनशील बच्ची थी।"

"वह थोड़ी स्वप्नद्रष्टा थी, हमेशा अपनी ही दुनिया में खोई रहती थी। मैं चाहता था कि वह और अधिक जमीन से जुड़ी रहे, अपनी कला पर ध्यान केंद्रित करे।"

सैम की आंखें सिकुड़ गईं. "क्या आपने कभी उस पर अपनी अपेक्षाओं के अनुरूप चलने के लिए दबाव डाला?"

लुकास बोलने से पहले झिझका। "शायद थोड़ा सा। मैं चाहता था कि वह मेरी तरह ही सर्वश्रेष्ठ बने। लेकिन मेरा इरादा उसे ठेस पहुंचाने का कभी नहीं था।"

सैम ने लुकास को उसके समय के लिए धन्यवाद दिया और गैलरी छोड़ दी, उसे लगा जैसे वह सेलेना की प्रेरणाओं को समझने के करीब पहुंच रहा है।

सैम ने सोचा कि अब विंसेंट अल्वारेज़ से मिलने का समय आ गया है।

सैम विंसेंट अल्वारेज़ की हवेली में पहुंचे; शहर की ओर देखने वाली पहाड़ियों में बसी एक भव्य संपत्ति।

सैम का स्वागत एक बटलर ने किया जिसने उसे एक शानदार स्टडी रूम दिखाया।

विंसेंट अल्वारेज़, एक लंबा, सख्त चेहरे वाला प्रभावशाली व्यक्ति, अपनी मेज के पीछे से देखा। "क्या मैं आपकी मदद कर सकता हूँ, जासूस?"

सैम ने अपना बैज दिखाया। "मैं सेलेना मार्टिन की मौत की जांच कर रहा हूं। मैं समझता हूं कि वह किसी न किसी रूप में आपके साथ शामिल थी।"

विंसेंट की अभिव्यक्ति ठंडी हो गई। "हाँ, हम परिचित थे। वह एक प्रतिभाशाली कलाकार थी, लेकिन उसका काम... अपरिष्कृत था।"

सैम की आंखें सिकुड़ गईं. "अपरिष्कृत? आपका क्या मतलब है?"

विंसेंट ने कंधे उचकाए। "वह कुछ नया, कुछ बोल्ड बनाने की कोशिश कर रही थी। लेकिन उसकी शैली बहुत कच्ची थी...अपरिष्कृत।"

सैम को लगा कि विंसेंट कुछ छिपा रहा है। उसने आगे पूछने का फैसला किया। "जब आप सेलेना से मिले तो आपने क्या बात की?"

बोलने से पहले विंसेंट की आँखें एक पल के लिए चमक उठीं। "बेशक, हमने कला पर चर्चा की। वह अपने काम पर प्रतिक्रिया चाह रही थी।"

सैम को लगा कि विंसेंट झूठ बोल रहा है। उसने पूछते रहने का निश्चय किया। "क्या सेलेना ने कभी आपसे प्रोजेक्ट एक्स के बारे में कुछ जिक्र किया?"

विंसेंट की अभिव्यक्ति बदल गई, वह और अधिक सतर्क हो गया। "मुझे नहीं पता कि आप किस बारे में बात कर रहे हैं।"

सैम की आँखें विंसेंट पर टिक गईं। "मुझसे झूठ मत बोलो, मिस्टर अल्वारेज़। मुझे पता है कि सेलेना प्रोजेक्ट एक्स में शामिल थी। क्या उसने आपको इसके बारे में कुछ बताया था?"

विंसेंट की आँखें झुक गईं और एक पल के लिए सैम को लगा कि उसने डर की एक झलक देखी है। लेकिन फिर मुखौटा वापस अपनी जगह पर खिसक गया।

"मैं नहीं जानता कि आप किस बारे में बात कर रहे हैं," विंसेंट ने दोहराया।

सैम आश्वस्त नहीं था. फिलहाल उसने विंसेंट को उसके समय के लिए धन्यवाद दिया और हवेली छोड़ दी, उसका दिमाग संभावनाओं के साथ दौड़ रहा था।

सैम ने सेलेना की मृत्यु के समय विन्सेंट अल्वारेज़ की अन्यत्र उपस्थिति पर गौर करने का निर्णय लिया।

सैम ने स्थानीय पुलिस स्टेशन का दौरा किया और सेलेना की हत्या की रात विंसेंट के बयान की एक प्रति प्राप्त की।

विंसेंट के अनुसार, वह रात 8 बजे से 11 बजे तक शहर के महंगे संग्रहालय में एक चैरिटी समारोह में थे, जहां वह मुख्य प्रायोजकों में से एक थे।

हालाँकि, सैम ने देखा कि विंसेंट की भूमिका काफी हद तक अस्थिर थी।

ऐसा कोई गवाह नहीं था जो समारोह में उनकी उपस्थिति की पुष्टि कर सके, और संग्रहालय के सुरक्षा कैमरों ने उन्हें उस दौरान इमारत में प्रवेश करते या छोड़ते हुए नहीं दिखाया।

सैम ने संग्रहालय का दौरा करने और आगे की जांच करने का फैसला किया।

सैम ने कार्यक्रम समन्वयक से बात की, जब उससे विंसेंट की उपस्थिति के बारे में सवाल किया गया तो वह घबराई हुई और टाल-मटोल करने लगी।

उसने कहा, "मुझे याद नहीं है कि वह वहां था या नहीं, लेकिन मुझे यकीन है कि वह था। वह हमारे मुख्य प्रायोजकों में से एक माना जाता है।"

सैम ने उसे उसके समय के लिए धन्यवाद दिया और संग्रहालय छोड़ दिया, उसका दिमाग संभावनाओं के साथ दौड़ रहा था।

सैम को लग रहा था कि विंसेंट कुछ छुपा रहा है, लेकिन क्या?

सैम ने विंसेंट अल्वारेज़ का नए सबूतों के साथ सामना करने और उस पर हत्या का आरोप लगाने का फैसला किया।

दृढ़ संकल्प और उद्देश्य की भावना महसूस करते हुए, सैम विंसेंट की हवेली में पहुंचा।

विंसेंट ने शांत और शांतचित्त होकर दरवाजा खोला। "क्या मैं आपकी मदद कर सकता हूँ, जासूस?"

सैम ने अपना बैज दिखाया। "मुझे आपसे सेलेना मार्टिन की मौत के बारे में कुछ और सवाल पूछने हैं।"

विंसेंट ने भौंहें उठाईं। "यह किस बारे में है?"

"तुम मुझसे झूठ बोल रहे हो, विंसेंट," सैम ने अपनी आवाज़ में दृढ़ता लाते हुए कहा। "मेरे पास यह विश्वास करने का कारण है कि आप उस रात चैरिटी समारोह में नहीं थे। मुझे लगता है कि आप कुछ छिपा रहे हैं।"

विंसेंट मुस्कुराया, एक ठंडी, गणनात्मक मुस्कान। "मुझे नहीं पता कि आप किस बारे में बात कर रहे हैं।"

सैम ने अपनी जेब से एक तस्वीर निकाली। "यह संग्रहालय के पार्किंग गैराज से ली गई एक सुरक्षा कैमरे की तस्वीर है। इसमें आपको उस रात लगभग 10 बजे इमारत से निकलते हुए दिखाया गया है। क्या आप इस बारे में कुछ कहना चाहते हैं?"

विंसेंट की अभिव्यक्ति एक पल के लिए लड़खड़ा गई, इससे पहले कि वह संभलता। "मैं इसके बारे में भूल गया होगा," उन्होंने कहा, उनकी आवाज में निष्ठाहीनता टपक रही थी।

सैम आश्वस्त नहीं था, उसने पूछा, "मुझे लगता है कि तुम कुछ छिपा रहे हो, विंसेंट। और मुझे लगता है कि तुम सेलेना की हत्या में शामिल हो।"

विंसेंट ने कंधे उचकाए। "मैं सिर्फ एक कला समीक्षक हूं, जासूस। मेरा सेलेना की मौत से कोई लेना-देना नहीं है।"

सैम को लगा कि विंसेंट झूठ बोल रहा है, लेकिन गिरफ्तारी से पहले उसे और अधिक ठोस सबूत की जरूरत थी।

सैम ने अधिक सबूत के लिए विंसेंट की हवेली की तलाशी लेने का फैसला किया।

सैम ने वारंट प्राप्त किया और फोरेंसिक विशेषज्ञों की एक टीम के साथ हवेली में प्रवेश किया।

जैसे ही उन्होंने हवेली की तलाशी शुरू की, सैम ने देखा कि विंसेंट घबराया हुआ और उत्तेजित लग रहा था। "आप क्या कर रहे हो?" उसने पूछा, उसकी आवाज़ कांप रही थी।

"बस सबूत खोज रहा हूँ, विंसेंट," सैम ने उत्तर दिया। "हम यह पता लगाने की कोशिश कर रहे हैं कि सेलेना मार्टिन के साथ क्या हुआ।"

तलाशी में कई संदिग्ध वस्तुएं मिलीं, जिनमें नकली कला प्रमाणीकरण प्रमाणपत्रों का एक सेट और नकली कला बिक्री के रिकॉर्ड वाला एक खाता शामिल था।

ऐसा लगता था कि विंसेंट वास्तव में प्रोजेक्ट एक्स में शामिल था, जो अमीर संग्राहकों को नकली कला बेच रहा था।

लेकिन जैसे ही सैम और उनकी टीम ने हवेली की खोज जारी रखी, उन्हें कुछ और भी परेशान करने वाली चीज़ मिली।

तहखाने में एक छिपा हुआ कमरा, जिसमें सेलेना की कलाकृतियों का संग्रह था, जो सभी... बदला हुआ लग रहा था।

सभी पेंटिंग और मूर्तियां मुड़ी हुई और विकृत थीं, जिनकी सतह पर अजीब प्रतीक खुदे हुए थे।

यह ऐसा था जैसे सेलेना अपनी कला के साथ प्रयोग कर रही थी, एक संदेश देने या एक कहानी बताने की कोशिश कर रही थी।

सैम को लगा कि यह महत्वपूर्ण है। उसे यह जानना था कि सेलेना अपनी कला से क्या कहना चाह रही थी।

सैम ने विंसेंट से छिपे हुए कमरे और बदली हुई कलाकृति के बारे में सवाल करने का फैसला किया। उन्होंने तुरंत फोरेंसिक विशेषज्ञों की एक टीम को बुलाया।

विंसेंट लिविंग रूम में आगे-पीछे घूम रहा था और परेशान लग रहा था। "ऐसी कौन सी बात है, जो आप समझना चाहते हैं?" उसने पूछा, उसकी आवाज़ धीमी थी।

सैम ने छिपे हुए कमरे की एक तस्वीर निकाली। "यह। आप इसके बारे में क्या जानते हैं?"

विंसेंट की आँखें चौड़ी हो गईं। "यह आपको कहां से मिला?"

सैम ने उत्तर दिया, "यह आपके तहखाने में एक छिपा हुआ कमरा है।" "और ये... ये सेलेना की कलाकृतियाँ हैं, है ना?"

विंसेंट ने धीरे से सिर हिलाया। "हाँ। मैं...मुझे नहीं पता था कि वह इस तरह की किसी चीज़ पर काम कर रही थी।"

सैम ने भौंहें ऊपर उठाईं। "तुम्हें पता नहीं था? या तुम जानना नहीं चाहते थे?"

विंसेंट ने आह भरी। "मैं उसके करियर में उसकी मदद करने की कोशिश कर रहा था। मुझे लगा कि यह उसे मशहूर बनाने का एक तरीका है।"

सैम की आंखें सिकुड़ गईं. "अपनी नकली कला अमीर लोगों को बेचकर?"

विंसेंट ने सिर हिलाया। "नहीं, नहीं, बिल्कुल नहीं! मैं ऐसा कभी नहीं करूंगा!"

सैम आश्वस्त नहीं था। वह जानता था कि विंसेंट प्रोजेक्ट एक्स में शामिल था, और उसे संदेह था कि वह सेलेना की हत्या में शामिल था।

"हम प्रोजेक्ट एक्स के बारे में जानते हैं," सैम ने कहा, उसकी आँखें विंसेंट पर टिकी थीं। "हम जानते हैं कि आप अमीर लोगों को नकली कला बेचने में शामिल थे।"

विंसेंट असहजता से अपनी कुर्सी पर बैठे। "मैं... मेरा इरादा इतनी दूर तक जाने का नहीं था," उसने हकलाते हुए कहा। "मैं बस जल्दी से पैसा कमाना चाहता था।"

सैम की अभिव्यक्ति ठंडी हो गई. "आपने सेलेना के साथ अपने संबंध का इस्तेमाल उसकी नकली कला बेचने के लिए किया, है ना?"

विंसेंट ने धीरे से सिर हिलाया। "हाँ... मुझे खेद है। मेरा इरादा उसे चोट पहुँचाने का नहीं था।"

सैम का गुस्सा उबल पड़ा. "तुम्हें खेद है? तुम्हें खेद है? तुम ही हो जिसने उसे मार डाला!"

विंसेंट ने चौंककर ऊपर देखा। "क्या? नहीं! मैंने उसे नहीं मारा!"

सैम की आंखें सिकुड़ गईं. "हम इसके बारे में देखेंगे। हम सेलेना की मौत के समय के लिए आपके बहाने की जांच करेंगे।"

विंसेंट का चेहरा पीला पड़ गया. "मैं... मैं अपने बिजनेस पार्टनर एलन कॉलिन्स के साथ था।"

सैम ने भौंहें ऊपर उठाईं। "एलन कॉलिन्स? कॉलिन्स इनकॉर्पोरेशन के सीईओ?"

विंसेंट ने सिर हिलाया। "हाँ... वह इस बारे में मेरी गारंटी ले सकता है।"

सैम को लगा कि कुछ ठीक नहीं है। उन्होंने एलन कोलिन्स से मिलने का फैसला किया।

सैम ने विंसेंट की और जांच करने का फैसला किया, विशेष रूप से सेलेना के उसके पिता और एलन कोलिन्स के साथ संबंधों के बारे में।

विंसेंट घबराया हुआ लग रहा था, अपनी सीट पर छटपटा रहा था। "आप क्या जानना चाहते हैं?" उसने अपना अपराध छिपाने की कोशिश करते हुए पूछा।

सैम ने सेलेना की कलाकृति की एक तस्वीर निकाली। "हमें यह उसके स्टूडियो में मिला। ऐसा लगता है जैसे वह अपने पिता और एलन कोलिन्स के साथ अपने संबंधों के बारे में कई श्रृंखलाओं पर काम कर रही थी। क्या आप इसके बारे में कुछ जानते हैं?"

विंसेंट झिझका, फिर धीरे से सिर हिलाया। "हां... मुझे इसके बारे में पता था। सेलेना ने मुझे अपने पिता के साथ अपने संघर्षों के बारे में बताया था। उसे ऐसा महसूस हुआ जैसे वह उसका दम घोंट रहा था, उसकी कलात्मक शैली को नियंत्रित करने की कोशिश कर रहा था।"

सैम की आंखें सिकुड़ गईं. "और एलन कोलिन्स के बारे में क्या? क्या उसने उसके बारे में भी आप पर विश्वास किया था?"

विंसेंट असहजता से स्थानांतरित हो गया। "हाँ... उसने ऐसा किया था। सेलेना उससे निराश थी, उसे लग रहा था कि वह उसे अपने फायदे के लिए इस्तेमाल कर रहा है। वह अक्सर उसे ऐसी कला बनाने के लिए उकसाता था जो अच्छी तरह से बिकती हो, बजाय इसके कि वह वास्तव में क्या बनाना चाहती थी।"

सैम का शक बढ़ता गया, "क्या आपको लगता है कि एलन कोलिन्स का सेलेना की मौत से कोई लेना-देना था?"

विंसेंट ने सिर हिलाया। "मैं ऐसा नहीं सोचता... लेकिन मैंने देखा कि सेलेना अंत तक उसके आसपास अधिक से अधिक पीछे हटने लगी थी।

वह दूर थी, जैसे वह उससे या किसी चीज़ से डर रही थी।"

सैम ने एलन कोलिन्स की आगे जांच करने के लिए एक मानसिक नोट बनाया।

सैम ने सेलेना के प्रति लुकास मार्टिन के व्यवहार की जांच करने का निर्णय लिया, यह देखने के लिए कि क्या यह अपमानजनक या नियंत्रणकारी था। वह और उनकी टीम कुछ कठिन प्रश्न पूछने के लिए तैयार होकर लुकास के कार्यालय गए।

लुकास शुरू से ही रक्षात्मक था। उन्होंने ऊंची आवाज में कहा, "मैंने अपनी बेटी को ठेस पहुंचाने के लिए कुछ नहीं किया।"

सैम ने सेलेना की डायरी की एक प्रति निकाली। "हमें कुछ प्रविष्टियाँ मिली हैं जो अन्यथा सुझाव देती हैं। ऐसा लगता है कि आप उस पर ऐसी कला बनाने का दबाव डाल रहे थे जिससे आपको गर्व हो, बजाय इसके कि वह उसे अपनी रचनात्मक दृष्टि का पालन करने दे।"

लुकास का चेहरा गुस्से से लाल हो गया। "यह सच नहीं है! मैं बस उसे सफल होने में मदद करने की कोशिश कर रहा था!"

सैम की आंखें सिकुड़ गईं. "उसे सफल होने में मदद करें? या उसे नियंत्रित करें? हमें इस बात के भी सबूत मिले हैं कि आप प्रोजेक्ट एक्स में शामिल थे, अमीर लोगों को नकली कला बेच रहे थे। क्या आपने सेलेना की प्रतिभा का इस्तेमाल अपने फायदे के लिए किया?"

लुकास की अभिव्यक्ति क्रोध से अपराधबोध में बदल गई। "मैं... मेरा इरादा इतनी दूर तक जाने का नहीं था। मैं बस जल्दी से पैसा कमाना चाहता था।"

सैम को लगा कि लुकास कुछ छिपा रहा है। उन्होंने कहा, "मुझे लगता है कि आप हमें पूरी सच्चाई नहीं बता रहे हैं।" "हमें आगे की जांच करनी होगी।"

सैम और उनकी टीम ने प्रोजेक्ट एक्स में शामिल होने के सबूत के लिए लुकास के कार्यालय और घर की तलाशी ली। उन्हें उसके कंप्यूटर पर एक छिपा हुआ फ़ोल्डर मिला जिसमें नकली कला योजना से संबंधित ईमेल और दस्तावेज़ थे। विशेष रूप से एक ईमेल ने सैम का ध्यान खींचा:

विषय: एलन कोलिन्स के साथ बैठक

प्रिय लुकास,

मुझे सेलेना से नकली कलाकृतियों का नया बैच मिला है। वे हमेशा की तरह बहुत अच्छे लग रहे हैं। मैंने अगले सप्ताह कुछ संभावित खरीदारों के साथ एक बैठक निर्धारित की है। यदि आप हमारे साथ जुड़ने के लिए तैयार हैं तो मुझे बताएं।

सम्मान,
एलन

सैम की आँखें सिकुड़ गईं, उसने सोचा "यह इस बात का ठोस सबूत लगता है कि एलन कोलिन्स योजना में शामिल था, और लुकास को इसके बारे में पता था।"

सैम और उनकी टीम ने लुकास के कार्यालय और घर की खोज जारी रखी, और उसके और प्रोजेक्ट एक्स के बीच किसी संबंध की तलाश की।

उन्हें "पर्सनल कॉरेस्पोंडेंस" (Personal Correspondence) लेबल वाला एक फ़ोल्डर मिला जिसमें सेलेना द्वारा अपने पिता को लिखे गए पत्र थे। पहला पत्र तब का था जब सेलेना एक छोटी लड़की थी:

पिताजी, मैं आपसे बहुत निराश हूं।

आप हमेशा मुझे ऐसी कला बनाने के लिए प्रेरित करते हैं जो आपको लगता है कि काफी अच्छी है, लेकिन यह वह नहीं है जो मैं करना चाहती हूं।

मुझे ऐसा लग रहा है जैसे आप मेरा दम घोंट रहे हैं, जैसे आप मेरी हर हरकत को नियंत्रित करने की कोशिश कर रहे हैं।

मैं बस आपके हस्तक्षेप के बिना, जो मैं चाहती हूं उसे बनाने के लिए स्वतंत्र होना चाहती हूं।

कृपया मेरी बात सुनें। मैं सिर्फ आपकी बेटी नहीं हूं, मैं एक कलाकार भी हूं।

अगला पत्र कुछ साल बाद का था:

पिताजी, मैं हाल ही में हमारी बातचीत के बारे में बहुत सोच रही हूं।

अब मुझे एहसास हुआ कि आप मुझे नियंत्रित करने की कोशिश नहीं कर रहे हैं, आप बस मुझे सफल होने में मदद करने की कोशिश कर रहे हैं।

लेकिन कभी-कभी आपके तरीके मेरा दम घोंट देते हैं।

मुझे ऐसा लग रहा है जैसे मैं सभी दबावों और अपेक्षाओं में खुद को खो रही हूं।

क्या हम समझौता करने का कोई रास्ता खोज सकते हैं?

क्या हम आपके लिए मुझे रोके बिना, वह कलाकार बनने का कोई रास्ता खोज सकते हैं जो मैं बनना चाहती हूं?

पत्र पढ़ते समय सैम की आँखें चौड़ी हो गईं।

ऐसा लगता था कि सेलेना का अपने पिता के साथ रिश्ता जटिल था, दोनों तरफ हताशा और निराशा की भावनाएँ थीं।

सैम ने एलन कोलिन्स के साथ सेलेना के संबंधों की और जांच करने का फैसला किया, यह देखने के लिए कि क्या उसे नकली कला योजना के बारे में पता था।

सैम और उनकी टीम सेलेना के अपार्टमेंट में गई और ऐसे किसी सबूत की तलाश की जो उसे इस परियोजना से जोड़ सके।

जैसे ही उन्होंने खोजा, उन्हें प्रोजेक्ट एक्स से संबंधित दस्तावेजों और रसीदों से भरा एक फ़ोल्डर मिला।

ऐसा लगता है जैसे सेलेना को इस योजना के बारे में पता था, लेकिन वह इसे अपनी कला परियोजनाओं को वित्त पोषित करने के तरीके के रूप में उपयोग कर रही थी।

सवाल यह था कि क्या उसे बेची जा रही नकली कला के बारे में पता था, या वह बस बेखबर थी?

सैम की टीम को सेलेना की डायरी से एक फटा हुआ कागज भी मिला:

मैं इस बारे में बहुत दोषी महसूस कर रही हूं।

मुझे पता है कि यह गलत है, लेकिन एलन मुझसे वादा कर रहा है कि इससे मुझे अपने कला करियर को आगे बढ़ाने में मदद मिलेगी।

वह कहता है कि यह जल्दी से बहुत सारा पैसा कमाने का एक तरीका है, और फिर मैं अपनी वास्तविक कला पर ध्यान केंद्रित कर सकती हूं।

लेकिन अंदर से मैं जानती हूं कि यह सही नहीं है।

मुझे ऐसा लग रहा है कि मैं अपनी ईमानदारी से समझौता कर रही हूं।

मैं इस स्थिति से बाहर निकलने के तरीके ढूंढने की कोशिश कर रही हूं, लेकिन एलन मेरे दिमाग को नियंत्रित करने में वास्तव में अच्छा है।

वह मुझे ऐसा महसूस कराता है जैसे मैं उसका ऋणी हूं, जैसे मैं उसकी कर्जदार हूं।

मुझे नहीं पता कि क्या करना है।

इस प्रविष्टि से पता चलता है कि सेलेना को नकली कला योजना के बारे में पता था, लेकिन वह अपने कला करियर को आगे बढ़ाने की इच्छा और इस योजना पर अपनी नैतिक आपत्तियों के बीच फंसी हुई थी।

सैम ने एलन कोलिन्स या अन्य प्रोजेक्ट एक्स सदस्यों के साथ संचार के किसी भी सबूत के लिए सेलेना के कंप्यूटर और फोन रिकॉर्ड की खोज करने का फैसला किया।

सैम और उनकी टीम को सेलेना और एलन के बीच ईमेल और टेक्स्ट की एक श्रृंखला मिली, जिसमें अमीर संग्राहकों को उसकी कलाकृतियों की बिक्री पर चर्चा की गई थी।

विशेष रूप से एक ईमेल ने उनका ध्यान खींचा:

नमस्ते सेलेना, आपके नवीनतम उत्पाद के लिए मेरे पास एक संभावित खरीदार मौजूद है। वे शीर्ष डॉलर का भुगतान करने को तैयार हैं, लेकिन मैं चाहता हूं कि आप प्रतिबद्धता जताने से पहले कलाकृति में कुछ छोटे बदलाव करें। बस यहां-वहां कुछ ब्रशस्ट्रोक। मैं जानता हूं कि यह आदर्श नहीं है, लेकिन लंबे समय में यह इसके लायक होगा।

टीम को एलन से सेलेना को भेजा गया एक टेक्स्ट संदेश भी मिला:

नमस्ते, मैं बस आपको याद दिलाना चाहता हूं कि आप पर मेरा एक कर्ज़ है। यह मत भूलो कि तुम्हें इस उद्योग में कौन लाया।

इन संचारों से पता चला कि सेलेना को नकली कला योजना के बारे में पता था और वह इसमें शामिल थी। सैम ने खुद से पूछा, लेकिन क्या वह सिर्फ एक अनजान भागीदार थी, या क्या उसे घोटाले की पूरी जानकारी थी?

सैम की टीम ने प्रोजेक्ट एक्स में सेलेना की भागीदारी के किसी अन्य सबूत की तलाश जारी रखी। उन्हें एक स्थानीय कला आपूर्ति स्टोर से एक रसीद मिली, जिसके पीछे एक नोट था जिसमें लिखा था:

प्रति: सेलेना डब्ल्यू.
प्रेषक: एलन जे.
प्रति: 'प्रोजेक्ट एक्स' के लिए कला सामग्री
राशि: $500
दिनांक: 02/15/2023

इस रसीद से पता चलता है कि सेलेना विशेष रूप से प्रोजेक्ट एक्स के लिए कला आपूर्तियाँ खरीद रही थी, लेकिन इसने योजना में उसकी भागीदारी का कोई स्पष्ट सबूत नहीं दिया।

जैसे ही उन्होंने सेलेना के सामान की खोज जारी रखी, उन्हें उनके कला करियर से संबंधित दस्तावेजों और रसीदों से भरा एक फ़ोल्डर मिला।

उनमें उसके पिता, लुकास मार्टिन का एक पत्र था, जिसमें उसे एक प्रतिष्ठित आर्ट गैलरी में उसकी हालिया बिक्री पर बधाई दी गई थी।

पत्र हार्दिक और उत्साहवर्धक था, लेकिन इसने एक गहरे मुद्दे की ओर भी संकेत किया:

सेलेना, तुम जो कलाकार बन रही हो उस पर मुझे बहुत गर्व है।
लेकिन मुझे स्वीकार करना होगा, मुझे चिंता है कि आप अपने ऊपर हावी हो रहे हैं। आप बहुत ज़्यादा काम ले रहे हैं और इसका असर आपके काम पर पड़ रहा है। मैं जानता हूं कि आप अपना नाम बनाने की कोशिश कर रहे हैं, लेकिन आप प्रसिद्धि के लिए अपने जुनून और ईमानदारी का त्याग नहीं कर सकते। याद रखें कि आपने सबसे पहले कला का निर्माण क्यों शुरू किया?

इस पत्र ने सुझाव दिया कि लुकास मार्टिन को सेलेना की कला के साथ संघर्ष और एलन कोलिन्स के साथ उसके संबंधों के बारे में पता था।

सैम की टीम ने किसी अन्य रसीद या दस्तावेज़ की खोज जारी रखी जो सेलेना को प्रोजेक्ट एक्स से जोड़ सकती हो।

उन्हें सेलेना के स्टूडियो में "गोपनीय" (Confidential) लेबल वाला एक फ़ोल्डर मिला, जिसमें कोलिन्स इनकॉर्पोरेशन और विभिन्न कला दीर्घाओं और संग्राहकों के बीच चालान और अनुबंधों की एक श्रृंखला थी। विशेष रूप से एक चालान ने उनका ध्यान खींचा:

चालान #123456

दिनांक: 02/20/2023

प्रति: कलात्मक दृष्टि गैलरी (Artistic Vision Gallery)

प्रेषक: कॉलिन्स इनकॉर्पोरेशन

किस लिए: कला कृति #ए-001

राशि: $100,000

चालान में सुझाव दिया गया कि कोलिन्स इनकॉर्पोरेशन ने कलात्मक दृष्टि गैलरी को एक नकली कला कृति बेची थी, जिसका स्वामित्व एक धनी संग्रहकर्ता के पास था।

यह प्रोजेक्ट एक्स में सेलेना की भागीदारी का सबूत हो सकता है, लेकिन यह स्पष्ट नहीं है कि उसे इस योजना के बारे में पता था या नहीं।

जैसे ही उन्होंने दस्तावेज़ों की समीक्षा करना जारी रखा, उन्हें सेलेना का स्वयं के लिए एक नोट मिला, जो हाशिये पर लिखा हुआ था:

मैं दूसरों के लिए सृजन के इस चक्र में फँसकर बहुत थक गई हूं।

मैं कुछ ऐसा बनाना चाहती हूं जिसका कुछ मतलब हो, कुछ ऐसा जो मेरे

दिल से निकले।

लेकिन हर बार जब मैं कोशिश करती हूं, मुझे ऐसा लगता है कि मुझे वापस अंदर खींच लिया जा रहा है।
मुझे इससे बाहर निकलने का रास्ता ढूंढने की जरूरत है। मुझे खुद के प्रति सच्चा होने का रास्ता खोजने की जरूरत है।

यह नोट प्रोजेक्ट एक्स में अपनी भूमिका से सेलेना की निराशा और इस चक्र से मुक्त होने की उसकी इच्छा का संकेत देता है।

सेलेना की नोटबुक

मुझे हाल ही में ये अजीब सपने आ रहे हैं।

सपने में मैं एक कैनवास के सामने खड़ी हूं, जो रंगों और आकृतियों से घिरी हुई है।

लेकिन जब मैं नीचे देखती हूं तो मुझे एहसास होता है कि मैंने ब्रश पकड़ रखा है, लेकिन मेरा हाथ अनियंत्रित रूप से कांप रहा है।

मुझे पेंटिंग करना हमेशा से पसंद रहा है, लेकिन हाल ही में यह जुनून से ज्यादा एक कामकाज जैसा लगने लगा है।

मुझे ऐसा लग रहा है जैसे मैं बस हरकतों से गुजर रही हूं।

मुझे फिर से अपनी चिंगारी खोजने की जरूरत है। मुझे वह चीज ढूंढनी है जो मुझे प्रेरित करती है।

सैम की टीम ने सेलेना की पृष्ठभूमि की जांच जारी रखी, ऐसे किसी भी सुराग की तलाश की जो उसे प्रोजेक्ट एक्स से जोड़ सके।

उन्हें सेलेना और एलन कोलिन्स के बीच ईमेल की एक श्रृंखला मिली, जिसमें विभिन्न संग्रहकर्ताओं को कई कलाकृतियों की बिक्री पर चर्चा की गई थी।

विशेष रूप से एक ईमेल ने उनका ध्यान खींचा:

प्रिय सेलेना,

मुझे यह सुनकर बहुत खुशी हुई कि आपकी नवीनतम कला स्मिथ कलेक्शन को बेच दी गई है।

आप सचमुच कला जगत में अपना नाम कमा रहे हैं।

श्रेष्ठ,
एलन

इस ईमेल से पता चलता है कि एलन कोलिन्स न केवल सेलेना का ग्राहक था, बल्कि एक प्रकार का संरक्षक या संरक्षक भी था।

यह स्पष्ट नहीं था कि सेलेना को उसके असली इरादों के बारे में पता था या नहीं, लेकिन ऐसा लगता है कि वह किसी स्तर पर प्रोजेक्ट एक्स में शामिल थी।

जैसे ही उन्होंने ईमेल की समीक्षा करना जारी रखा, उन्हें सेलेना का खुद के लिए लिखा एक नोट मिला, जो हाशिये पर लिखा हुआ था:

मैं यह महसूस करके बहुत थक गई हूं कि मैं किसी और के खेल में सिर्फ एक मोहरा हूं।

मैं एक कलाकार बनना चाहती हूं, फैक्ट्री मशीन नहीं। लेकिन मेरे पास विकल्प ही क्या है?

इससे पहले कि बहुत देर हो जाए, मुझे इस चक्र से बाहर निकलने का रास्ता ढूंढना होगा।

यह नोट प्रोजेक्ट एक्स में अपनी भूमिका के प्रति सेलेना की बढ़ती निराशा और मुक्त होने की उसकी इच्छा का संकेत देता है।

जासूस सैम टेलर ने एलन कोलिन्स की पृष्ठभूमि पर गौर करने और अन्य कला घोटालों या योजनाओं से संबंध खोजने का फैसला किया।

सैम को पता चला कि एलन कोलिन्स का कई हाई-प्रोफाइल कला घोटालों में शामिल होने का इतिहास रहा है, जिसमें 2000 के दशक की शुरुआत में एक प्रमुख जालसाजी गिरोह भी शामिल था।

एलन कोलिन्स की पृष्ठभूमि की जाँच से आलोचकों को चुप कराने और सच्चाई के बहुत करीब आने वालों को बदनाम करने के लिए अपने धन और प्रभाव का उपयोग करने का एक पैटर्न भी सामने आया।

ऐसा प्रतीत होता है कि वह प्रोजेक्ट एक्स में शामिल था, लेकिन उसकी भागीदारी की सीमा अभी भी स्पष्ट नहीं थी।

जैसे-जैसे सैम ने गहराई में जाना जारी रखा, उसे सेलेना की डायरी में गुप्त नोट्स की एक श्रृंखला मिली, जो एलन कोलिन्स के व्यवहार के प्रति उसकी बढ़ती बेचैनी की ओर इशारा कर रही थी:

सेलेना की नोटबुक

मैं एक दुःस्वप्न में फंस गई हूं। एलन सारी डोरियां खींच रहा है, और मैं सिर्फ एक कठपुतली हूं।

मुझे बाहर निकलने की ज़रूरत है, लेकिन मुझे नहीं पता कि कैसे। मैं उसका सामना करने से बहुत डरती हूं, और मैं दौड़ते रहने के लिए बहुत थक गई हूं।

मुझे ऐसा लग रहा है जैसे मैं इस सब में खुद को खो रही हूं। मुझे फिर से अपनी आवाज ढूंढने की जरूरत है।

इन नोट्स से पता चलता है कि सेलेना को एलन की असली प्रकृति के बारे में पता था, लेकिन वह कार्रवाई करने से बहुत डरती थी।

जासूस सैम टेलर ने यह देखने के लिए एलन कोलिन्स के वित्तीय रिकॉर्ड को देखने का फैसला किया कि क्या प्रोजेक्ट एक्स से संबंधित कोई संदिग्ध लेनदेन था।

वारंट प्राप्त करने के बाद, उन्होंने कोलिन्स इनकॉर्पोरेशन के वित्तीय डेटाबेस तक पहुंच बनाई और किसी भी असामान्य लेनदेन की खोज शुरू कर दी।

जैसे ही उन्होंने रिकॉर्ड खंगाले, उन्होंने कोलिन्स इंक. से विभिन्न अपतटीय खातों में बड़े पैमाने पर हस्तांतरण की एक श्रृंखला देखी।

सभी हस्तांतरण 10,000 डॉलर से कम के थे, लेकिन लेनदेन की आवृत्ति और निरंतरता ने संदेह पैदा कर दिया।

सैम को एलन कोलिन्स का स्वयं के लिए एक ज्ञापन भी मिला, जिसमें एक "विशेष परियोजना" (special project) पर चर्चा की गई थी जिसके लिए "अतिरिक्त धन" (additional funding) की आवश्यकता थी।

मेमो कई महीने पहले का था, और इसमें उल्लेख किया गया था कि परियोजना "उच्च-जोखिम, उच्च-इनाम" थी।

इस नई जानकारी से सैम को संदेह हुआ कि एलन कोलिन्स किसी अवैध चीज़ में शामिल हो सकता है, संभवतः प्रोजेक्ट एक्स से संबंधित।

लेकिन कोई भी आरोप लगाने से पहले उन्हें अभी भी और सबूत की जरूरत है।

जासूस सैम टेलर ने प्रोजेक्ट एक्स के किसी अन्य सबूत की खोज जारी रखी, किसी भी सुराग के लिए सेलेना के स्टूडियो और कार्यालय की छानबीन की।

सैम को एक छोटी सी नोटबुक मिली जिसमें कई पन्नों पर लिखे नोट्स थे, जो जल्दबाजी में लिखे गए लग रहे थे।

... इस जहरीली स्थिति से बाहर निकलना होगा... झूठ बोलकर नहीं जी सकती... उन्हें बेनकाब करने का तरीका ढूंढने की जरूरत है... लेकिन कैसे?...बहुत कुछ दांव पर है...

नोट्स सेलेना की उस स्थिति से बचने की हताशा का संकेत मिलता है जिसमें वह थी, लेकिन यह स्पष्ट नहीं था कि वह किस बात का जिक्र कर रही थी।

सैम ने लुकास मार्टिन से उसकी बेटी के रिश्तों और परिचितों के बारे में अधिक प्रश्न पूछने के लिए एक मानसिक नोट बनाया।

जैसे ही सैम ने खोज जारी रखी, उसे एक कला आपूर्ति स्टोर से कई महीने पहले की एक रसीद मिली।

रसीद में बड़ी मात्रा में उच्च-गुणवत्ता वाले कैनवास और पेंट, साथ ही दुर्लभ रंगद्रव्य और अनुकूलित ब्रश जैसी कुछ असामान्य वस्तुएं सूचीबद्ध थीं।

सैम सोच रहा था कि क्या ये वस्तुएं प्रोजेक्ट एक्स से संबंधित हो सकती हैं। उसने कला आपूर्ति स्टोर की जांच करने के लिए एक नोट बनाया और जांच की कि क्या उनके पास सेलेना की खरीदारी का कोई निगरानी फुटेज है।

जासूस सैम टेलर ने यह देखने के लिए लुकास मार्टिन के वित्तीय रिकॉर्ड को देखने का फैसला किया कि क्या उसका प्रोजेक्ट एक्स से कोई संबंध है।

वारंट प्राप्त करने के बाद, उन्होंने लुकास मार्टिन के वित्तीय डेटाबेस तक पहुंच बनाई और किसी भी असामान्य लेनदेन की खोज शुरू कर दी।

जैसे ही उन्होंने रिकॉर्ड्स को खंगाला, उन्होंने लुकास मार्टिन के व्यक्तिगत खाते से विभिन्न कला दीर्घाओं और संग्राहकों में कुछ बड़े हस्तांतरण देखे।

हालाँकि, कोई भी स्थानांतरण संदिग्ध या सामान्य से बाहर नहीं लगा।

सैम जांच बंद करने ही वाले थे कि उन्हें एक लेन-देन में एक छोटी, लगभग अगोचर विसंगति दिखाई दी।

ऐसा प्रतीत हुआ कि लुकास मार्टिन ने "एस.एम." नाम से एक खाते में थोड़ी सी धनराशि हस्तांतरित की थी। - सेलेना के आद्याक्षर।

इस नई जानकारी ने उत्तर से अधिक प्रश्न खड़े कर दिये।

सैम ने खुद से पूछा, "क्या लुकास मार्टिन प्रोजेक्ट एक्स में शामिल था? और यदि हां, तो उसका अपनी बेटी के साथ क्या रिश्ता था?"

जासूस सैम टेलर ने संदिग्ध लेनदेन और मेमो के बारे में एलन कोलिन्स से पूछताछ करने का फैसला किया।

उन्होंने निष्पक्ष रहने और किसी नतीजे पर न पहुंचने की कोशिश करते हुए उनके कार्यालय में उनके साथ एक बैठक निर्धारित की।

जब वे कार्यालय पहुंचे, तो एलन कोलिन्स के सहायक ने उनका स्वागत किया, जो उन्हें अपने कार्यालय तक ले गया।

एलन कोलिन्स अपनी मेज के पीछे शांत और संयमित दिख रहे थे।

"तो, मैं तुम्हारे लिए क्या कर सकता हूँ, जासूस?" उसने अपनी कुर्सी पर पीछे झुकते हुए पूछा।

सैम ने उत्तर दिया, "हम सेलेना मार्टिन की मौत की जांच कर रहे हैं।" "और हमें आपके वित्तीय रिकॉर्ड में कुछ संदिग्ध लेनदेन मिले। क्या आप बता सकते हैं कि क्या हो रहा है?"

एलन कोलिन्स मुस्कुराए, उनकी आँखें मनोरंजन से चमक रही थीं। "ओह, आप आर्टिस्टिक विज़न गैलरी (Artistic Vision Gallery) में मेरे द्वारा किए गए छोटे से 'निवेश' (investment) की बात कर रहे हैं? वह बस एक... व्यावसायिक अवसर था जिसे मैं तलाश रहा था।"

सैम ने भौंहें ऊपर उठाईं। "एक निवेश? यहाँ से ऐसा नहीं दिखता। ऐसा लगता है कि आप नकली कला बिक्री के लिए धन दे रहे हैं।"

एलन कोलिन्स हँसे। "आह, नहीं। नहीं, नहीं, नहीं। ऐसा बिल्कुल नहीं हो रहा है। आप बस स्थिति को गलत समझ रहे हैं।"

सैम ने दबाव डाला, यह महसूस करते हुए कि एलन कोलिन्स कुछ छिपा रहा था। "और इस ज्ञापन के बारे में क्या? जिसमें एक 'विशेष परियोजना' का उल्लेख है जिसके लिए 'अतिरिक्त धन' की आवश्यकता है?"

एलन कोलिन्स की अभिव्यक्ति बदल गई, उसकी आँखें थोड़ी सिकुड़ गईं। "वो? ओह, वो बस एक... छोटा सा साइड प्रोजेक्ट था जिस पर मैं काम कर रहा था। चिंता की कोई बात नहीं।"

सैम आश्वस्त नहीं था। वह बता सकता था कि एलन कोलिन्स कुछ छिपा रहा था, लेकिन वह नहीं जानता था कि क्या।

जासूस सैम टेलर आगे की ओर झुक गया; उसकी आँखें एलन कोलिन्स पर टिक गईं। "आप जो बेच रहे हैं, मैं उसे नहीं खरीद रहा हूँ, एलन। आप सच छुपाने से बच नहीं पाएंगे। वास्तव में इस 'साइड प्रोजेक्ट' और मेमो के साथ क्या हो रहा है?"

आप सच छुपाने से बच नहीं पाएंगे। वास्तव में इस 'साइड प्रोजेक्ट' और मेमो के साथ क्या हो रहा है?" सैम ने पूछा

एलन कोलिन्स ने आह भरी, उसकी अभिव्यक्ति और अधिक तनावपूर्ण हो गई। "ठीक है, ठीक है। मैं आपको बताऊंगा। लेकिन आपको यह समझना होगा कि यह सिर्फ एक छोटी सी, अलग-थलग घटना थी। एक गलती जिसे बढ़ा-चढ़ाकर पेश किया गया है।"

सैम की अंतर्ज्ञान ने उसे बताया कि एलन कोलिन्स कुछ बड़ा छिपा रहा था, लेकिन उसने प्रयास जारी रखने का फैसला किया। "कैसी गलती?" सैम ने पूछा

एलन कोलिन्स बोलने से पहले झिझके। "मैंने...एक दोस्त को कुछ पैसे उधार (loan) दिए हैं जो अपने कला करियर को आगे बढ़ाने के लिए संघर्ष कर रहा था। वह एक नए काम पर काम कर रहा था, और मुझे लगा कि इसमें क्षमता है। इसलिए, मैंने...इसमें निवेश किया।"

सैम ने भौंहें ऊपर उठाईं। "उधार? आपने मेमो में इसे 'विशेष परियोजना' कहा है, उधार नहीं।"

एलन कोलिन्स का चेहरा लाल हो गया। "मैं... हो सकता है कि मैंने ग़लत बोल दिया हो। यह एक उधार था, हाँ। लेकिन यह एक विशेष उधार था, क्योंकि यह एक बहुत ही विशिष्ट उद्देश्य के लिए था।"

सैम की आंत ने उसे बताया कि एलन कोलिन्स एक साधारण उधार के डूब जाने से भी अधिक भयावह बात छिपा रहा था।

सैम ने आगे पूछने का फैसला किया। "क्या उद्देश्य?" सैम ने पूछा

एलन कोलिन्स की आवाज़ फुसफुसाहट में बदल गई। "वह एक बहुत ही समझदार संग्राहक के लिए एक कृति पर काम कर रहा था। कोई ऐसा व्यक्ति जो सही कलाकृति के लिए शीर्ष डॉलर का भुगतान करेगा।"

रौम का दिमाग संभावनाओं से दौड़ रहा था। उसने खुद से पूछा "क्या एलन कोलिन्स किसी प्रकार की कला धोखाधड़ी योजना में शामिल था? क्या सेलेना किसी तरह इसमें उलझ गई थी?"

जासूस सैम टेलर ने प्रोजेक्ट एक्स में लुकास मार्टिन की भागीदारी के बारे में एलन कोलिन्स से पूछने का फैसला किया।

"एलन, मुझे पता है कि आप मेमो और 'साइड प्रोजेक्ट' के महत्व को कम करने की कोशिश कर रहे हैं, लेकिन मुझे लगता है कि लुकास मार्टिन जितना बता रहा है, उससे कहीं अधिक इसमें शामिल है," सैम ने कहा, उसकी आँखें एलन पर टिकी हुई थीं।

एलन कोलिन्स की अभिव्यक्ति सतर्क हो गई। "मैं नहीं जानता कि आप किस बारे में बात कर रहे हैं, सैम। लुकास मार्टिन सिर्फ एक चिंतित पिता है जो अपनी बेटी को सफल होने में मदद करना चाहता था।"

सैम ने भौंहें उठाईं और पूछा, "चिंतित पिता? मुझे लगता है कि आप कुछ छिपा रहे हैं, एलन। प्रोजेक्ट एक्स में उनकी क्या भागीदारी थी?"

एलन कोलिन्स ने अपनी कनपटी को रगड़ते हुए आह भरी। "ठीक है। यदि आप जानना चाहते हैं, तो लुकास मार्टिन ने प्रोजेक्ट एक्स में निवेश करने के प्रस्ताव के साथ मुझसे संपर्क किया था। वह लाभ की संभावना के बारे में उत्साहित था और इसमें शामिल होना चाहता था।"

सैम की आंखें सिकुड़ गईं, उसने पूछा "और तुमने उससे क्या कहा?"

एलन कॉलिन्स ने तुरंत उत्तर दिया, "मैंने उनसे कहा कि मैं पहले से ही निवेशित हूं और उन्हें अपने स्वयं के व्यावसायिक उद्यमों पर ध्यान केंद्रित करना चाहिए।"

सैम आश्वस्त नहीं था। उसे लग रहा था कि लुकास मार्टिन जितना वह बता रहा था, उससे कहीं अधिक इसमें शामिल था।

जासूस सैम टेलर लुकास मार्टिन के सामने बैठा था, उसकी आँखें उस आदमी की घबराई हुई अभिव्यक्ति पर टिकी थीं।

"लुकास, मुझे पता है कि आप प्रोजेक्ट एक्स में शामिल हैं," सैम ने कहा, उसकी आवाज़ दृढ़ लेकिन नियंत्रित थी। "एलन कोलिन्स ने मुझे बताया कि आपने परियोजना में निवेश करने के प्रस्ताव के साथ उनसे संपर्क किया था।"

सैम पर वापस उतरने से पहले लुकास मार्टिन की नज़र कमरे के चारों ओर घूम गई। "मैं... मुझे नहीं पता कि आप किस बारे में बात कर रहे हैं," वह हकलाते हुए बोला।

सैम ने दस्तावेज़ों और तस्वीरों से भरा एक फ़ोल्डर निकाला। "मूर्ख मत बनो, लुकास। मेरे पास ऐसे सबूत हैं जो तुम्हें प्रोजेक्ट एक्स से जोड़ते हैं। नकली कला अमीर संग्राहकों को बेची गई थी, और मुझे लगता है कि सेलेना इसमें शामिल थी।"

लुकास मार्टिन का चेहरा पीला पड़ गया। "आपको कैसे...? आपको कैसे पता चला?"

सैम आगे की ओर झुक गया, उसकी आँखें लुकास के चेहरे से हट ही नहीं रही थीं। "मेरे पास एक अच्छी टीम है, लुकास। वे सच्चाई को उजागर करने के लिए चौबीसों घंटे काम कर रहे हैं। अब, मुझे प्रोजेक्ट एक्स में अपनी भागीदारी के बारे में बताएं।"

लुकास मार्टिन ने बोलने से पहले एक गहरी साँस ली। "ठीक है। हां, मैं प्रोजेक्ट एक्स में शामिल था। लेकिन यह सिर्फ एक छोटा सा निवेश था, और मैंने सोचा कि यह कुछ अतिरिक्त पैसे (Extra money) कमाने का एक अच्छा तरीका होगा।"

सैम ने भौंहें ऊपर उठाईं। "अतिरिक्त पैसा? आपका मतलब उन लाखों के अलावा है जो आपने पहले ही अपने व्यावसायिक उपक्रमों से कमा लिए हैं?"

लुकास मार्टिन अपनी सीट पर असुविधाजनक ढंग से बैठे। "हां, ठीक है, हो सकता है कि मैं अपने दिमाग पर हावी हो गया हूं। लेकिन मैं आपको विश्वास दिलाता हूं, यह सब सिर्फ एक व्यापारिक सौदा था जो गलत हो गया था।"

सैम का दिमाग संभावनाओं से दौड़ रहा है। उसने सोचा, क्या लुकास मार्टिन सच कह रहा था, या वह कुछ छिपा रहा था?

जासूस सैम टेलर ने उस कलाकार की जांच करने का निर्णय लिया जिसने एलन कोलिन्स से उधार प्राप्त किया था।

सैम कलाकार के स्टूडियो में गया, जो शहर के एक फैशनेबल हिस्से में एक छोटी सी जगह थी।

कलाकार, एक लंबा, पतला आदमी, जिसकी घिनौनी दाढ़ी थी, उसने दरवाज़ा खोला। "क्या मैं आपकी मदद कर सकता हूं?" उसने संदेहास्पद लगते हुए पूछा।

सैम ने अपना बैज दिखाया। "मैं जासूस सैम टेलर हूं। मैं सेलेना मार्टिन की मौत की जांच कर रहा हूं। मैं समझता हूं कि आपको अपने कला प्रोजेक्ट के वित्तपोषण के लिए एलन कॉलिन्स से उधार मिला है।"

कलाकार की आंखें झुक गईं, "इसका किसी भी चीज़ से क्या लेना-देना है?"

सैम ने दस्तावेज़ों से भरा एक फ़ोल्डर निकाला। "मैं आपसे आपके प्रोजेक्ट और सेलेना मार्टिन के साथ आपके संबंधों के बारे में कुछ प्रश्न पूछना चाहता हूं।"

कलाकार ने आह भरी और सैम को अपने स्टूडियो में ले गया। सैम ने देखा कि वह स्थान आधी-अधूरी पेंटिंगों और मूर्तियों से अटा पड़ा था।

"तो, आपका प्रोजेक्ट किस बारे में है?" सैम ने पूछा

कलाकार ने कंधे उचकाए। "यह सिर्फ एक प्रकार की कला है जिस पर मैं काम कर रहा हूं। मैं वास्तव में अपने काम के बारे में तब तक बात नहीं करता जब तक कि यह खत्म न हो जाए।"

सैम की नज़रें कमरे में घूम रही थीं, जिसमें कला सामग्री और आधी-अधूरी कला का विविध मिश्रण नज़र आ रहा था। "और सेलेना मार्टिन से आपका क्या संबंध है?"

कलाकार बोलने से पहले झिझका। "हम एक आर्ट गैलरी के उद्घाटन पर मिले थे। वह वास्तव में मेरे काम में रुचि रखती थी और हमने बातचीत शुरू कर दी। हम दोस्त बन गए।"

सैम ने भौंहें ऊपर उठाईं। "दोस्त?"

कलाकार ने सिर हिलाया, "हाँ, हम कला के बारे में बात करने के लिए मिलेंगे, एक-दूसरे के साथ अपना काम साझा करेंगे... इस तरह की बात।"

रौम को लगा कि कलाकार कुछ छिपा रहा है। उन्होंने आगे पूछने का फैसला किया, "आप मुझे प्रोजेक्ट एक्स के बारे में क्या बता सकते हैं?" सैम ने पूछा

कलाकार की अभिव्यक्ति बदल गई, सैम के चेहरे पर लौटने से पहले उसकी आँखें कमरे के चारों ओर घूम गईं। "मैं नहीं जानता कि आप किस बारे में बात कर रहे हैं," उसने तुरंत कहा।

सैम को उस पर विश्वास नहीं हुआ। जासूस सैम टेलर ने कलाकार से प्रोजेक्ट एक्स में उसकी भागीदारी के बारे में बात करने का फैसला किया।

सैम कलाकार के सामने बैठ गया, उसकी आँखें उस आदमी के चेहरे पर टिकी थीं।

"मुझे पता है कि तुम क्या छुपा रहे हो," सैम ने कहा, उसकी आवाज़ दृढ़ लेकिन नियंत्रित थी। "आप प्रोजेक्ट एक्स में शामिल हैं, है ना?"

कलाकार की आँखें चमक उठीं और वह असहजता से अपनी सीट पर बैठ गया। "मैं नहीं जानता कि आप किस बारे में बात कर रहे हैं," उसने मासूम दिखने की कोशिश करते हुए कहा।

सैम ने दस्तावेज़ों से भरा एक फ़ोल्डर निकाला। "मेरे पास सबूत है कि आपको कॉलिन्स इनकॉर्पोरेशन के सीईओ एलन कॉलिन्स से बड़ी रकम

मिली है। और मेरे पास यह विश्वास करने का कारण है कि यह पैसा अमीर संग्राहकों को नकली कला बेचने की योजना का हिस्सा था।"

कलाकार की अभिव्यक्ति बदल गई, उसकी आँखें सिकुड़ गईं। "आप कुछ भी साबित नहीं कर सकते," उन्होंने कहा, उनकी आवाज़ रक्षात्मक होती जा रही थी।

सैम आगे की ओर झुक गया; उसकी आँखें तीव्र. "मुझे लगता है कि आप कुछ छिपा रहे हैं। और मुझे लगता है कि सेलेना मार्टिन आपके साथ इस योजना में शामिल थी।"

कलाकार का चेहरा पीला पड़ गया और वह सैम से नजरें मिलाने में असमर्थ होकर दूर देखने लगा।

जासूस सैम टेलर ने कलाकार की आगे जांच करने का फैसला किया, ऐसे किसी भी सुराग की तलाश की जो उसे सेलेना की मौत से जोड़ सके।

सैम ने कलाकार के स्टूडियो की समीक्षा करते हुए कई घंटे बिताए, किसी संघर्ष के संकेत या ऐसी किसी वस्तु की तलाश की जिसका इस्तेमाल सेलेना को नुकसान पहुंचाने के लिए किया गया हो।

जैसे ही उसने खोजा, सैम को कलाकार की एक छोटी नोटबुक मिली।

सैम ने सेलेना या प्रोजेक्ट एक्स के संदर्भ की तलाश में पन्ने पलटे। एक नोट ने उसका ध्यान खींचा:

मुझे घबराहट हो रही है, सेलेना बहुत सारे प्रश्न पूछ रही है। मुझे यह सुनिश्चित करना होगा कि उसे पता न चले कि क्या हो रहा है। मैं उस पर नजर रख रहा हूं, यह सुनिश्चित करते हुए कि उसे कुछ भी संदेह न हो।

सैम की आंखें सिकुड़ गईं, उसे लगा, कि यह कलाकार और सेलेना के बीच एक आकस्मिक परिचय से कहीं अधिक है।

सैम ने कलाकार से सेलेना के साथ उसके रिश्ते के बारे में और प्रश्न पूछने के लिए एक मानसिक नोट बनाया।

जासूस सैम ने तुरंत सेलेना की डायरी में कुछ प्रविष्टियाँ खोजीं और कुछ प्रासंगिक पाया।

सेलेना की नोटबुक

मैं हाल ही में बहुत अभिभूत महसूस कर रही हूं।

मैं अपनी कला की मांग को बनाए रखने की कोशिश कर रही हूं, लेकिन यह कठिन है जब आप ऐसे लोगों के साथ काम कर रहे हैं जो कला की परवाह नहीं करते हैं।

उन्हें सिर्फ पैसा कमाने की परवाह है।

मैंने कलाकार को कल रात गैलरी में देखा और वह बहुत घबराया हुआ लग रहा था।
मुझे लगता है कि वह कुछ छिपा रहा है। मुझे इसकी तह तक जाने की ज़रूरत है...

लेकिन फिर मैंने गैलरी में अपने पिता को भी देखा।

पिताजी इतने उदास लग रहे थे, जैसे वह कोई भारी बोझ उठा रहे हों।

पिताजी को क्या हो रहा है?

जासूस सैम टेलर सेलेना की हत्या की तह तक जाने के लिए दृढ़ संकल्पित होकर कलाकार के स्टूडियो में लौट आया।

सैम कलाकार के सामने बैठ गया और वह नोटबुक प्रविष्टि निकालने लगा जो उसे पहले मिली थी।

"मुझे लगता है कि हमें बात करने की ज़रूरत है," सैम ने गंभीर आँखों से कहा।

"आपने अपनी नोटबुक में लिखा था कि सेलेना बहुत सारे सवाल पूछ रही थी और आप यह सुनिश्चित कर रहे थे कि उसे पता न चले कि क्या हो रहा है। क्या आप बता सकते हैं कि इससे आपका क्या मतलब है?"

कलाकार अपनी सीट पर असहजता से हिल गया। "मैं नहीं जानता कि आप किस बारे में बात कर रहे हैं," उसने मासूम दिखने की कोशिश करते हुए कहा।

सैम आगे की ओर झुक गया; उसकी आँखें तीव्र थीं. "मेरे सामने मूर्खतापूर्ण व्यवहार मत करो। मुझे पता है कि तुम प्रोजेक्ट एक्स में शामिल थे, अमीर लोगों को नकली कला बेच रहे थे। और मैं जानता हूं कि सेलेना भी इसमें शामिल थी। उसे क्या पता चला कि तुम इतने घबरा गए?" सैम ने पूछा

कलाकार की अभिव्यक्ति बदल गई, उसकी आँखें गुस्से से चमक उठीं। "मैं नहीं जानता कि आप किस बारे में बात कर रहे हैं," उसने दोहराया, उसकी आवाज ऊंची हो गई।

सैम ने सेलेना की एक तस्वीर और नकली कला का एक टुकड़ा निकाला, उसने पूछा "यह उन टुकड़ों में से एक है जिस पर सेलेना अपनी मृत्यु से पहले काम कर रही थी। यह एक जालसाजी है, है ना?"

कलाकार की आँखें झुक गईं और उसने धीरे से सिर हिलाया। "ठीक है, ठीक है। हाँ, यह नकली है। लेकिन मैंने उसे नहीं मारा।"

जासूस सैम टेलर ने अधिक जानकारी के लिए कलाकार पर दबाव डालने का निर्णय लिया। "तो, आप कह रहे हैं कि आपने सेलेना को नहीं मारा, लेकिन आप उसे अच्छी तरह से जानते थे कि आप उसके आसपास घबराए हुए थे।

क्या आप उसकी मृत्यु के दिन उसके पिता लुकास मार्टिन से मिले थे?" सैम ने पूछा

कलाकार बोलने से पहले झिझका। "हां, मैं उनसे मिला था। वह मेरे स्टूडियो में आए और हमने सेलेना के काम के बारे में बात की।"

सैम की आँखें सिकुड़ गईं और उसने पूछा, "आपने क्या चर्चा की?" कलाकार ने कंधे उचकाए। "मुझे लगता है, बस उसकी कला। वह उसके काम में निवेश करने में रुचि रखता था।"

सैम का दिमाग तेजी से घूम रहा था और उसने खुद से पूछा, लुकास मार्टिन किसी अन्य कलाकार से क्यों मिलेगा और अपनी बेटी की कला में दिलचस्पी क्यों दिखाएगा?

जासूस सैम टेलर ने सेलेना के पिता लुकास मार्टिन से मिलने का फैसला किया।

सैम मार्टिन की हवेली में पहुंचा, जहां उसका स्वागत खुद लुकास ने किया।

"क्या मैं आपकी मदद कर सकता हूँ, जासूस?" लुकास ने पूछा, उसका लहजा विनम्र लेकिन संयमित था।

"हाँ, मिस्टर मार्टिन," सैम ने उत्तर दिया। "मैं आपसे आपकी बेटी की मृत्यु के दिन कलाकार के साथ आपकी मुलाकात के बारे में कुछ प्रश्न पूछना चाहता हूं।"

लुकास की अभिव्यक्ति बदल गई, और एक पल के लिए, सैम को लगा कि उसने अपराध की एक झलक देखी है।

"तुम किस बारे में बात कर रहे हो?" लुकास ने पूछा, उसकी आवाज टालमटोल कर रही थी।

सैम ने अपने नोट्स निकाले और पूछा, "मेरी जानकारी के अनुसार, आप सेलेना की मृत्यु के दिन कलाकार से उसके स्टूडियो में मिले थे। क्या आप मुझे बता सकते हैं कि आपने क्या चर्चा की?"

लुकास बोलने से पहले झिझका। "हां, मैं उनसे मिला था। हमने सेलेना की कला के बारे में बात की थी। वह उनके काम में निवेश करने में रुचि रखते थे।"

सैम की आंखें सिकुड़ गईं, "निवेश? यह एक दिलचस्प शब्द चयन है। इससे आपका क्या मतलब था?"

लुकास अपनी सीट पर असहजता से बैठा। "मेरा मतलब सिर्फ इतना था कि मैं उसके करियर में मदद करना चाहता था। सेलेना एक कलाकार के रूप में गुजारा करने के लिए संघर्ष कर रही थी।"

सैम आश्वस्त नहीं था, उसे लगा कि लुकास के शब्दों में कुछ ऐसा था जिससे उसकी उम्मीद में कुछ खास इजाफा नहीं हुआ।

जासूस सैम टेलर ने लुकास मार्टिन से प्रोजेक्ट एक्स और सेलेना की मौत में उसकी संलिप्तता (involvement) के बारे में पूछताछ करने का फैसला किया।

सैम ने सेलेना की डायरी से एक प्रविष्टि पढ़ना शुरू किया जो कहती है ...

सेलेना की नोटबुक

मैं इस समय अपने पिता से बहुत नाराज हूं।

पिताजी मुझ पर और अधिक 'व्यावसायिक' कला बनाने का दबाव डाल रहे हैं, उनका कहना है कि इससे मुझे आजीविका कमाने में मदद मिलेगी। लेकिन मुझे पता है कि यह वह नहीं है जो मैं वास्तव में करना चाहती हूं। मुझे ऐसा लगता है कि पिताजी को कला के प्रति मेरे जुनून की परवाह नहीं है, केवल पैसा कमाने की परवाह है...

मैं कला को पूरी तरह से छोड़ने और 'असली नौकरी' पाने के बारे में सोच रही हूं।

लेकिन फिर मैं क्या करूंगी?

मैं उसे निराश करने से डरती हूं, लेकिन मैं इस दुनिया में खुद को खोने से भी डरती हूं।

सैम ने लुकास से डायरी में प्रविष्टि के बारे में पूछा। लुकास की अभिव्यक्ति स्पष्ट नहीं थी।

"मिस्टर मार्टिन, मुझे पता चला है कि आप प्रोजेक्ट एक्स के माध्यम से अमीर लोगों को नकली कला बेचने की योजना में शामिल थे। मुझे यह जानना होगा कि क्या आपकी बेटी की मौत में आपकी कोई भागीदारी थी," सैम ने अपने स्वर में दृढ़ता से कहा।

लुकास की अभिव्यक्ति ठंडी हो गई। "मुझे नहीं पता कि आप किस बारे में बात कर रहे हैं। प्रोजेक्ट एक्स सिर्फ एक व्यावसायिक उद्यम था, सेलेना के लिए आजीविका कमाने का एक तरीका था।"

सैम ने प्रोजेक्ट से सेलेना की कलाकृति की एक तस्वीर निकाली। "यह उन टुकड़ों में से एक है जिसे आप प्रोजेक्ट एक्स के माध्यम से प्रचारित कर रहे थे। यह बिल्कुल उसकी शैली नहीं है। उसे नकली कला बनाने के लिए मजबूर किया जा रहा था, है ना?"

लुकास की आँखें सिकुड़ गईं। "मुझे नहीं पता कि आप किस बारे में बात कर रहे हैं। सेलेना अपने काम से खुश थी।"

सैम को लगा कि लुकास झूठ बोल रहा है। "मुझे लगता है कि आप कुछ छिपा रहे हैं, मिस्टर मार्टिन। और मुझे लगता है कि आपकी बेटी प्रोजेक्ट एक्स के बारे में कुछ जानती थी जिसे आप नहीं चाहते थे कि वह साझा करे।"

जासूस सैम टेलर ने लुकास मार्टिन से फिर से सामना करने का फैसला किया, इस बार प्रोजेक्ट एक्स और सेलेना की मौत में एलन कोलिन्स की भागीदारी के बारे में पूछा।

"मिस्टर मार्टिन, मुझे पता है कि आप प्रोजेक्ट एक्स में शामिल हैं। मैं जानना चाहता हूं कि क्या कॉलिन्स इनकॉर्पोरेशन के सीईओ एलन कॉलिन्स भी इसमें शामिल हैं," सैम ने अपने स्वर में दृढ़ता से कहा।

लुकास की अभिव्यक्ति सतर्क हो गई। "मुझे नहीं पता कि आप किस बारे में बात कर रहे हैं। एलन कोलिन्स सिर्फ एक बिजनेस पार्टनर है।"

सैम की आँखें सिकुड़ गईं, उन्होंने कहा, "एक बिजनेस पार्टनर जो सेलेना को प्रोजेक्ट एक्स के लिए नकली कला बनाने के लिए प्रेरित कर रहा था। मुझे लगता है कि आप जितना बता रहे हैं, उससे कहीं ज्यादा उसकी मौत से उसका लेना-देना है।"

लुकास बोलने से पहले झिझका। "एलन... हाँ, उसका सेलेना पर कुछ प्रभाव था। लेकिन मैं कसम खाता हूँ, उसने उसे नहीं मारा।"

सैम ने अपनी फ़ाइल से एलन कोलिन्स की एक तस्वीर निकाली। "मुझे लगता है कि आप कुछ छिपा रहे हैं, मिस्टर मार्टिन। और मुझे लगता है कि एलन कॉलिन्स जितना बता रहे हैं, उससे कहीं अधिक जानते हैं।"

जासूस सैम टेलर ने यह देखने के लिए दोनों व्यक्तियों को एक ही कमरे में एक साथ लाने का फैसला किया कि क्या वे प्रोजेक्ट एक्स और सेलेना की मौत में उनकी भागीदारी के बारे में और अधिक खुलासा करेंगे।

सैम ने कहा, "मिस्टर मार्टिन, मिस्टर कोलिन्स, मुझे सेलेना की मौत की रात के लिए आपके अन्य नामों में कुछ विसंगतियां मिली हैं। मुझे लगता है कि अब समय आ गया है कि हम इस बारे में बात करें कि वास्तव में क्या हुआ था।"

लुकास मार्टिन अपनी सीट पर असुविधाजनक ढंग से बैठे, जबकि एलन कोलिन्स पीछे झुक गए, उनके चेहरे पर आत्मसंतुष्ट भाव थे। लुकास ने कहा, "मुझे नहीं पता कि आप किस बारे में बात कर रहे हैं।"

सैम ने प्रोजेक्ट से सेलेना की कलाकृति की एक तस्वीर निकाली। "यह उन टुकड़ों में से एक है जिसे आप प्रोजेक्ट एक्स के माध्यम से प्रचारित कर रहे थे। यह बिल्कुल उसकी शैली नहीं है। उसे नकली कला बनाने के लिए मजबूर किया जा रहा था, है ना?"

एलन कोलिन्स ने खर्राटा लिया। "जबरदस्ती? नहीं! सेलेना प्रोजेक्ट एक्स का हिस्सा बनकर खुश थी। उसे ध्यान और पैसा पसंद था।"

लुकास की आँखें गुस्से से चमक उठीं। "एलन, यह सच नहीं है। सेलेना प्रोजेक्ट एक्स से दुखी थी। उसे नकली कला बनाने से नफरत थी।"

सैम की आँखें लुकास पर टिक गईं। "और आप इसके बारे में जानते थे, है ना? आप जानते थे कि आपकी बेटी को वह कला बनाने के लिए मजबूर किया जा रहा था जो उसकी नहीं थी।"

लुकास की अभिव्यक्ति लड़खड़ा गई। "मैं... मुझे विवरण के बारे में नहीं पता था, लेकिन मुझे पता था कि वह नाखुश थी।"

सैम ने एलन कोलिन्स की ओर रुख किया। "और आप, मिस्टर कोलिन्स, सेलेना की मौत से आपको क्या फायदा हुआ?"

एलन कोलिन्स ने कंधे उचकाए। "मुझे उसकी मृत्यु से कोई लाभ नहीं हुआ, वास्तव में मैंने बस एक मूल्यवान संपत्ति खो दी।"

जासूस सैम टेलर ने जांच जारी रखने के लिए तीनों संदिग्धों को एक कमरे में एक साथ लाने का फैसला किया।

सैम ने उधार प्राप्त करने वाले कलाकार लुकास मार्टिन और कोलिन्स इनकॉर्पोरेशन के सीईओ एलन कोलिन्स को बुलाया।

तीनों आदमी कमरे में चले आये, घबराये हुए और चिंतित लग रहे थे। सैम ने लुकास से प्रोजेक्ट एक्स में उसकी भागीदारी के बारे में पूछना शुरू किया।

"मिस्टर मार्टिन, क्या आप बता सकते हैं कि आपकी बेटी अमीर लोगों को नकली कला बेचने की योजना में क्यों शामिल थी?"

लुकास असहजता से स्थानांतरित हो गया। "पहले मुझे इसके बारे में पता नहीं था। सेलेना ने मुझे बताया कि वह बस एक व्यावसायिक उद्यम में एक दोस्त की मदद कर रही थी।"

सैम कलाकार की ओर मुड़ा। "और आप, श्रीमान, आप प्रोजेक्ट एक्स से कैसे जुड़े?"

कलाकार बोलने से पहले झिझका। "मैं एक कलाकार के रूप में गुजारा करने के लिए संघर्ष कर रहा था। यहां एलन ने मुझे प्रोजेक्ट एक्स के लिए कला बनाने के लिए उधार की पेशकश की, और वादा किया कि इसमें बहुत सारा पैसा लगेगा।"

सैम ने एलन कोलिन्स की ओर रुख किया। "और आप, श्री कॉलिन्स, आप इस परियोजना में कैसे शामिल हुए?"

एलन की अभिव्यक्ति ठंडी हो गई। "मैंने उन अमीर लोगों को नकली कला बेचकर बहुत सारा पैसा कमाने का अवसर देखा, जो इससे बेहतर कुछ नहीं जानते थे।"

सैम की आंखें सिकुड़ गईं. "मुझे लगता है कि आप सभी कुछ छिपा रहे हैं। मुझे आपसे फिर से पूछना चाहिए: सेलेना की मौत की रात क्या हुआ था?"

तीनों लोग घबराई हुई नज़रों से एक-दूसरे पर नज़र डालते थे।

लुकास ने कहा, "मुझे नहीं पता कि क्या हुआ। सेलेना की मृत्यु के समय मैं अपनी पत्नी के साथ था।"

कलाकार ने अपना सिर हिलाया और कहा, "मैं अपने स्टूडियो में अकेला था, एक नए टुकड़े पर काम कर रहा था।"

एलन कोलिन्स की अभिव्यक्ति गणनात्मक हो गई। उसने कहा, "मैं कुछ निवेशकों के साथ एक बैठक में था और प्रोजेक्ट एक्स के भविष्य पर चर्चा कर रहा था।"

सैम को लगा कि उनमें से एक झूठ बोल रहा है। सैम ने प्रत्येक संदिग्ध का उनके बहाने से साक्ष्य के साथ सामना करने का निर्णय लिया।

सैम ने लुकास मार्टिन को पुकारा, "मिस्टर मार्टिन, मेरे पास सबूत है कि सेलेना की मृत्यु के समय आप अपनी पत्नी के साथ नहीं थे। क्या आप बता सकते हैं कि आपका बहाना मृत्यु के समय से मेल क्यों नहीं खाता?"

लुकास की आँखें आश्चर्य से फैल गईं। "आप किस बारे में बात कर रहे हैं? मैं अपनी पत्नी के साथ कंट्री क्लब में डिनर कर रहा था। मैं इसकी पुष्टि के लिए एक रसीद और गवाह पेश कर सकता हूं।"

सैम ने लुकास की प्रतिक्रिया पर ध्यान देते हुए सिर हिलाया। "मुझे उस जानकारी को सत्यापित करना होगा, मिस्टर मार्टिन।

और आपके बारे में क्या, सर?" सैम कलाकार की ओर मुड़ा। "क्या आप बता सकते हैं कि आपका बहाना मृत्यु के समय से मेल क्यों नहीं खाता?"

कलाकार असहज रूप से स्थानांतरित हो गया। "मैं... मैं अपने स्टूडियो में एक नए टुकड़े पर काम कर रहा था। मुझे समय का ध्यान ही नहीं रहा।" सैम ने भौंहें ऊपर उठाईं। "आपका स्टूडियो शहर के दूसरी तरफ है। सेलेना के स्टूडियो से वहां पहुंचने में आपको कम से कम 30 मिनट लगेंगे।"

कलाकार बोलने से पहले झिझका। "मैं... मैंने टैक्सी ले ली थी।"

सैम की आंखें सिकुड़ गईं, "और आपके बारे में क्या, श्री कॉलिन्स?" सैम ने एलन कोलिन्स की ओर रुख किया। "क्या आप बता सकते हैं कि आपका बहाना मृत्यु के समय से मेल क्यों नहीं खाता?"

एलन कोलिन्स ठंडे स्वर में मुस्कुराए। "मैं निवेशकों के साथ एक बैठक में था, प्रोजेक्ट एक्स के भविष्य पर चर्चा कर रहा था। मैं इसका समर्थन करने के लिए दस्तावेज और गवाहों के बयान प्रदान कर सकता हूं।"

सैम को लग रहा था कि इनमें से एक या अधिक संदिग्ध झूठ बोल रहे हैं।

जासूस सैम टेलर ने प्रोजेक्ट एक्स के साथ सेलेना के संघर्षों के सबूतों के साथ प्रत्येक संदिग्ध का सामना करने का निर्णय लिया।

सैम ने लुकास मार्टिन को बुलाया, "मिस्टर मार्टिन, मेरे पास सबूत है कि आपकी बेटी प्रोजेक्ट एक्स में अपनी भागीदारी से नाखुश थी। क्या आप उसके संघर्षों के बारे में जानते हैं?"

लुकास की अभिव्यक्ति कठोर हो गई। "बेशक, मुझे पता था कि वह नाखुश थी। लेकिन मुझे नहीं लगा कि यह कोई बड़ी बात थी। वह बस एक

दौर से गुजर रही थी।"

सैम की आंखें सिकुड़ गईं. "एक दौर? उसकी डायरी प्रविष्टियों से पता चलता है कि वह परियोजना में फँसी हुई और चालाकी से काम कर रही थी। क्या आप प्रोजेक्ट एक्स छोड़ने की उसकी योजना के बारे में जानते हैं?"

लुकास ने सिर हिलाया। "नहीं, मुझे इसके बारे में कुछ भी पता नहीं था। लेकिन अगर मुझे पता भी होता, तो भी मैं उसे नहीं रोकता। आख़िरकार वह निर्णय लेने के लिए वयस्क थी।"

सैम कलाकार की ओर मुड़ा। "और आप, सर? क्या आप प्रोजेक्ट एक्स के साथ सेलेना के संघर्षों के बारे में जानते हैं?"

कलाकार ने नज़रें मिलाने से बचते हुए दूसरी ओर देखा। "मैं... मैं उसकी निजी जिंदगी में शामिल नहीं होना चाहता था।"

सैम को लगा कि कलाकार कुछ छिपा रहा है। सैम ने प्रोजेक्ट एक्स के साथ सेलेना के संघर्षों के सबूतों के साथ एलन कोलिन्स का सामना करने का फैसला किया।

सैम ने एक नोटबुक निकालते हुए कहा, "मुझे सेलेना की डायरी में कुछ दिलचस्प प्रविष्टियाँ मिली हैं, गिस्टर कॉलिन्स।" "ऐसा लगता है कि वह प्रोजेक्ट एक्स में अपनी भागीदारी से नाखुश थी। क्या आप उसके संघर्षों के बारे में जानते हैं?"

एलन की अभिव्यक्ति नहीं बदली. उसने कहा, "मुझे पता था कि उसे कुछ संदेह था, लेकिन मुझे लगा कि वह इससे बाहर आ जाएगी। वह अच्छा पैसा कमा रही थी, और हम सभी अच्छा पैसा कमा रहे थे।"

सैम की आँखें सिकुड़ गईं और उसने कहा, "अच्छा पैसा कमा रहे थे? आप सिर्फ कला की बिक्री के बारे में बात नहीं कर रहे हैं, है ना? मेरे पास

सबूत है कि सेलेना नकली कला योजना के बारे में जानती थी और प्रोजेक्ट एक्स छोड़ने की योजना बना रही थी।"

इससे पहले कि वह संभलता, एलन की मुस्कुराहट एक पल के लिए लड़खड़ा गई। "मुझे नहीं पता कि आप किस बारे में बात कर रहे हैं। हम सिर्फ संग्राहकों को वैध कलाकृतियाँ बेच रहे थे जिन्होंने उनकी सराहना की।"

सैम ने नकली कलाकृतियों में से एक की तस्वीर निकाली। "यह उन टुकड़ों में से एक है जिसका उल्लेख सेलेना ने अपनी डायरी में नकली होने के रूप में किया है। क्या आप इसके बारे में जानते हैं?"

एलन असहजता से स्थानांतरित हो गया। "मैं...मुझे उस विशिष्ट कृति के बारे में कुछ भी नहीं पता था, लेकिन...मुझे पता था कि हम अपनी कला को और अधिक विपणन योग्य बनाने के लिए सच्चाई को थोड़ा बढ़ा-चढ़ाकर पेश कर रहे थे।"

सैम को लगा कि एलन कुछ बड़ा छुपा रहा है। उसने प्रत्येक संदिग्ध का अधिक सबूतों के साथ सामना करने और स्वीकारोक्ति प्राप्त करने का प्रयास करने का निर्णय लिया।

सैम ने एलन कॉलिन्स को बुलाया, "मिस्टर कॉलिन्स, मेरे पास सबूत हैं कि सेलेना प्रोजेक्ट एक्स को उजागर करने की योजना बना रही थी। क्या आप उसकी योजनाओं के बारे में जानते हैं?"

एलन कोलिन्स की अभिव्यक्ति ठंडी हो गई। "मुझे नहीं पता कि आप किस बारे में बात कर रहे हैं। सेलेना सिर्फ एक प्रतिभाशाली कलाकार थी जो मेरे लिए काम कर रही थी।"

सैम ने दस्तावेज़ों से भरा एक फ़ोल्डर निकाला। "ये प्रोजेक्ट एक्स पर सेलेना के नोट्स और शोध हैं। उसने पाया कि आप अमीर लोगों को नकली

कला बेच रहे थे, उनकी अज्ञानता से लाभ कमा रहे थे। क्या आपने उसे चुप करा दिया क्योंकि उसने सच्चाई उजागर करने की धमकी दी थी?"

एलन कोलिन्स की आँखें सिकुड़ गईं। "मुझे नहीं पता कि आप किस बारे में बात कर रहे हैं। मैं सिर्फ एक व्यवसायी हूं जो आजीविका कमाने की कोशिश कर रहा हूं।"

सैम आगे की ओर झुक गया, उसकी आवाज़ दृढ़ थी। "मुझसे झूठ मत बोलो, मिस्टर कॉलिन्स। सेलेना की डायरी प्रविष्टियों से पता चलता है कि वह आपसे और प्रोजेक्ट एक्स छोड़ने के परिणामों से डरती थी। क्या आपने उसे लाइन में रखने के लिए डराने-धमकाने या जबरदस्ती का इस्तेमाल किया था?"

एलन कोलिन्स की मुस्कान कृपालु थी। "आप बस मुझे इस अपराध के लिए फंसाने की कोशिश कर रहे हैं। मेरे पास एक सबूत है जो साबित करता है कि सेलेना की मौत के समय मैं निवेशकों के साथ एक बैठक में था।"

सैम को लगा कि एलन कोलिन्स कुछ छिपा रहा है।

जासूस सैम टेलर ने प्रत्येक संदिग्ध पर दबाव डालने और अपराध स्वीकार करवाने का प्रयास करने का निर्णय लिया। उन्होंने लुकास मार्टिन को पुकारा, "मि. मार्टिन मुझे सच बताओ।

लुकास मार्टिन की आँखें सिकुड़ गईं। "मैं इसके बारे में कुछ नहीं जानता था। लेकिन अगर मुझे पता होता, तो भी मैं उसे नहीं रोकता। आख़िरकार वह एक वयस्क थी।"

सैम आगे की ओर झुक गया, उसकी आवाज़ दृढ़ थी। "मुझसे झूठ मत बोलो, मिस्टर मार्टिन। सेलेना की डायरी प्रविष्टियों से पता चलता है कि प्रोजेक्ट एक्स में शामिल होने के कारण उसके साथ छेड़छाड़ की गई थी और वह खुद को फंसा हुआ महसूस कर रही थी। क्या आपने उसे प्रोजेक्ट में बनाए रखने के लिए अपने प्रभाव का इस्तेमाल किया था?"

लुकास की अभिव्यक्ति ठंडी हो गई। "मुझे नहीं पता कि आप किस बारे में बात कर रहे हैं।"

सैम ने दस्तावेज़ों से भरा एक फ़ोल्डर निकाला। "ये प्रोजेक्ट एक्स पर सेलेना के नोट्स और शोध हैं। उसने पाया कि आप उसकी प्रतिभा से लाभ कमाने के लिए परियोजना का उपयोग कर रहे थे। क्या आपने उसे चुप करा दिया क्योंकि उसने सच्चाई उजागर करने की धमकी दी थी?"

लुकास की आँखें गुस्से से चमक उठीं। "आप बस मुझे इस अपराध के लिए फंसाने की कोशिश कर रहे हैं। मेरी बेटी की मौत से मेरा कोई लेना-देना नहीं है।"

सैम को लगा कि लुकास कुछ छिपा रहा है।

जासूस सैम टेलर ने अब शेष दो संदिग्धों को कबूल करने के लिए मजबूर करने का फैसला किया।

सैम ने एलन कॉलिन्स को बुलाया, "मिस्टर कॉलिन्स, मुझे पता है कि आप प्रोजेक्ट एक्स में शामिल थे। मेरे पास सबूत है कि आप अमीर लोगों को नकली कला बेचने के लिए सेलेना की प्रतिभा का उपयोग कर रहे थे। क्या आपने उसे चुप करा दिया क्योंकि उसने सच्चाई उजागर करने की धमकी दी थी?"

एलन कोलिन्स ने उपहास किया। "आप बस मुझे इस अपराध के लिए फंसाने की कोशिश कर रहे हैं। मैंने किसी को नहीं मारा।"

सैम आगे की ओर झुक गया, उसकी आवाज़ दृढ़ थी। "मुझसे झूठ मत बोलो, मिस्टर कॉलिन्स। सेलेना की डायरी प्रविष्टियों से पता चलता है कि वह प्रोजेक्ट छोड़ने और प्रोजेक्ट एक्स के बारे में सच्चाई उजागर करने की योजना बना रही थी। क्या आपने उसे लाइन में रखने के लिए डराने-धमकाने या जबरदस्ती का इस्तेमाल किया था?"

एलन कोलिन्स की अभिव्यक्ति ठंडी हो गई। "मुझे नहीं पता कि आप किस बारे में बात कर रहे हैं।"

सैम ने दस्तावेज़ों से भरा एक फ़ोल्डर निकाला। "ये प्रोजेक्ट एक्स पर सेलेना के नोट्स और शोध हैं। उसे पता चला कि आप उसकी प्रतिभा से लाभ कमा रहे थे। क्या आपने उसे चुप करा दिया क्योंकि उसने सच्चाई उजागर करने की धमकी दी थी?"

एलन कोलिन्स की आँखें सिकुड़ गईं। "आप बस मुझे इस अपराध के लिए फंसाने की कोशिश कर रहे हैं।"

सैम को लगा कि एलन कोलिन्स कुछ छिपा रहा है।

जासूस सैम टेलर ने अब प्रोजेक्ट एक्स पर सेलेना के साथ काम कर रहे कलाकार को कबूल करने के लिए मजबूर करने का फैसला किया। "मेरे पास यह विश्वास करने का कारण है कि आप उसकी मृत्यु में शामिल थे"। सैम चिल्लाया

कलाकार की आंखें झुक गईं, "तुम किस बारे में बात कर रहे हो?"

सैम ने दस्तावेज़ों से भरा एक फ़ोल्डर निकाला। "ये प्रोजेक्ट एक्स पर सेलेना के नोट्स और शोध हैं। उसने पाया कि आप अमीर लोगों को नकली कला बेच रहे थे, उनकी अज्ञानता से लाभ कमा रहे थे। क्या आपने उसे चुप करा दिया क्योंकि उसने सच्चाई उजागर करने की धमकी दी थी?"

कलाकार की अभिव्यक्ति रक्षात्मक हो गई. "मुझे नहीं पता कि आप किस बारे में बात कर रहे हैं। मैं बस सेलेना को कुछ सुंदर बनाने में मदद करने की कोशिश कर रहा था।"

सैम आगे की ओर झुका, उसकी आवाज़ दृढ़ थी। "मुझसे झूठ मत बोलो। सेलेना की डायरी प्रविष्टियों से पता चलता है कि वह प्रोजेक्ट एक्स में शामिल

होने के नैतिक निहितार्थों से जूझ रही थी। क्या आपने उसे संदेह के बावजूद परियोजना में भाग लेना जारी रखने के लिए प्रोत्साहित किया?"

कलाकार की आँखें झुक गईं और सैम को अपराध बोध का आभास हुआ। उसने स्वीकारोक्ति पाने की कोशिश करते हुए कलाकार पर दबाव डालना जारी रखा। "चलो अब, मुझे पता है कि आप प्रोजेक्ट एक्स में शामिल थे। सेलेना की डायरी प्रविष्टियों में उल्लेख है कि वह इस परियोजना में शामिल होने के नैतिक निहितार्थों से कैसे संघर्ष कर रही थी। क्या आपने उसे संदेह के बावजूद भाग लेना जारी रखने के लिए प्रोत्साहित किया था?"

कलाकार ने ऊपर देखा, उनके चेहरे पर भावनाओं का मिश्रण था। "मैं...मुझे नहीं पता था कि इसका इस्तेमाल किसी ऐसी...इतनी ग़लत चीज़ के लिए किया जाएगा।"

सैम की आंखें सिकुड़ गईं. "तो, आप जानते थे कि क्या हो रहा था और आपने इसे रोका नहीं?"

कलाकार ने सिर हिलाया. "मैं इसमें शामिल नहीं होना चाहता था, लेकिन... लेकिन एलन कोलिन्स ने मुझे करियर बनाने का अवसर देने का वादा किया। उन्होंने कहा कि यह दुनिया के सामने मेरी प्रतिभा दिखाने का मौका होगा।"

सैम की अभिव्यक्ति संदेहपूर्ण हो गई। "और तुमने उस पर विश्वास किया?"

कलाकार की आवाज़ फुसफुसाहट में बदल गई। "मुझे नहीं पता था कि और क्या करना है। मैं सफलता के लिए बेताब था।"

सैम कलाकार को एक अलग कमरे में ले गया और एक बयान दर्ज किया। सैम का दिमाग दौड़ रहा था। उसे और अधिक सबूतों की आवश्यकता थी, लेकिन वह यह भी जानता था कि कलाकार का कबूलनामा एक शुरुआत थी।

सैम ने कलाकार का कबूलनामा निकाला और एलन को सौंप दिया। "यह आपके कलाकार का एक बयान है, जो प्रोजेक्ट एक्स में शामिल होने की बात स्वीकार कर रहा है। आप किसी को बेवकूफ नहीं बना रहे हैं, मिस्टर कोलिन्स। आप अमीर लोगों से जल्दी पैसा कमाने के लिए नकली कला का इस्तेमाल कर रहे थे, जिन्हें प्रामाणिकता की परवाह नहीं थी ।"

एलन का मुखौटा खिसकना शुरू हो गया, और सैम ने हताशा को अंदर आते देखा। "मैं... मेरा इरादा इतनी दूर तक जाने का नहीं था। मैं सिर्फ लाभ कमाना चाहता था।"

सैम की आंखें सिकुड़ गईं. "और सेलेना मार्टिन के बारे में क्या? वह एक प्रतिभाशाली कलाकार थी, और आपने उसकी प्रतिभा का इस्तेमाल अपने हितों को आगे बढ़ाने के लिए किया। क्या आपने उसे चुप करा दिया क्योंकि उसने सच्चाई उजागर करने की धमकी दी थी?"

एलन की आवाज़ फुसफुसाहट में बदल गई। "मैंने...मैंने उसे नहीं मारा, जासूस। मैं कसम खाता हूँ।"

सैम ने भौंहें ऊपर उठाईं। "फिर किसने किया? और मकसद क्या था?"

एलन झिझक रहा था, और सैम जानता था कि वह मामले को सुलझाने के करीब है।

जासूस सैम टेलर एलन कोलिन्स को एक अलग कमरे में ले गए, और उनके पीछे का दरवाज़ा बंद कर दिया। "ठीक है, मिस्टर कोलिन्स, आइए सच्चाई पर आते हैं। मुझे पता है कि आप प्रोजेक्ट एक्स में शामिल हैं, लेकिन मुझे सेलेना मार्टिन के साथ आपके रिश्ते के बारे में और जानने की जरूरत है।"

एलन की अभिव्यक्ति गणनात्मक हो गई और वह अपनी कुर्सी पर पीछे झुक गया। "मैंने उसे नहीं मारा, जासूस। मैंने तुम्हें यह पहले ही बता दिया था।"

सैम ने सेलेना की नोटबुक और डायरी प्रविष्टियों वाला एक फ़ोल्डर निकाला। "ये सेलेना के लेखन हैं। वे उसके पिता की अपेक्षाओं और स्वतंत्रता की इच्छा के साथ उसके संघर्ष को प्रकट करते हैं। क्या आप इन भावनाओं के बारे में जानते हैं?"

एलन की आँखें चमक उठीं और एक पल के लिए सैम को लगा कि उसने अपराध की एक झलक देखी है। "नहीं...नहीं, मुझे नहीं पता था।"

सैम आगे की ओर झुक गया; उसकी आँखें एलन पर टिक गईं। "मुझे लगता है कि आपने ऐसा किया, मिस्टर कॉलिन्स। और मुझे लगता है कि आपने उसे चुप कराने के लिए, उसे आपके खिलाफ बोलने से रोकने के लिए प्रोजेक्ट एक्स का इस्तेमाल किया।"

एलन का चेहरा भावहीन रहा, लेकिन सैम उसके अंदर बढ़ते तनाव को महसूस कर सकता था। सैम ने ज़ोर देकर कहा, "मुझे सेलेना के साथ अपने रिश्ते के बारे में बताओ।"

एलन की आवाज़ शांत रही, लेकिन उसके शब्दों में द्वेष भरा हुआ था। "मैं सेलेना को अपनी कंपनी के माध्यम से जानता था। वह एक प्रतिभाशाली कलाकार थी, और मैंने उसके काम में संभावनाएं देखीं। मैंने उसे एक सौदे की पेशकश की - प्रोजेक्ट एक्स में शामिल हों, और मैं सुनिश्चित करूंगा कि वह प्रसिद्ध हो जाए।"

सैम ने पूछा "और उसने इस पर क्या कहा?"

एलन की मुस्कान ठंडी थी। "पहले तो वह झिझक रही थी, लेकिन आखिरकार वह मान गई। वह सफलता के लिए बेताब थी और मैंने उसे पूरी दुनिया देने का वादा किया था।"

सैम की आंखें सिकुड़ गईं, "और उसके बाद क्या हुआ?"

एलन आगे की ओर झुक गया, उसकी आँखें भयावह तीव्रता से चमक रही थीं।

"मान लीजिए... सेलेना अपने काम में बहुत अच्छी हो गई। उसने प्रोजेक्ट एक्स के पीछे की सच्चाई को उजागर करने की कोशिश करते हुए बहुत सारे सवाल पूछना शुरू कर दिया। और जब उसे पता चला कि हम वास्तव में क्या कर रहे थे... तो उसे चुप कराना पड़ा। "

सैम का दिमाग इसके निहितार्थों से जूझ रहा था। वह जानता था कि उसे इसकी तह तक जाना होगा।

जासूस सैम टेलर अपनी कुर्सी पर पीछे की ओर झुक गया, उसकी आँखें एलन कॉलिन्स के चेहरे से हट ही नहीं रही थीं। "तो, आप कह रहे हैं कि सेलेना अपने काम में बहुत अच्छी हो गई और उसे चुप कराना पड़ा?"

एलन की अभिव्यक्ति शांत रही, लेकिन सैम को उसके शब्दों के पीछे बढ़ती बेचैनी महसूस हो रही थी। "यह सही है। वह सच्चाई के बहुत करीब आ रही थी, और मुझे कार्रवाई करनी पड़ी।"

सैम को लगा कि एलन अभी भी कुछ छिपा रहा है, उसने पूछा। "उसे चुप कराने के लिए आपके मन में कौन था?"

सैम पर वापस रुकने से पहले एलन की नज़र कमरे के चारों ओर घूम गई। "मैंने...मैंने ऐसा नहीं किया, जासूस। मैं कसम खाता हूँ।"

सैम की आंखें सिकुड़ गईं, "फिर किसने किया? क्या यह आपका कोई कर्मचारी था? कोई ऐसा व्यक्ति जिसे आप जानते थे?"

एलन बोलने से पहले झिझका। "मैंने नहीं सोचा था कि यह संभव था, लेकिन...मुझे लगता है कि यह लुकास मार्टिन था।"

सैम के कान खड़े हो गये। "सेलेना के पिता?"

एलन ने धीरे से सिर हिलाया। "हाँ। वह इस विचार से संघर्ष कर रहा है कि सेलेना उसके नक्शेकदम पर चलने के बजाय अपना खुद का कलात्मक रास्ता अपनाए। उसने प्रोजेक्ट एक्स में उसकी भागीदारी को विश्वासघात के रूप में देखा।"

सैम का दिमाग इसके निहितार्थों से जूझ रहा था। उसे यकीन ही नहीं हो रहा था कि सेलेना के पिता इतना जघन्य अपराध करेंगे।

जब वह बोल रहा था, जासूस सैम टेलर की आँखें एलन कोलिन्स के चेहरे से कभी नहीं हटीं। "तो, आप कह रहे हैं कि लुकास मार्टिन सेलेना की हत्या में शामिल था?"

एलन ने धीरे से सिर हिलाया। "हाँ, जासूस। मैं पहले इस पर विश्वास नहीं करना चाहता था, लेकिन...मैंने उसकी मृत्यु से एक दिन पहले उसे उसके साथ बहस करते देखा था। वह प्रोजेक्ट एक्स में उसकी भागीदारी को लेकर गुस्से में था।"

सैम का दिमाग नई जानकारी के साथ दौड़ रहा है। "और क्या तुमने उसे उसकी मृत्यु की रात देखा था?"

एलन बोलने से पहले झिझका। "नहीं... मैंने उसे नहीं देखा, लेकिन मैंने कुछ अजीब सुना। मैं अपने कार्यालय में देर तक काम कर रहा था, और मैंने बाहर से शोर सुना। ऐसा लग रहा था जैसे कोई संघर्ष कर रहा था। मैंने सोचा कि यह सिर्फ हवा थी।" लेकिन...मैं जांच करने गया और कुछ भी सामान्य नहीं देखा।"

सैम की आंखें सिकुड़ गईं, "और उसके बाद तुमने क्या किया?"

एलन की अभिव्यक्ति दोषी हो गई। "मैंने कुछ नहीं किया। मैं अपने कार्यालय वापस गया और इसके बारे में भूलने की कोशिश की। मैं इसमें शामिल नहीं होना चाहता था।"

सैम की कलम पर पकड़ मजबूत हो गई और उसने पूछा, "आप मुझसे कह रहे हैं कि आपने आगे की जांच नहीं की? यह पता लगाने की कोशिश नहीं की कि क्या हो रहा था?"

एलन ने सिर हिलाया। "नहीं, जासूस। मैं लुकास और सेलेना के बीच जो भी नाटक चल रहा था, उसमें उलझना नहीं चाहता था।"

सैम की आँखें एलन से टकराईं। "आप एक ऐसी कंपनी के सीईओ हैं जो एक ऐसे प्रोजेक्ट में शामिल है जिसे बेहद गोपनीय माना जाता था। आप मुझसे कह रहे हैं कि आपने अपनी नाक के नीचे हुई एक हत्या की जांच करने की भी जहमत नहीं उठाई?"

एलन का चेहरा लाल हो गया। "मैं तुम्हें सच बता रहा हूं, जासूस! मुझे नहीं पता था कि क्या हो रहा था, और मैं इसमें शामिल नहीं होना चाहता था।"

सैम आश्वस्त नहीं था। वह समझ सकता था कि एलन अभी भी कुछ छिपा रहा है।

जासूस सैम टेलर की आँखें एलन कोलिन्स के चेहरे से कभी नहीं हटीं जब वह बोल रहा था। "तो, आप कह रहे हैं कि उस रात अपने कार्यालय के बाहर शोर सुनने के बाद आपने आगे की जांच नहीं की?"

एलन ने सिर हिलाया। "यह सही है, जासूस। मैं थका हुआ था और बस घर जाना चाहता था। मुझे नहीं लगा कि यह कोई महत्वपूर्ण बात है।"

सैम की अभिव्यक्ति संदेहपूर्ण हो गई। "आप एक ऐसी कंपनी के सीईओ हैं जो एक ऐसे प्रोजेक्ट में शामिल है जिसे बेहद गोपनीय माना जाता था। और आपने नहीं सोचा कि आपकी नाक के नीचे हुई हत्या की जांच करना महत्वपूर्ण है?"

एलन का चेहरा लाल हो गया। "मैं तुम्हें सच बता रहा हूं, जासूस! मुझे नहीं पता था कि क्या हो रहा था, और मैं इसमें शामिल नहीं होना चाहता था।"

सैम आगे की ओर झुक गया, उसकी आँखें छलक उठीं। "एलन, मैं चाहता हूं कि आप मुझे सच बताएं। क्या सेलेना की हत्या में आपकी कोई भागीदारी थी?"

सैम पर वापस रुकने से पहले एलन की नज़र कमरे के चारों ओर घूम गई। "नहीं, जासूस। मैंने उसे नहीं मारा। मैं कसम खाता हूँ।"

सैम की कलम पर पकड़ मजबूत हो गई। "फिर किसने किया? क्या यह लुकास मार्टिन था?"

एलन बोलने से पहले झिझका। "मैं... मुझे नहीं पता, जासूस। लेकिन मैं एक बात जानता हूं - सेलेना कुछ बड़ा खुलासा करने के करीब पहुंच रही थी। वह बहुत सारे सवाल पूछ रही थी और उन जगहों पर अपनी नाक घुसा रही थी जहां उसे नहीं होना चाहिए था।"

सैम की आंखें सिकुड़ गईं, "आपका क्या मतलब है?"

एलन करीब झुक गया। "मेरा मतलब है कि वह प्रोजेक्ट एक्स के वास्तविक उद्देश्य की खोज के करीब पहुंच रही थी। और मुझे लगता है कि सच्चाई प्रकट करने से पहले कोई उसे चुप कराना चाहता था।"

सैम का दिमाग निहितार्थों के साथ दौड़ रहा है। उसे इसकी तह तक जाने की जरूरत थी।

जासूस सैम टेलर की आँखें एलन कोलिन्स के चेहरे से कभी नहीं हटीं जब वह बोल रहा था। "तो, आप कह रहे हैं कि सेलेना प्रोजेक्ट एक्स के बारे में कुछ बड़ा खुलासा करने के करीब पहुँच रही थी?"

एलन ने सिर हिलाया। "यह सही है, जासूस। वह बहुत सारे सवाल पूछ रही थी और उन जगहों पर अपनी नाक घुसा रही थी जहां उसे नहीं करना चाहिए था। मुझे लगता है कि सच्चाई प्रकट करने से पहले कोई उसे चुप कराना चाहता था।"

सैम की कलम पर पकड़ मजबूत हो गई। "और आप कह रहे हैं कि आपने उसे नहीं मारा?"

एलन ने सिर हिलाया। "नहीं, जासूस। मैंने उसे नहीं मारा। लेकिन मुझे पता है कि लुकास मार्टिन प्रोजेक्ट एक्स में शामिल था और जैसे-जैसे सेलेना सच्चाई के करीब आ रही थी, वह और अधिक उत्तेजित हो रहा था।"

सैम की आंखें सिकुड़ गईं, "और क्या तुमने उस रात कुछ और संदिग्ध देखा या सुना?"

एलन बोलने से पहले झिझका। "हां, जासूस। मैंने उस रात लगभग 9 बजे किसी को सेलेना के कार्यालय में प्रवेश करते देखा। मैंने उस व्यक्ति को नहीं पहचाना, लेकिन मुझे लगा कि यह अजीब था।"

सैम के कान खड़े हो गये। "क्या आप उस व्यक्ति का वर्णन कर सकते हैं?"

एलन ने सिर हिलाया। "लंबा, काले बाल, काला सूट पहने हुए। मैंने बस इतना ही देखा।"

सैम ने कुछ नोट्स लिखे। "और क्या आपने कुछ और भी असामान्य देखा?"

एलन ने बोलने से पहले एक पल के लिए सोचा। "हाँ, जासूस। मैंने रात 10 बजे के आसपास कार्यालय से एक आवाज़ सुनी। ऐसा लग रहा था जैसे कोई फ़ाइल काट दी गई हो या कुछ जला दिया गया हो।"

सैम की आँखें चमक उठीं। "क्या आपने जांच की?"

एलन ने सिर हिलाया। "नहीं, जासूस। मैंने उस समय इसके बारे में ज्यादा नहीं सोचा।"

सैम का दिमाग नई जानकारी से दौड़ रहा था। उसे इसकी तह तक जाने और लुकास मार्टिन का सामना करने की ज़रूरत थी।

जासूस सैम टेलर लुकास मार्टिन के करीब झुक गया, उसकी आँखें संदिग्ध पर टिक गईं। "सुनो, मिस्टर मार्टिन, मुझे पता है कि तुम कुछ छिपा रहे हो। और मेरे पास ऐसे सबूत हैं जो बताते हैं कि तुम अपनी बेटी की हत्या में शामिल हो।"

लुकास की अभिव्यक्ति ठंडी हो गई, लेकिन वह पीछे नहीं हटा। "मैं तुम्हें वह सब कुछ बता चुका हूँ जो मैं जानता हूँ, जासूस। मुझे नहीं पता कि तुम किस बारे में बात कर रहे हो।"

सैम ने एलन कोलिन्स से साक्ष्य वाला एक फ़ोल्डर निकाला। "यहां एलन कुछ दिलचस्प जानकारी लेकर आया है। उसका कहना है कि उसने उस रात करीब 9 बजे किसी को सेलेना के कार्यालय में प्रवेश करते देखा था, और जैसे-जैसे वह सच्चाई के करीब पहुंच रही थी, आप और अधिक उत्तेजित हो रहे थे।"

लुकास ने खर्राटा लिया। "एलन कोलिन्स झूठा है। वह सिर्फ खुद को बचाने की कोशिश कर रहा है।"

सैम की आंखें सिकुड़ गईं, "क्या ऐसा है? फिर एलन ने हमें रसीदें क्यों दीं जिसमें दिखाया गया था कि आपने सेलेना की हत्या के समय कई बड़े नकद लेनदेन किए थे?"

लुकास का चेहरा लाल हो गया, लेकिन उसने पीछे हटने से इनकार कर दिया। "यह महज एक संयोग है, जासूस। मेरे पास हर दिन कई व्यापारिक सौदे और लेन-देन होते हैं।"

सैम ने एक और दस्तावेज़ निकाला। "और इसके बारे में क्या? एक कर्मचारी का गवाह का बयान जिसने आपको सेलेना की मृत्यु से कुछ दिन

पहले उसके साथ बहस करते हुए देखा था?"

लुकास की अभिव्यक्ति एक पल के लिए लड़खड़ा गई, इससे पहले कि वह संभल पाता। "मैं बस अपनी बेटी के साथ उसके काम के प्रदर्शन के बारे में चर्चा कर रहा था, बस इतना ही।"

सैम ने भौंहें ऊपर उठाईं। "सप्ताह की रात 10 बजे? कार्यालय की सभी लाइटें बंद होने पर?"

दोबारा बोलने से पहले लुकास की नज़रें कमरे के चारों ओर घूम गईं। "मैं... मैं उसकी सुरक्षा को लेकर चिंतित था, जासूस। वह काम पर कुछ संदिग्ध सौदों के बहुत करीब आ रही थी।"

सैम करीब झुक गया. " संदिग्ध सौदों? किस तरह का संदिग्ध सौदों?"

लुकास बोलने से पहले झिझका। "मुझे नहीं पता कि आप किस बारे में बात कर रहे हैं, जासूस।"

सैम ने सबूत की एक आखिरी चीज़ निकाली। सैम ने लुकास को दिखाते हुए कहा, "एक सुरक्षा कैमरे ने उस रात लगभग 9 बजे सेलेना के कार्यालय में प्रवेश करने वाले किसी व्यक्ति की झलक पकड़ी। और अनुमान लगाओ कि यह कौन दिखता है? यह संदिग्ध रूप से आपके जैसा दिखता है, मिस्टर मार्टिन।"

लुकास का चेहरा सफेद हो गया जब उसे एहसास हुआ कि उसे घेर लिया गया है।

अब, जासूस सैम टेलर ने लुकास मार्टिन के बेटे, डैनियल और पत्नी, जैस्मीन को यह देखने के लिए बुलाने का फैसला किया कि क्या उनके पास सेलेना की हत्या में उनके पिता की संलिप्तता (involvement) के बारे में कोई जानकारी है।

सैम जानता था कि कई बार परिवार के सदस्य जानकारी का एक अच्छा स्रोत हो सकते हैं, और उसे स्थिति पर एक अलग दृष्टिकोण प्राप्त करने की आशा थी।

सैम ने फोन मिलाया और किसी के उत्तर देने का इंतजार करने लगा। कुछ घंटियों के बाद एक आवाज उठी।

" हैलो?", आवाज़ ने कहा

"हैलो, क्या यह डेनियल मार्टिन है?" सैम ने पूछा

"हाँ, वह मैं हूँ। कौन बुला रहा है?" डैनियल ने उत्तर दिया

"मैं पुलिस विभाग से जासूस सैम टेलर हूं। मैं आपकी बहन सेलेना की हत्या की जांच कर रहा हूं।"

पंक्ति के दूसरे छोर पर विराम था। "मैं सुन रहा हूँ।" डैनियल ने उत्तर दिया

सैम ने डेनियल को अब तक मिले सबूतों के बारे में बताया और पूछा कि क्या उसे अपने पिता की संलिप्तता के बारे में कुछ पता है।

डैनियल पहले तो झिझक रहा था, लेकिन अंततः उसने सैम को बताया कि उसके पिता सेलेना की मृत्यु के समय तक पिछले कुछ दिनों से संदिग्ध व्यवहार कर रहे थे।

डैनियल ने कहा, "पिताजी इन दिनों वास्तव में तनावग्रस्त और विक्षिप्त थे। मुझे लगता है कि पिताजी शायद कुछ छिपा रहे होंगे।"

सैम ने जानकारी के लिए डेनियल को धन्यवाद दिया और फोन रख दिया। इसके बाद सैम ने लुकास की पत्नी जैस्मिन मार्टिन को फोन किया।

जैस्मीन ने पहली रिंग पर जवाब दिया। "नमस्ते?"

"नमस्कार, श्रीमती मार्टिन। मैं पुलिस विभाग से जासूस सैम टेलर हूं। मैं आपकी बेटी सेलेना की हत्या की जांच कर रहा हूं।"

बोलते-बोलते जैस्मीन की आवाज़ टूट गई। "हे भगवान, तुम्हें क्या पता चला?"

सैम ने अब तक मिले सबूतों के बारे में बताया और पूछा कि क्या वह लुकास की संलिप्तता के बारे में कुछ जानती है।

जैस्मीन इस बात पर अड़ी थी कि उसके पति ने उनकी बेटी को नहीं मारा।

"लुकास कभी किसी को चोट नहीं पहुँचाएगा," उसने कहा। "वह सेलेना से ऐसे प्यार करता था जैसे वह उसकी अपनी बच्ची हो।"

सैम उससे और अधिक जानकारी प्राप्त करने का प्रयास करते हुए आगे बढ़ता रहा। "श्रीमती मार्टिन, मुझे पता है कि इस पर विश्वास करना कठिन है, लेकिन हमारे पास ऐसे सबूत हैं जो बताते हैं कि आपके पति सेलेना की मौत में शामिल हो सकते हैं।"

जैस्मीन की आवाज कर्कश होने लगी। "मुझे नहीं पता कि आप किस बारे में बात कर रहे हैं। लुकास कभी भी ऐसा कुछ नहीं करेगा।"

सैम ने लुकास को आगे की पूछताछ के लिए लाने का फैसला किया, यह उम्मीद करते हुए कि वह दबाव में टूट सकता है।

पुलिस स्टेशन में वापस, सैम एक बार फिर लुकास के साथ बैठा। "मिस्टर मार्टिन," सैम ने दृढ़ता से कहा। "हमने आपके बेटे और पत्नी से बात की है। वे दोनों कहते हैं कि आप संदिग्ध व्यवहार कर रहे हैं और आप कुछ छिपा रहे हैं।"

लुकास का चेहरा गुस्से से लाल हो गया। उसने कहा, "वे सिर्फ खुद को बचाने की कोशिश कर रहे हैं, उन्हें कुछ भी पता नहीं है।"

सैम करीब झुक गया, "हमारे पास सबूत हैं जो बताते हैं कि आप सेलेना की हत्या में शामिल थे। और हम आपको इससे बच निकलने नहीं देंगे।"

लुकास अवाक रह गया और चुप रहा।

जासूस सैम टेलर और उनकी टीम ने सेलेना की हत्या में उसकी संलिप्तता के और सबूत मिलने की उम्मीद में लुकास मार्टिन के कार्यालय और निवास के लिए एक तलाशी वारंट प्राप्त किया।

कार्यालय में, उन्होंने लुकास के डेस्क की दराजों और फाइलों की खोज शुरू की। उन्हें एक संदेहास्पद व्यापारिक सौदे से संबंधित कई दस्तावेज़ मिले जिनकी सेलेना जांच कर रही थी, और ऐसा लग रहा था कि लुकास अपनी बातों को छुपाने की कोशिश कर रहा था।

इसके बाद, उन्होंने सेलेना की फाइलों की खोज की और उसके पास से एक नोट मिला जिसमें उल्लेख किया गया था कि उसने लुकास की कंपनी से जुड़ी एक बड़ी गबन योजना की खोज की थी।

नोट में यह भी उल्लेख किया गया है कि जिस रात उसकी मृत्यु हुई, उसने उससे इस बारे में बात करने की योजना बनाई थी।

सैम की टीम को लुकास के कार्यालय में एक छिपी हुई तिजोरी भी मिली। संयोजन को क्रैक करने के बाद, उन्हें गुप्त संदेशों और नोट्स की एक श्रृंखला मिली, जिससे प्रतीत होता है कि लुकास कुछ भयावह योजना बना रहा था।

अगला पड़ाव लुकास का निवास था, जहाँ उन्होंने उसके शयनकक्ष और अध्ययन कक्ष की तलाशी ली। अध्ययन में, उन्हें लुकास से संबंधित एक पत्रिका मिली, जिसमें ऐसी प्रविष्टियाँ थीं जो सेलेना की मृत्यु से पहले के दिनों में उसके बढ़ते व्यामोह और हताशा का संकेत देती थीं।

विशेष रूप से एक प्रविष्टि ने सैम का ध्यान खींचा:

इससे पहले कि वह सब कुछ बर्बाद कर दे, मुझे उसे चुप कराना होगा। मैं उसे मुझे उजागर नहीं करने दे सकता।

सैम जानता था कि आख़िरकार उन्हें कुछ ठोस मिल गया है। उसने फोरेंसिक टीम को सबूत इकट्ठा करने और उसका आगे विश्लेषण करने के लिए बुलाया।

जैसे-जैसे सबूत बढ़ते गए, सैम को यकीन हो गया कि लुकास मार्टिन उसकी बेटी की हत्या में शामिल था। लेकिन उसे अपने ख़िलाफ़ ठोस मामला बनाने के लिए अभी और सबूत जुटाने की ज़रूरत थी।

जासूस सैम टेलर ने सेलेना की हत्या में शामिल होने के और सबूत के लिए लुकास मार्टिन के कार्यालय और आवास की तलाशी लेने का फैसला किया।

उन्होंने अधिकारियों की एक टीम इकट्ठी की और उन्होंने तलाश शुरू की। कार्यालय में, उन्होंने लुकास के डेस्क की दराजों और फाइलों को जांचना शुरू किया। उन्हें हस्तलिखित नोट्स और गणनाओं वाले कागजात का ढेर मिला, लेकिन ऐसा कुछ भी नहीं मिला जो सीधे तौर पर सेलेना की हत्या से संबंधित हो।

इसके बाद, उन्होंने कंप्यूटर की खोज की और लुकास की हार्ड ड्राइव पर "प्रोजेक्ट एक्स" लेबल वाला एक छिपा हुआ फ़ोल्डर पाया। अंदर, उन्हें लुकास और एक अज्ञात प्रेषक के बीच ईमेल की एक श्रृंखला मिली, जिसमें एक शीर्ष-गुप्त परियोजना पर चर्चा की गई थी जिसे सेलेना से छुपाया जा रहा था।

ईमेल में उस "बैठक" के बारे में कुछ उल्लेख किया गया था जो सेलेना की हत्या वाली रात उसके कार्यालय में होने वाली थी। प्रेषक मांग कर रहा था कि लुकास बैठक में शामिल हो, लेकिन लुकास झिझक रहा था।

ईमेल पढ़ते ही सैम की आँखें चमक उठीं। यह वह ब्रेक हो सकता है जिसकी उन्हें मामले को सुलझाने के लिए आवश्यकता थी।

टीम ने कार्यालय की तलाशी जारी रखी और उसे लुकास के डेस्क की दराज में एक छोटी सी तिजोरी मिली। उन्होंने इसे खोला और चाबियों का एक सेट, एक यूएसबी ड्राइव और एक छोटी नोटबुक मिली।

नोटबुक में परियोजना पर सेलेना के काम के बारे में नोट्स थे, जिसमें कुछ महत्वपूर्ण खोज के करीब होने के बारे में कुछ गुप्त टिप्पणियां भी शामिल थीं। यूएसबी ड्राइव में एन्क्रिप्टेड (encrypted) फ़ाइलों की एक श्रृंखला थी, जिससे सैम को उम्मीद थी कि इससे परियोजना के बारे में और अधिक पता चलेगा।

लुकास के आवास पर, उन्होंने उसके गृह कार्यालय की तलाशी ली और एक बुकशेल्फ़ के पीछे एक छिपा हुआ कमरा पाया। अंदर, उन्हें परियोजना से संबंधित दस्तावेज़ों और फ़ाइलों का एक संग्रह मिला, जिसमें एक उच्च तकनीक उपकरण का खाका भी शामिल था जो निगरानी या जासूसी के लिए डिज़ाइन किया गया प्रतीत होता था।

सैम की टीम को लुकास के कार्यालय में एक छिपा हुआ कैमरा भी मिला, जिसे उसकी जानकारी या सहमति के बिना स्थापित किया गया था। यह स्पष्ट था कि लुकास कुछ छिपा रहा था, और सैम उसका पता लगाने के लिए कृतसंकल्प था।

स्टेशन पर वापस, सैम सबूतों का विश्लेषण करने के लिए अपनी टीम के साथ बैठ गया। उन्होंने रात भर अथक प्रयास किया, गुप्त नोटों को समझने और एन्क्रिप्टेड फ़ाइलों को डिकोड करने का प्रयास किया।

जैसे ही सूरज उगने लगा, सैम ने अंततः कोड क्रैक कर लिया।

ब्लूप्रिंट पर मौजूद डिवाइस को सुरक्षित सिस्टम को हैक करने और संवेदनशील जानकारी चुराने के लिए डिज़ाइन किया गया था। और सेलेना इसके वास्तविक उद्देश्य की खोज के करीब पहुंच रही थी।

ऐसा स्पष्ट लग रहा था कि लुकास ने सेलेना को उसका रहस्य उजागर करने से पहले चुप कराने के लिए उसकी हत्या कर दी थी। लेकिन सैम को अदालत में इसे साबित करने से पहले अभी भी सबूत का एक और टुकड़ा ढूंढना था... हो सकता है कि वह लुकास का कबूलनामा हो।

सैम वापस लौटा और उसने कबूलनामा पाने के लिए लुकास का सामना करने के बारे में सोचा।

जासूस सैम टेलर लुकास मार्टिन के करीब झुक गया, उसकी आँखें संदिग्ध पर टिक गईं। "देखिए, मिस्टर मार्टिन, मुझे पता है कि आप अपनी बेटी की हत्या में शामिल हैं। और मेरे पास इसे साबित करने के लिए सबूत हैं।"

लुकास की अभिव्यक्ति पीली पड़ गई और उसने घबराहट से कमरे के चारों ओर नज़र दौड़ाई। "मैंने...मैंने अपनी बेटी को नहीं मारा, जासूस। मैं उससे प्यार करता था।"

सैम ने सेलेना के कार्यालय की एक तस्वीर निकाली, जिसमें लुकास के रात 9 बजे के आसपास कार्यालय में प्रवेश करने के सुरक्षा कैमरे के फुटेज दिखाई दे रहे थे। "अब आप हमें और अधिक मूर्ख नहीं बना सकते, मिस्टर मार्टिन। हमारे पास सबूत है कि आप अपराध स्थल पर थे। और हमारे पास गवाह हैं जिन्होंने आपको सेलेना की हत्या के समय उस स्थान पर देखा था।"

लुकास की आँखें झुक गईं और उसने जोर से आह भरी। "ठीक है, ठीक है...मैं वहां था। लेकिन मैंने उसे नहीं मारा। मैं बस...मैं बस उसे कुछ रहस्य

उजागर करने से रोकने की कोशिश कर रहा था।"

सैम ने भौंहें ऊपर उठाईं। "रहस्य? किस प्रकार के रहस्य?"

लुकास बोलने से पहले झिझका। "सेलेना काम में कुछ बड़ा खुलासा करने के करीब पहुंच रही थी। कुछ ऐसा जो हमारी कंपनी की प्रतिष्ठा को बर्बाद कर सकता था और हमारे परिवार की विरासत को नष्ट कर सकता था।"

सैम की आंखें सिकुड़ गईं, "और तुमने उसे रोकने के लिए क्या किया?"

लुकास की आवाज़ फुसफुसाहट में बदल गई। "मैंने उससे बात करने की कोशिश की, उसे समझाने की कोशिश की। लेकिन उसने मेरी बात नहीं सुनी। उसने जो कुछ भी सोचा था कि वह जानती थी, उसे उजागर करने की ठान ली थी।"

सैम की कलम पर पकड़ मजबूत हो गई। "और फिर क्या हुआ?"

लुकास की आँखें आँसुओं से भर गईं। "मैं... मैंने नियंत्रण खो दिया, जासूस। मेरा इरादा उसे चोट पहुंचाने का नहीं था। यह बस हो गया।"

सैम करीब झुक गया, उसकी आवाज़ दृढ़ लेकिन नियंत्रित थी। "मुझे सब कुछ बताओ, मिस्टर मार्टिन। हर विवरण। हर मकसद।"

बोलने से पहले लुकास ने गहरी साँस ली।

"मैं उस रात सेलेना के कार्यालय में था क्योंकि उसे प्रोजेक्ट एक्स के बारे में कुछ पता चला था... एक परियोजना जिस पर हमारी कंपनी वर्षों से काम कर रही थी, बिना किसी को इसके बारे में पता चले। यह एक शीर्ष-गुप्त परियोजना थी, और सेलेना को कुछ दस्तावेज़ मिले जिसे उसने उजागर करने की धमकी दी थी।"

सैम की अभिव्यक्ति गंभीर हो गई और उसने पूछा, "और आपने सेलेना को इसे उजागर करने से रोकने के लिए क्या किया?"

लुकास की आवाज़ फट गई। "मैंने...जैसा मैंने कहा, मैंने उसे समझाने की कोशिश की। लेकिन वह नहीं मानी। इसलिए...तो मैंने वही किया जो मुझे हमारी कंपनी और हमारे परिवार की प्रतिष्ठा की रक्षा के लिए करना था।"

जासूस सैम टेलर लुकास मार्टिन के करीब झुक गया, उसकी आँखें संदिग्ध पर टिक गईं। "तो, आप कह रहे हैं कि आपने एक अति-गुप्त परियोजना को बचाने के लिए अपनी ही बेटी को मार डाला?"

लुकास की अभिव्यक्ति ठंडी हो गई और उसने धीरे से सिर हिलाया। "हाँ, जासूस। मुझे क्षमा करें। मेरा इरादा उसे चोट पहुँचाने का नहीं था। मुझे नहीं पता था कि और क्या करना है।"

सैम की कलम पर पकड़ मजबूत हो गई। "तुम्हें खेद है? तुम्हें अपनी ही बेटी की हत्या के लिए खेद है?"

लुकास की आँखें आँसुओं से भर गईं। "जासूस, मैंने हमेशा सेलेना को अपनी बेटी की तरह प्यार किया है। लेकिन मुझे हमारी पारिवारिक विरासत अधिक पसंद है। और मुझे पता था कि अगर उसने प्रोजेक्ट एक्स का खुलासा किया, तो यह वह सब कुछ बर्बाद कर देगी जिसके लिए हमने काम किया है।"

सैम की आँखें सदमे से फैल गईं। "और आप इसे गुप्त रखने के लिए अपनी ही बेटी को मारने को तैयार थे?"

लुकास ने फिर सिर हिलाया। "मेरा इरादा यह नहीं था, जासूस। यह बस हो गया। सेलेना को परियोजना के बारे में पता चला और उसने इसे उजागर करने की धमकी दी। मैंने उसे समझाने की कोशिश की, लेकिन वह नहीं मानी।"

सैम ने प्रोजेक्ट से सेलेना के नोट्स की एक तस्वीर निकाली। "क्या आप जानते हैं कि सेलेना ने परियोजना के बारे में कुछ नोट्स लिखे थे? नोट्स जो सच्चाई को उजागर कर सकते थे?"

इससे पहले कि वह दूसरी ओर देखता, लुकास की नज़रें तस्वीर की ओर चली गईं। "नहीं... मुझे नहीं पता कि आप किस बारे में बात कर रहे हैं।"

सैम की आवाज कठोर हो गई, "झूठ मत बोलो, लुकास। हमारे पास सबूत हैं कि सेलेना ने घोटाले के बारे में विस्तार से बताते हुए परियोजना पर एक पेपर लिखा था। और हमारे पास सबूत हैं कि तुमने सेलेना की मृत्यु के बाद उन विवरणों को नष्ट कर दिया।"

लुकास की नज़र वापस सैम पर पड़ी। "नहीं...यह नहीं हो सकता..."

सैम करीब झुक गया. " क्या नहीं हो सकता?

लुकास का चेहरा ख़राब हो गया और वह फूट-फूट कर रोने लगा। "नहीं... मेरा ऐसा इरादा नहीं था... मैं सेलेना से प्यार करता था... मैं उससे बहुत प्यार करता था..."

जासूस सैम टेलर लुकास मार्टिन के करीब झुक गया, उसकी आँखें संदिग्ध के आंसुओं से सने चेहरे पर टिक गईं। "मैं जानता हूं कि तुम कुछ और छिपा रहे हो, लुकास। मैं चाहता हूं कि तुम मुझे सच बताओ। तुमने सेलेना के नोट्स के साथ क्या किया?"

लुकास ने सूँघा और अपनी आस्तीन से अपनी नाक पोंछी। "मैंने... मैंने उन्हें फेंक दिया। मेरा ऐसा इरादा नहीं था। जब सेलेना की मृत्यु हुई तो मैं घबरा गया और मुझे नहीं पता था कि उस जानकारी का क्या करना है।"

सैम की आंखें सिकुड़ गईं, "मुझसे झूठ मत बोलो, लुकास। हमारे पास सबूत हैं कि जानकारी को काट दिया गया और जला दिया गया। आपने अपने

ट्रैक को छिपाने के लिए उन्हें नष्ट कर दिया।"

लुकास की आँखें निराशा से भर गईं। "नहीं...यह नहीं हो सकता...मेरा यह इरादा नहीं था..."

सैम की आँखों में दुःख और क्रोध का मिश्रण भर आया। "यह खत्म हो गया है, लुकास। यह खत्म हो गया है। आपने जो किया है उसके लिए आपको भुगतान करना होगा।"

जासूस सैम टेलर की निगाहें लुकास मार्टिन पर टिक गईं जब उसने उसे उसके अधिकारों के बारे में बताया। "लुकास मार्टिन, अब आप अपनी बेटी सेलेना की हत्या के आरोप में गिरफ्तार हैं। आपको चुप रहने का अधिकार है, लेकिन आप जो कुछ भी कहेंगे उसका इस्तेमाल अदालत में आपके खिलाफ किया जा सकता है और किया जाएगा..."

जैसे ही सैम के शब्द उसके कानों को छूए, लुकास की आँखें आश्चर्य से फैल गईं। उसने कमरे के चारों ओर देखा, मानो कोई बचने का रास्ता या कोई स्पष्टीकरण खोज रहा हो जो घटनाओं के पाठ्यक्रम को बदल दे।

सैम ने आगे कहा, "...आपको एक वकील का अधिकार है। यदि आप एक वकील का खर्च वहन नहीं कर सकते, तो आपके लिए एक वकील नियुक्त किया जाएगा।"

सैम ने लुकास को हथकड़ी की एक जोड़ी सौंपी, और दो वर्दीधारी अधिकारी उसे हिरासत में लेने के लिए आगे बढ़े। जैसे ही वे लुकास को ले गए, सैम उन सबूतों के वजन के बारे में सोचने से खुद को नहीं रोक सका जो उन्होंने इकट्ठा किए थे।

प्रारंभिक साक्ष्य प्रोजेक्ट एक्स के सीईओ एलन कोलिन्स के हत्या में शामिल होने की ओर इशारा करते हैं, लेकिन वास्तव में उन्होंने अपराध नहीं किया है। इसके बजाय, यह सेलेना के अपने पिता, लुकास मार्टिन थे।

यह स्पष्ट है कि एलन कोलिन्स सेलेना को चुप कराने के लिए प्रोजेक्ट एक्स का उपयोग कर रहा था, लेकिन उसने वास्तव में हत्या नहीं की थी। वह अपने ट्रैक को छुपाने और अपनी प्रतिष्ठा की रक्षा करने की कोशिश में बहुत व्यस्त था।

ऐसा लगता है जैसे लुकास मार्टिन अपनी बेटी की स्वतंत्रता और अपने स्वयं के कलात्मक पथ को आगे बढ़ाने के उसके निर्णय के साथ संघर्ष कर रहा था, जो उसके लिए उसकी अपनी अपेक्षाओं के विपरीत था। लुकास ने प्रोजेक्ट एक्स में सेलेना की भागीदारी को विश्वासघात के रूप में देखा और वह इससे क्रोधित था। उनकी मृत्यु से एक दिन पहले उनके और सेलेना के बीच हुई बहस से पता चलता है कि उनके बीच चीजें जटिल थीं।

यह तथ्य कि एलन कोलिन्स ने हत्या की रात अपने कार्यालय के बाहर सुने गए शोर की रिपोर्ट नहीं की, संदेहास्पद है, लेकिन यह उसे सीधे हत्या के अपराध में फंसाने के लिए पर्याप्त नहीं है। ऐसा लगता है जैसे वह वास्तव में क्या हुआ इसकी जांच करने के बजाय अपने स्वयं के ट्रैक को कवर करने के बारे में अधिक चिंतित था। सुरक्षा फुटेज, गवाह, नष्ट की गई जानकारी... यह सब एक निष्कर्ष की ओर इशारा करता है: सेलेना की हत्या के लिए लुकास मार्टिन जिम्मेदार था।

यह मामला जासूस सैम टेलर के लिए एक कठिन सफर रहा है क्योंकि वह सबूतों को एक साथ जोड़ता है और सच्चाई को उजागर करता है।

इस बीच, कंपनी के सीईओ एलन कॉलिन्स को भी निम्नलिखित आरोपों में गिरफ्तार किया गया:
1. मनी लॉन्ड्रिंग घोटाले में संलिप्तता जिसमें प्रोजेक्ट एक्स के माध्यम से अमीर लोगों को नकली कला बेचना शामिल है।
2. सेलेना मार्टिन को चुप कराने के लिए प्रोजेक्ट का उपयोग करना और उपयोगकर्ता नाम "ऑब्जर्वर" का उपयोग करके संदेशों और मेल के माध्यम से उसे धमकी देना।
3. जांच में ट्रैक को छुपाना, सबूतों से छेड़छाड़ करना और गुमराह करना।

जासूस और टीम ने शेष दिन लुकास और एलन के सम्मन की तैयारी और उनके खिलाफ अपना मामला बनाने में बिताया। जब वे काम कर रहे थे, वे सेलेना और उसके साथ घटी निरर्थक त्रासदी के बारे में सोचने से खुद को नहीं रोक सके।

अगली सुबह, लुकास मार्टिन और एलन कोलिन्स अपने वकील के साथ अदालत में पेश हुए और हारे हुए लग रहे थे। उनकी गिरफ्तारी की खबर पहले ही वायरल हो गई थी और लोगों में सुनवाई के बारे में जानने के लिए भारी दिलचस्पी थी। सभी को अंतिम फैसले का इंतजार था।

सबूतों को देखने और वकील की दलील सुनने के बाद, न्यायाधीश ने अदालत में अपना फैसला और उनके आरोप ज़ोर से और स्पष्ट रूप से पढ़ा।

जब लुकास पर औपचारिक रूप से सेलेना की हत्या का आरोप लगाया गया तो वह भावशून्यता से सुनता रहा, जबकि एलन अपने संबंधित आरोपों को सुनकर रोने लगा।

जैसे ही सुनवाई समाप्त हुई, सैम ने देखा कि सेलेना को न्याय मिल गया है।

सेलेना मार्टिन की रहस्यमयी मौत की गुत्थी आखिरकार सुलझ गई। जासूस सैम ने अपनी डायरी में कुछ अंतिम नोट्स लिखे और मामला बंद कर दिया।

यह केस उन्हें हमेशा याद रहेगा और अब वह एक नई चुनौती लेने के लिए तैयार हैं।

9 789334 117431